FABIO GEDA, 1972 in Turin geboren, arbeitete viele Jahre mit Jugendlichen, bevor er sich dem Schreiben widmete. Seine Romane beschäftigen sich einfühlsam und empathisch mit der Lebenswelt von Kindern und Jugendlichen. Sein Bestseller *Im Meer schwimmen Krokodile,* der auf der wahren Geschichte des afghanischen Flüchtlings Enaiatollah Akbari beruht, wurde in über 33 Sprachen übersetzt und machte ihn international bekannt. Auch die Fortsetzung *Im Winter Schnee, nachts Sterne,* die er zusammen mit Enaiatollah Akbari schrieb, erhielt international großes Lob.

Vielleicht wird morgen alles besser in der Presse

»Ein Roman, der Optimismus und Hoffnung versprüht.«
Die Presse am Sonntag

»Fabio Geda erweist sich erneut als Meister
im Porträtieren von Kindern und Jugendlichen.«
Buch-Magazin

»Wunderbar leicht erzählt Fabio Geda von den Mühen
und dem Staunen eines Teenagers, der die herzzerreißende Suche
unternimmt, seinen Platz in der Welt zu finden.«
La Stampa

Außerdem von Fabio Geda lieferbar:

Im Meer schwimmen Krokodile

Im Winter Schnee, nachts Sterne

Der Sommer am Ende des Jahrhunderts

Emils wundersame Reise

Besuchen Sie uns auf www.penguin-verlag.de und Facebook.

FABIO GEDA

Vielleicht wird morgen alles besser

ROMAN

Aus dem Italienischen
von Christiane Burkhardt

 **PENGUIN** VERLAG

Die Originalausgabe erschien 2017
unter dem Titel *Anime Scalze*
bei Giulio Einaudi editore, Turin

Penguin Random House Verlagsgruppe FSC® N001967

1. Auflage 2021
Copyright © der Originalausgabe 2017
Giulio Einaudi editore s.p.a., Torino
Published in arrangement by Grandi & Associati
Copyright © der deutschsprachigen Ausgabe 2021 by Penguin Verlag
in der Penguin Random House Verlagsgruppe GmbH,
Neumarkter Straße 28, 81673 München
Umschlaggestaltung: bürosüd
Umschlagabbildungen: © mauritius images / Ikon Images / Marcus Butt
und shutterstock / filip robert
Satz: Buch-Werkstatt GmbH, Bad Aibling
Druck und Bindung: GGP Media GmbH, Pößneck
Printed in Germany
ISBN 978-3-328-10636-4
www.penguin-verlag.de

Für Elisa und Riccardo – Schwester, Bruder

I

Ich weiß noch genau, wie ich an dem Morgen, als ich auf dem Parkplatz des Einkaufszentrums aus dem Lieferwagen stieg und das Gewehr vom Rücksitz nahm, flüchtig zum Wald hinüberschaute und die Sonne wie einen blauen Fleck über der Landschaft aufgehen sah. Es war Oktober, und ich war fünfzehn. Luca schaute in dieselbe Richtung und sagte: »Ich bin müde.« Dabei schob er die Hand unter den Footballhelm und kratzte sich an der Wange. Er klang kein bisschen weinerlich. Luca war am Vortag sechs geworden. Kurz überlegte ich, ihm auch ein Gewehr zu geben, weil zwei auf der Rückbank lagen, aber dann dachte ich, lieber nicht.

»Komm mit!«

Luca gehorchte.

Wir rannten über den Parkplatz zu einer der Lagerhallen. Wir erreichten die Außentreppe. Ich zog ihn hoch, umklammerte dabei seine Hand, damit er nicht ausrutschte, doch mit der anderen musste ich Geländer und Gewehr festhalten. Ich hörte die Polizeisirenen, hörte, wie die Autos mit quietschenden Bremsen vor dem Gittertor hielten, aber nicht, wie die Polizisten ausstiegen, den Lieferwagen durchsuchten und die Lautsprecher des Streifenwagens einschalteten – das nicht. Aber ich hörte, wie mein Name gerufen wurde.

»Ercole«, sagte eine von einem Megafon verzerrte metallische Stimme. »Ercole, komm da raus und mach keinen Unsinn!« Dem Beamten war anzuhören, dass er sich bemühte, höflich zu bleiben, aber in Wahrheit lieber gesagt hätte: »Ercole, Ercole, komm da raus und mach keinen Scheiß«, aber das durfte er nicht, vielleicht weil noch wer dabei war, der sich beschweren würde, falls er dieses Wort benutzte, irgend so ein Gutmensch. Deshalb wiederholte er: »Mensch, Ercole, wir wissen, dass du da drin bist. Leg das Gewehr weg und komm raus.«

Tsss!, dachte ich. Zunächst einmal bin ich gar nicht drin, sondern drauf – oben auf dem Dach. Und außerdem sind Polizisten wirklich komisch: Manchmal führen sie sich total auf – wie damals, als sie meinen Vater verhaftet haben –, und dann haben sie wieder Schiss, weil so ein Gutmensch dabei ist. Ich dagegen hatte kein bisschen Angst vor solchen Wohltätern. Im Gegenteil! Die würden mich niemals kriegen.

»Ercole!«, brüllte nun der Polizist, »verdammt noch mal, hast du mich verstanden, du kleiner Scheißer?«

Ach so, ja, ich heiße übrigens Ercole.

2

Denn die ganze Zeit ist ja Zeit vergangen.
Du kannst mit deinem Herzschlag
keine Zeit totschlagen. Alles verbraucht Zeit.
Bienen müssen sich sehr schnell bewegen,
um still zu stehen.

DAVID FOSTER WALLACE

Seit diesem Tag, an dem ich mit Luca aufs Dach geklettert bin, sind vier Jahre vergangen, ich habe also genug Wasser den Fluss runterfließen sehen, vor allem zwischen der Piazza Vittorio und der Kirche Gran Madre di Dio. Darauf werde ich noch zurückkommen, aber vorher muss ich noch ein paar Kleinigkeiten loswerden, damit man sich ein besseres Bild von der Situation machen kann und versteht, wie ich da oben gelandet bin.

Zunächst einmal bin ich geboren worden. In Turin, im Cenisia-Viertel. Mama hat immer gesagt, dass ich sie an Yoda erinnert habe, als sie mich im Kreißsaal zum ersten Mal sah – nur dass ich etwas mehr Haare hatte. Aber zum Glück habe ich mich weiterentwickelt und könnte heute locker Enrique Iglesias' Sohn sein. Ich habe viele Sachen und Orte noch nie gesehen, das Polarlicht zum Beispiel, die Wasserung eines Flugzeugs oder ein Livekonzert von

Eminem, Erdölplattformen, Gewitter an der Mündung des Catatumbo-Flusses und die meisten Städte dieser Welt. Dafür war ich mit der Schule in Mailand, in Boves und in Pietra Ligure am Meer.

Meine Oma verkaufte Fisch an der Porta Palazzo, und mein Opa liebte Hundekämpfe genauso wie Basilikumgrappa: Ich erinnere mich noch an die Phase, in der er ständig von einem Rottweiler namens Tomba erzählt hat, wie Alberto Tomba, der Skirennläufer aus den Neunzigern. Ich hab nie richtig kapiert, ob er nach ihm benannt war oder so – und ich glaube nicht, dass mein Opa jemals Ski gefahren ist. Meine Oma starb auf dem Großmarkt, wo sie von einem Gabelstapler überfahren wurde: Ich habe sie sehr geliebt, weil sie mir das Zeichnen beigebracht hat, und obwohl ich sie erst im Sarg wiedersah, als ihr das halbe Gesicht fehlte, durfte ich ihr ein Pokémon in die Hand drücken: Squirtle. Und sonst? Na ja, mein Opa hat hin und wieder meinen Pimmel angefasst. Aber nicht so, wie man denken könnte. Es war eher was Technisches: Wie ein Mechaniker, der nachschaut, ob er noch da ist. Keine Ahnung, was aus meinem Opa geworden ist. Seit Mama weg ist, hab ich ihn nicht mehr gesehen.

In dem Sommer, als ich fünfzehn war und mir alles um die Ohren geflogen ist, in dem ich mit Luca abgehauen bin und so, war ich eins sechsundsechzig. Wer sich eine Vorstellung davon machen möchte, wie ich aussehe, dem sei gesagt, dass ich die kleinen Ohren und runden Schultern meines Vaters und die dunklen Augen und langen Wimpern meiner Mutter habe, dazu einen Gesichtsausdruck, der einigen Leuten zufolge so aussieht, als wäre ich ständig verliebt oder würde ein Feuerwerk bestaunen. Aber ich habe mich bloß einmal verliebt. Und das einzige Feuerwerk, das ich kenne, findet am Abend des 24. Juni statt, wenn in Turin San Giovanni gefeiert wird … und mein Geburtstag.

In dem Herbst, als ich in die erste Klasse ging – in dem ich also sechs war und meine Schwester Asia elf –, ist meine Oma wie bereits erwähnt von einem Gabelstapler überfahren worden. Mama hat uns an einem x-beliebigen Tag verlassen, an dem nicht mal schlechtes Wetter war, wie es eigentlich sein sollte, wenn Mütter einen verlassen, sprich bei Regen oder an einem Tag, an dem der Himmel an eine Fischhaut erinnert. Opa ist kurz vor dem Abendessen gegangen, um mit Tombas Besitzer zu reden, und nie mehr wiedergekommen. All das geschah im Laufe einer einzigen Woche. Es war Sonntag, als Papa es merkte. Am Vormittag kam er nach einer auswärts verbrachten Nacht zurück, machte den Kühlschrank auf, nahm die Milch raus, schnupperte daran, um festzustellen, ob sie noch gut war, schenkte sich eine Tasse ein, suchte nach der Packung mit Keksen – es war nur noch einer drin –, setzte sich an den Küchentisch, tunkte den letzten Keks ein, wobei er sich die Finger nass machte, schaute auf und sah in diesem Moment mich sowie Asia an der Tür stehen: ich mit Roxy unterm Arm, dem alten Teddy, der einst meiner Schwester gehört hat, weshalb ich ihn nicht umtaufen durfte, und Asia in einem schwarzen T-Shirt mit dem Aufdruck »Das

Beste kommt erst noch«. Da schaute er sich um und sagte: »Wo, zum Teufel, sind bloß alle?«

»Wer?«, sagte Asia.

Der weiche Keks brach und plumpste in die Tasse.

»Eure Mutter?«, sagte Papa und zog fragend die Braue hoch.

»Weg?«, äffte ihn Asia nach.

Es geschah öfter, dass sich die beiden unterhielten, indem sie sich Fragen stellten, die keine waren.

»Wohin?«

»Weißt du das denn nicht?«

Papa verspeiste das Keksstück, das er noch zwischen den Fingern hielt, leckte sie ab, stand auf, wobei er den Stuhl laut über den Fußboden schrammen ließ, und ging ins Schlafzimmer. Der Kleiderschrank stand sperrangelweit offen, er war leer. Es hingen nur noch nackte Kleiderbügel darin. Auf dem Bett lagen nicht zusammenpassende Socken, ein BH und ein Pulli, den ihr die Oma vom Markt an der Porta Palazzo mitgebracht hatte, der ihr aber nach einhelliger Meinung nicht stand. Er war pistaziengrün und mit Papageien und Hubschraubern bedruckt. An der Wand waren die Umrisse eines abgehängten Bildes zu sehen. Papa blieb stumm davor stehen und starrte eine Ewigkeit auf den Schrank. Das weiß ich noch genau, weil ich dringend Pipi musste, aber nicht wegwollte, denn damals, wo ich so viele Leute hatte verschwinden sehen, hatte ich Angst, niemanden mehr vorzufinden, wenn ich von der Toilette käme. Er streckte den Arm aus, um auf die traurigen Überreste zu zeigen, und sagte:

»Ich fass es nicht, sie hat auch meine Klamotten mitgenommen.«

»Quatsch!«, sagte Asia, »da sind sie doch.« Sie zeigte mit dem Kinn auf den hintersten Winkel des Schranks.

Papa umrundete das Bett, beugte sich vor und griff nach einer Camouflagehose und einem rosa Hemd mit spitzem Kragen, dessen Brusttasche mit einer Doppelreihe Strasssteine verziert war. Dann schaute er zur Decke hoch und atmete erleichtert auf. »Gott sei Dank!«, sagte er.

Somit blieben wir allein zurück: Papa, Asia und ich. Fest stand, dass wir jetzt zu Hause so viel Platz hatten, dass wir gar nicht wussten, was wir damit anfangen sollten. Wir wohnten im obersten Stockwerk – vierte Etage ohne Lift – in einem vor etwa hundert Jahren für Arbeiter einer nahe gelegenen Fabrik und ihre Familien errichteten Gebäude: Zimmer, Küche, Bad. Asia und ich hatten bisher in einem abgetrennten Bereich geschlafen, hinter einer Wand aus Gipskarton. Dort war gerade genug Platz für unser Stockbett. Opa und Oma, also die Großeltern mütterlicherseits, hatten, solange es sie gab, in der Küche auf dem orangefarbenen Ausziehsofa übernachtet. Wollte man es ausziehen, musste man erst mal den Esstisch und die Stühle vors Küchenbüfett schieben.

Die Wohnung gehörte der Witwe Rispoli, die bei uns immer nur »die Witwe« hieß, ein Gutmensch und Freundin des Pfarrers Don Lino. Sie hatte uns die Wohnung nach meiner Geburt vermietet. Die Witwe besaß so viele Häuser, dass sie gar nicht mehr wusste, wohin damit, und

Don Lino hatte sie überredet, nur eine niedrige Miete zu verlangen – so niedrig, dass sie kaum mehr als die Nebenkosten deckte. Denn so ist das Leben, wenn alles gut läuft: voll großzügiger Leute. Um die Witwe glücklich zu machen, brauchten wir Kinder sie nur mit einem Lächeln und einer Zeichnung zu begrüßen, wenn sie kam, um die Miete abzuholen. Die Großeltern plauderten kurz bei einer Tasse Kaffee mit ihr, und Papa gab ihr einen Handkuss – vorausgesetzt, er drückte sich nicht gerade. Es genügte, ihr Gelegenheit zu geben, ob unserer Dankesbezeugungen zu erröten. Um sie dann mit einem schweren Umschlag voller Münzen wieder nach Hause zu schicken, die wir extra sammelten, um ihr zu verstehen zu geben, dass wir gezwungen waren, unser Sparschwein zu schlachten, wenn wir sie bezahlen wollten.

Nachdem Mama und die Großeltern weg waren, blieben nur noch Asia und ich, um sie zu empfangen. Wir duschten. Wir kämmten uns. Wir zogen ein sauberes T-Shirt an. Und antworteten auf die Frage: »Wie geht's euch, meine Kleinen, kann sich euer Vater überhaupt um euch kümmern, jetzt, wo er ganz alleine ist?« mit Blicken und Schilderungen, die so rührend waren, dass Papa beim Abendgebet der Witwe einen immer höheren Stellenwert bekam.

Um die Traurigkeit zu verscheuchen, die auf uns lastete, seit Mama gegangen war – eine Traurigkeit, die sich anfühlte, als würde ich ein Loch in mir ausheben und müsste tonnenweise Schutt entsorgen, wobei mir Asia ständig im Weg stand, sodass ich monatelang nur noch stolperte (deswegen, aber nicht nur) –, um diese Traurigkeit zu verscheuchen, entfernte Papa die Gipskartonwand, die das Schlafzimmer teilte, und meinte, der ganze Raum gehöre jetzt uns; er werde auf dem Küchensofa schlafen. Na ja, es war nicht ganz dasselbe, wie Mama und die Großeltern nebenan zu haben, aber doch etwas, auf das wir uns konzentrieren konnten. Asia und ich beschlossen, gemeinsam im Doppelbett zu schlafen und das Stockbett Papa zu überlassen, falls er der Küche hin und wieder entfliehen wollte. Ich weiß noch, wie ich dachte, wir können ja jetzt Freunde zum Übernachten einladen, doch irgendwie ist es nie dazu gekommen. Wir hatten keine so engen Freunde, die wir hätten einladen können, ohne dass deren Eltern Erkundigungen über unsere Familie einholten. Und dann war die Antwort immer dieselbe: Wenn wir wollten, könnten wir ja bei ihnen übernachten.

Die Wände teilten wir auf: Asia nahm die hinterm Ehebett und die mit dem Schrank. Sie pflasterte sie mit Fotos aus Kochzeitschriften von Schokosoufflés, ausgehöhlten Broten mit Kichererbsencremesuppe, Auberginen-Cannelloni, Nudeln mit Zucchiniblüten, Ente in Orangensauce, *Cassata siciliana* und Apfel-Charlotte zu. Schon damals wusste Asia, dass sie einmal Köchin werden wollte. Ich dagegen nahm die Wand hinterm Stockbett und die mit dem Fenster. Darauf zeichnete ich meine Monster.

Von klein auf war ich fest davon überzeugt, dass sich Monster in den Wänden verstecken. Dass sie durch die Ziegelfugen schlüpfen, die elektrischen Leitungen als Lift

benutzen und ein Riss in Wand oder Zimmerdecke genügt, um sie ins Haus zu lassen. Und in unserem Zimmer,
ja eigentlich überall in der Wohnung, herrschte an Rissen
wahrlich kein Mangel. Manchmal hörte ich sie darin rumoren, die Monster, flüstern. Ich starrte auf die Risse –
vor lauter Angst, es könnte jeden Moment eine schwarze,
schleimige, asphaltähnliche Masse daraus hervorquellen,
sich auf den Boden ergießen und zu einem Wesen mit
Fangarmen und hundert Augen gerinnen, das anstelle
eines Mundes nur einen zahnlosen Schlund aufwies. Denn
Wandmonster zerfleischen einen nicht: Wandmonster lutschen einen aus wie ein Bonbon. Sie lutschen einen so lange aus, bis man tot ist.

Deshalb zeichnete ich sie. Um ihnen zu zeigen, dass ich
wusste, woraus sie gemacht waren. Denn in der Schule
hatte ich gelernt, dass Wissen Macht ist. Ich malte sie direkt an die Wand, damit die Monster ihr Ebenbild sahen,
wenn sie mir aus den Ritzen hinterherspionierten. So nach
dem Motto: Ich weiß genau, wer ihr seid; ich weiß, dass ihr
da seid, und solange ihr bleibt, wo ihr seid, stößt niemandem etwas Schlimmes zu. Wenn ich nachts wahnsinnige
Sehnsucht nach meiner Mutter bekam und nicht einschlafen konnte, wenn ich versuchte, mir in Gedanken ihr Gesicht auszumalen und nur ein Ebenbild zustande brachte,
das aussah, als hätte man eimerweise Farbe aufs Papier ge-
klatscht, in solchen Nächten verfolgten sich die Monster
besonders lautstark in den Wänden. Dann wälzte ich mich
zwischen den Laken hin und her, suchte nach Asias Hand
und drückte sie, während sie seufzte: »Denk nicht mehr

dran, Ercole. Denk einfach nicht mehr dran«, ohne dass ich ihr auch nur das Geringste gesagt hätte.

Aus dieser Zeit könnte ich jede Menge erzählen. Zum Beispiel die Geschichte von dem Fahrrad, das Papa mir zum elften Geburtstag geschenkt hat, denn die ist wirklich schräg. Oder die, als die Lehrerin mich und einen Freund in der Sechsten dabei erwischt hat, wie wir »Echte Männer enthaaren sich nicht« mit Kreide an die Schulwand geschrieben haben, woraufhin sie uns unter Androhung eines Verweises gezwungen hat, alles wieder abzuwischen. Die, als ich mein Schulheft in die Mülltonne geworfen habe, weil die Physiklehrerin einen Vermerk hineingemacht hatte, den ich Asia nicht zeigen wollte, bis ich begriff, dass Asia es so oder so erfahren und sich anschließend erst recht aufregen würde, weil ich jetzt auch noch ein neues Heft brauchte, woraufhin ich die ganze Nacht betete, die Müllabfuhr möge nicht kommen, um morgens rauszurennen und das Heft noch in der Tonne vorzufinden – unter einem Kondom, einem Paar Schuhe und einer Bananenschale. Die Geschichte von Papa, der anfing, sich mit einer Frau zu treffen, die sich blau und grün schminkte – und obwohl das meine Lieblingsfarben sind, muss ich leider sagen, dass sie ihr nicht wirklich standen. Die von dem Schild, das er außen an die Tür hängte, wenn er nicht wusste, wann wir nach Hause kamen, und auf dem stand: »Haut ab!« Die Geschichte, als ich Asia zum Achtzehnten eine Kette aus Glasteilchen geschenkt habe, die ich auf unserem Schulausflug in Pietra Ligure am Meer gefunden hatte. Oder die von der Zeichnung, mit der ich einen Schulwettbewerb gewonnen habe – der Preis bestand in einem Stift und einer Kopie der Menschenrechte. Diese Liste ließe sich endlos fortsetzen. Ich könnte all das erzählen und noch viel mehr, aber es würde auch nur auf den Tag hinauslaufen, an dem ich mich verliebt habe.

Es geschah eines Nachmittags gegen Ende des Winters, in der neunten Klasse – im Februar, acht Monate bevor ich mit Luca auf dem Dach besagter Lagerhalle landete. An einem Mittwoch, an dem das Licht, nachdem es durch die Wolkenberge gedrungen war, ganz zerknautscht die Erde erreichte. Wenn man sich konzentrierte, konnte man regelrecht hören, wie es knisternd seine ursprüngliche Form zurückgewann. An einem dieser Nachmittage, an denen ich keine Lust hatte, zu Hause zu bleiben, und an dem ich, weil mir nichts Besseres einfiel, den Bus nahm. Das tat ich hin und wieder, tue es manchmal noch heute: Ich steige in irgendeinen Bus und lasse mich mitnehmen. Ich suche mir einen Fensterplatz und schau mir die Stadt an. Geschäfte, Balkone, Verkehr. Ich beobachte die Leute und denke, wie verschieden die Menschen doch sind und wie komplex. Und dass es genau diese Komplexität und Verschiedenheit ist, die sie tatsächlich miteinander verbindet.

Der Bus hatte mich quer durchs Zentrum ans andere Ufer der Dora gebracht, in eine Gegend, in der ich noch nie zuvor gewesen war. Autoabgase hingen in der Luft, bevor sie sich verflüchtigten, Hunde bellten und zogen an ihren Leinen, und Frauen trugen Taschen und Kinder – manchmal fröhlich und gut gelaunt, dann wieder, als wäre es eine Strafe. An einer Ampel ließ ein schwarz gekleideter junger Mann Fackeln rotieren und spuckte Feuer, anschließend ging er mit dem Hut zwischen den Autos herum. Als er an meinem Busfenster vorbeikam, lächelte er mir zu. In diesem Augenblick schaute ich auf und entdeckte hinter ihm, unter den Bäumen der Allee, einen Kiosk aus Gusseisen und Glas – eine Blumenhandlung. Davor stand eine alte Frau mit einem dicken hellblauen Wollschal um den Hals. Sie beugte sich über den Tresen und stellte für eine Kundin einen Strauß zusammen. Und neben der Blumenhändlerin stand *sie*. Sie war etwa in meinem Alter. Ich weiß nicht mehr, was genau meine Aufmerksamkeit erregte: ihr üppiger roter Haarschopf, die Form ihres Gesichts, ihre schwarze Lederjacke oder alles auf einmal – es geht immer um alles auf einmal. Ich sah, wie sie sich reckte, um nach etwas zu greifen, nach einem Gegenstand an einem Haken, und es kam mir so vor, als würde sie gleich abheben. Die Kundin machte einen Witz, sie lachte, und ich bekam Lust, ebenfalls zu lachen. Vermutlich tat ich es auch, so ansteckend war es: wie Gähnen. Dann sah ich, wie sie die Schere nahm und das Band durchtrennte, mit dem die Blumenhändlerin den Strauß dekorierte.

Wir fuhren weiter.

Ich sprang auf. »He!«, rief ich, »anhalten, ich muss hier raus.« Zu spät. Der Bus fädelte sich in den Verkehr ein, und ich sah, wie sich der Kiosk entfernte, wie *sie* hinter einem Laster mit der Aufschrift »Die Königin des Büffelmozzarellas« verschwand. Eine Frau stand auf, um sich aufs Aussteigen vorzubereiten, und sagte mir, die nächste Halte-stelle sei gleich um die Ecke. Sie musterte mich aus den Augenwinkeln. Ich muss einen merkwürdigen Eindruck gemacht haben, denn sie fragte: »Alles in Ordnung?« Ich nickte lächelnd, hüpfte aber dabei auf und ab, als müsste ich mir gleich in die Hose machen. Kaum öffneten sich die Türen, sprang ich hinaus und sprintete los. An der Kreu-zung entdeckte ich den Kiosk auf der anderen Straßensei-te wieder: Die Blumenhändlerin leerte eine Vase, und die Kundin war gegangen. Aber nicht *sie*. *Sie* saß auf einem von diesen hohen Metallhockern, einer Art Barhocker, und unterhielt sich mit der alten Frau, während sie bunte Papierbogen faltete und in irgendwelche Umschläge steck-te. Ich wartete, bis die Ampel auf Grün sprang, und über-querte die Straße, während der schwarz gekleidete junge Mann begann, erneut mit seinen Fackeln zu jonglieren. Ich ging direkt auf den Kiosk zu.

»Hallihallo«, sagte die alte Blumenhändlerin, als sie mich sah. Sie hatte ein extrem breites Lächeln und him-melblaue Augen in der Farbe ihres Schals, wässrig und durch ihre Brillengläser vergrößert.

Sie schaute von den Umschlägen auf und musterte mich, wenn auch wortlos. Ich beobachtete sie aus den Augen-winkeln und antwortete der Blumenhändlerin mit einem Nicken.

»Kann ich dir irgendwie behilflich sein?«

»Ja.«

…

…

…

»Womit denn?«, fragte die Blumenhändlerin.

Ich sah mich hilfesuchend um. »Mit einer Blume«, sagte ich.

»Oh, na dann bist du hier genau richtig. Wir haben jede Menge davon.«

Sie verzog das Gesicht, als müsste sie ein Lachen unterdrücken, und faltete wieder Papierbogen.

Ich tat, als wenn nichts wäre. »Wie viel kostet das?«, fragte ich.

»Eine Blume?«

»Ja.«

»Das kommt auf die Blumen an«, sagte die Blumenhändlerin todernst, als wäre ich ihr wichtigster Kunde. »Woran hast du denn so gedacht?«

»Die da.« Ich zeigte hinter sie.

»Das sind Chrysanthemen.«

Ich nickte, als wüsste ich, wovon sie redete.

»Musst du damit zum Monumentale?«

»Zum Monumentale?«

Die Blumenhändlerin warf einen vielsagenden Blick auf die gegenüberliegende Mauer.

»Zum Friedhof«, sagte das Mädchen mit den roten Haaren und faltete weiter.

Da sie das Wort an mich gerichtet hatte, sah ich sie an, ließ meinen Blick langsam an ihrer Jacke, dem Reißverschluss und ihrem grünen Rollkragenpullover emporgleiten. Kinn, Lippen, Nase. Sommersprossen. Augen. Braun. Und dann die Haare. Rot. Eine wahre Explosion. Sie war so hinreißend, dass es mir den Atem verschlug. Aber auch ohne Atem hörte ich mich etwas sagen. Nämlich, dass ich klar doch eine Tante auf dem Friedhof liegen habe, eine Tante, die keiner aus meiner Familie leiden könne, weil sie ihr Geld einer Sekte vermacht habe oder so, weshalb niemand ihr Grab pflege, während ich es einfach unmöglich finde, sich an einer Toten zu rächen – bloß weil sie jemand anders ihr Geld vermacht habe. Deshalb wolle ich auch so genau wissen, was diese Blumen kosteten, die Chrysanthemen für die Tante. Weil ich noch nie welche gekauft habe, also Chrysanthemen beziehungsweise überhaupt Blumen.

Die Blumenhändlerin hörte mir aufmerksam zu und nannte anschließend die Preise. Dabei leierte sie Mengen, Zusammenstellungen und andere Details herunter, mit denen ich nicht das Geringste anfangen konnte, bis sie irgendwann verstummte, meinem Blick folgte und aufgrund dessen, was mein Interesse erregt hatte, *ihren* Namen sagte und Viola bat, sie mir doch zu zeigen, also die Blumen, damit sie in der Zwischenzeit die Abrechnung machen könne. Viola unterbrach ihre Arbeit mit den Umschlägen und machte da weiter, wo die Alte aufgehört hatte – so als wäre es das Normalste von der Welt, einem Gleichaltrigen Friedhofsblumen zu verkaufen. Sie zeigte mir Gerbera, Lilien und anderes Grünzeug, auf das ich nicht weiter achtete, weil ich mich viel zu sehr auf ihre leicht heisere Stimme konzentrierte. Sie sprach das S irgendwie seltsam aus, was mir eine Gänsehaut bescherte. Ich hätte ihr ewig zuhören können!

Als ich zwei Stunden später nach Hause kam, saß Asia in der Küche und rechnete gerade etwas auf einem Blatt

Papier aus. Sie nippte an ihrer Teetasse und fragte: »Was ist denn mit dir los?«

Ich lehnte mich an den Türrahmen. »Wieso?«

»Du siehst aus, als hättest du einen Chihuahua vorbeifliegen sehen.«

Ich straffte die Schultern und seufzte.

Asia stellte die Tasse ab und streckte die Beine unter den Tisch. »Los, raus mit der Sprache!«

»Wie alt warst du, als du dich zum ersten Mal verliebt hast?«

»Da war ich noch in der Grundschule.«

»Nein, das meine ich nicht. So *richtig* verliebt, meine ich.«

»Man verliebt sich immer richtig. Entweder man ist verliebt oder eben nicht.«

Asia war seit ein paar Monaten mit Andrea zusammen, dem Besitzer der Trattoria, in der sie arbeitete, ein blonder Typ um die dreißig, der auf Rugby und Punkrock stand und mir gern kräftig auf die Schulter klopfte. Nach Abschluss der Hotelfachschule hatte Asia eines Tages im Fenster einer Trattoria im Campidoglio-Viertel, ganz in der Nähe unserer Wohnung, einen Aushang gesehen: »Kellnerin in Teilzeit gesucht.« Sie hatte sich vorgestellt und war genommen worden. Sie war zuverlässig und freundlich. Die Gäste ließen sich gern von ihr bedienen, und schon bald rief der Besitzer, Andrea, sie ständig an, damit sie für andere einsprang. Als es eines Nachmittags Probleme in der Küche gab, bot Asia an, auch dort auszuhelfen. Woraufhin sie die Küche nicht mehr verlassen sollte.

»Liebst du Andrea?«, fragte ich.

»Das muss ich erst noch rausfinden. Und du?«

»Nein, ich glaub nicht, dass ich ihn liebe.«

Asia verdrehte die Augen. »Blödmann!«, sagte sie. »Ich will wissen, ob du dich schon mal in jemanden verliebt hast.«

»Heute.«

»In wen denn?«

»Sie heißt Viola.«

Asia legte den Stift weg und drückte den Rücken durch. »Und wo hast du sie kennengelernt?«

»Bei einer Blumenhändlerin.«

»Was hattest du denn bei einer Blumenhändlerin zu suchen?«

»Ich hab sie gesehen und bin hin, um sie um Blumen zu bitten.«

»Du hast Blumen gekauft?«

»Ich hab sie nicht gekauft. Ich hab bloß Erkundigungen eingeholt.«

»Und sonst?«

»Wie sonst?«

»Wie ist sie so?«

Ich schaute zur Decke und suchte nach Worten, ging insgeheim das ganze Wörterbuch durch. Nach längerer Überlegung sagte ich: »Wunderschön.«

»Beschreib sie mir.«

»Keine Ahnung … rote Haare, schwarze Lederjacke, Sommersprossen.«

»Habt ihr euch unterhalten?«

»Sie hat mir was über Blumen erzählt. Sie hat so eine Stimme ... Die macht mir Gänsehaut.«

»Und, seht ihr euch wieder?«

»Ich dachte, ich geh wieder zum Kiosk. Gleich morgen. Kannst du mir Geld leihen?«

»Wofür?«

»Bitte!«

»Nein, wofür? Wofür brauchst du das Geld?«

»Für die Blumen. Für die Tante.«

»Welche Tante?«

»Für die, die ihr ganzes Geld einer Sekte vermacht hat.«

...

»Egal, das ist eine lange Geschichte«, sagte ich. »Zehn Euro genügen.«

Asia erhob sich wortlos, suchte in ihrem an der Garderobe hängenden Parka nach dem Geldbeutel, kam zu mir, weil ich es einfach nicht schaffte, mich vom Türrahmen zu lösen, und gab mir den Schein. Unsere Finger hielten ihn länger fest als sonst. Mir fiel auf, dass Asia mich musterte wie einen vertrauten Ort, an den man nach längerer Abwesenheit zurückkehrt. Sie suchte nach winzigen Abweichungen – nach einem Davor und einem Danach. Dann umarmte sie mich. Sie zog mich mit einer Heftigkeit an sich, die mir fremd war. Erst erstarrte ich und ließ sie dann einfach machen, ließ reglos die Arme herabhängen. Ich war gerade in einer Phase, in der ich nicht gern umarmt wurde, schon gar nicht von Familienmitgliedern. Körperkontakt war mir unangenehm. Doch dann gab ich mich ihrer Zärtlichkeit hin und umschlang ihre Taille. Sie duftete nach Patschuli, genau wie Mama – die einzige Spur, die sie in Asias Leben hinterlassen hatte. Ich spürte die Holzkugeln ihrer Kette an meiner Wange. Für einen kurzen Moment fühlte ich mich erwachsen und Kind zugleich. Selbst wenn ich den Rest meines Lebens mit Viola verbringen darf – was mir mit Sicherheit vorherbestimmt ist, dachte ich –, wird Asia trotzdem immer der wichtigste Mensch in meinem Leben bleiben.

Am nächsten Tag kehrte ich zum Kiosk zurück. Ich war noch ein gutes Stück davon entfernt, als ich feststellte, dass Viola nicht da war. Ich wollte die zehn Euro nicht ausgeben, ohne sie zu sehen, und verschwand, noch bevor mich die alte Blumenhändlerin bemerkte. Erst da begriff ich, dass ich fest davon ausgegangen war, Viola arbeitete im Kiosk und ich könnte sie jederzeit wiederfinden. Aber das stimmte gar nicht. Ich wusste nicht mal, in welcher Beziehung sie zur alten Frau stand. Was, wenn sie nur zufällig dort gewesen war? Darauf gewartet hatte, abgeholt zu werden? Vielleicht wohnte sie ja in einer ganz anderen Stadt? Wir hatten uns am Vortag einfach so voneinander verabschiedet, während die Informationen über Lilien und Chrysanthemen zwischen uns in der Luft hingen: »Danke, ich geh jetzt, denk drüber nach und komm dann noch mal zurück.« Natürlich hätte ich die Besitzerin fragen können, aber was sollte ich ihr schon groß sagen? »Hören Sie, würden Sie mir bitte verraten, wann Viola wiederkommt, weil ich beschlossen habe, meiner Tante die Blumen erst zu bringen, wenn *sie* sie mir verkauft? Die Vorstellung, ihr unverblümt zu erklären, dass ich mich null für die Blumen interessierte, und sie zu bitten, mir mitzuteilen, wo ich Viola finden könne, machte mich ganz nervös. Selbst wenn ich erfahren hätte, auf welche Schule sie ging, was dann? Sollte ich sie etwa vor dem Schultor abpassen? Nein, es war deutlich besser, sie hier wiederzutreffen, darauf zu hoffen, dass sie zurückkehrte. Beim Gedanken, sie könnte nie wieder zurückkommen, wurde mir schwindlig. *Nie wieder.* Das würde ich nicht überleben. Ich beschloss, eine Woche lang jeden Nachmittag zum Kiosk zu gehen. Wäre sie nach sieben Tagen immer noch nicht aufgetaucht, würde ich die Blumenhändlerin ansprechen.

Ich hatte einen Notizblock zum Zeichnen dabei. Am Freitag zeichnete ich Tauben, Blätter, eine Frau mit Gummistiefeln, parkende Autos, ein Motorrad, Baumwurzeln, noch mehr Tauben. Am Samstag ein kleines Mädchen mit einem Schirm, Tauben, Flaschen, die Tonnen für die Mülltrennung, eine Bank, eine Hand. Am Sonntag Bäume, meine Gedanken, einen Herrn mit Stock und Hut, Tauben, einen Hund und Wind, der Blätter vor sich hertreibt. Am Montag war der Kiosk geschlossen, also ging ich wieder nach Hause. Am Dienstag zeichnete ich meine Füße, den Kiosk, die Blumenhändlerin, die Chrysanthemen, einen Lieferwagen und Tauben.

Bis ich am nächsten Mittwoch im Näherkommen »Hallihallo!« rief.

»Guten Tag«, sagte die Blumenhändlerin.

»Hallihallo«, sagte Viola. An diesem Tag trug sie eine gefütterte Jeansjacke, einen blauen Pulli und eine safrangelbe Mütze, unter der ihre roten Haare wie Flammen hervorzüngelten.

Ich hielt ihnen die zehn Euro hin. »Chrysanthemen und Gerbera, bitte. Für das Grab meiner Tante.«

»Kommt sofort … Viola, reich mir die Gerbera.« Die Blumenhändlerin machte sich an die Arbeit, und es dauerte keine Minute, bis der Strauß fertig war.

Ich nahm ihn und musterte ihn gründlich. Er sah wirklich schön aus. Viel zu schade für ein Grab. Aber das sagte ich natürlich nicht, sondern: »Kann ich Sie etwas fragen?«

»Natürlich.«

»Na ja, ich … Ich kenn mich auf dem Friedhof nicht aus.«

»Gehst du zum ersten Mal ans Grab dieser Tante?«

»Ja.«

»Vielleicht solltest du bei der Friedhofsverwaltung nachfragen. Am Eingang rechts.«

»Vielleicht finde ich es ja intuitiv.«

»Auch eine Möglichkeit«, sagte die alte Blumenhändlerin. »Warum nicht?«

»Glauben Sie daran, dass die Welt der Lebenden mit der der Toten in Verbindung steht?«

Die Blumenhändlerin nahm ihre Brille ab und hauchte die Gläser an. »Ich glaube, dass das Leben mysteriös ist.«

Daraufhin sagte ich: »Mich machen Friedhöfe nervös.«

»Da bist du nicht der Einzige.«

»Vielleicht kann Viola mich ja begleiten?«

…

Das verschlug ihnen die Sprache. Sie wechselten einen Blick, und nach einer Pause, die gefühlt Jahrhunderte dau-

28

erte, sagte die Blumenhändlerin: »Ich hab nichts dagegen, aber das muss sie selbst entscheiden.«

Zunächst einmal muss ich gestehen, dass ich, als ich mich *Vielleicht kann Viola mich ja begleiten?* sagen hörte, also als mir diese Worte herausrutschten und mir wegen ihrer skandalösen Dreistigkeit in den Ohren hallten – so kamen sie mir nämlich vor: skandalös und dreist –, dass ich da dachte: *Wow!* Nie hätte ich gedacht, so mutig zu sein. Im Grunde fand ich mich eigentlich recht schüchtern. Damals glaubte ich, dass es das Beste ist, unbeteiligt zu tun, ungerührt zu bleiben, während sich die Welt weiterdreht, und andere den ersten Schritt machen zu lassen. Nicht umsonst war mein Lieblingssport Basketball, weil ich den ganz für mich allein auf dem Sportplatz in der Via Braccini ausüben konnte, und zwar wenn alle schon weg waren und nur noch ich da war – Hände, Korb, Ball, Asphalt. Und drum herum die Stadt, vertraut wie die Herausforderung. Das Geräusch des aufprallenden Balls. Von Ball gegen Metall. Von Ball gegen Brett. Aber an diesem Tag fiel mir etwas ein, das ich zu Marcello, dem Besitzer des Caffè Barzagli, gesagt hatte, nämlich dass wir uns Fragen häufig nicht deshalb verkneifen, weil wir niemanden nerven wollen, sondern weil wir Angst vor der Antwort haben. Wenn ich also eine Antwort wollte, musste ich auch eine Frage stellen. Was mich vollkommen verblüffte, war, dass Viola einwilligte. Sie sagte Ja, mit einer unmerklichen Bewegung ihres Halses und sich kräuselnden Lippen. Die Blumenhändlerin putzte ihre Brillengläser mit einem Tuch, und während ihre riesigen, wässrigen Augen wieder ihre normale Größe annahmen, sagte sie nur: »Seid in einer halben Stunde wieder da.«

Anfangs liefen Viola und ich stumm nebeneinanderher. Eine ganze Weile. Dann tauschten wir verlegen ein paar Worte, brachen mitten im Satz ab. Der Friedhof umfing uns mit Schweigen, Blätterrascheln, plätscherndem Wasser und geflüsterten Worten. Die Friedhofswärter mähten das Gras und säuberten die Wege, aber es war, als wären sie gar nicht vorhanden. Die Besucher knieten vor Bildern ihrer Verwandten, staubten sie mit Taschentüchern oder Jackenärmeln ab, zeichneten behutsam Kreuze auf Stirn oder Brust oder schritten über den Kies. Statuen aus Marmor und Granit. Ein Spinnennetz zwischen den Dornen einer Rose.

»Sie ist meine Oma«, sagte Viola mit Blick auf eine Madonna, die Hände und Augen zum Himmel gehoben hatte.

»Du bist Gottes Enkelin?«, erwiderte ich ungläubig.

»Die Blumenhändlerin.«

»Das hab ich schon verstanden.«

»Ich besuch sie jeden Mittwochnachmittag.«

»Deswegen also.«

»Wie?«

»Weil ich dich nicht mehr gesehen habe. In den letzten Tagen, meine ich.«

»Kommst du öfter hier vorbei?«

»Ja. Seit letzten Mittwoch.«

Ein kleines Mädchen lief neben uns her und verschwand hinter einem Familiengrab. Wir hörten, wie der Vater nach ihr rief. Viola wandte den Blick ab und biss sich auf die Unterlippe. Ich wurde nicht recht schlau aus ihr. Sie wirkte in sich gekehrt, aber gleichzeitig frech. Sie schien die ganze Welt erobern zu können, es aber nicht für nötig zu halten. Genau wie ich!, dachte ich. Gleichzeitig war sie ganz anders: der Verbindungspunkt eines Kreises, der sich geschlossen hat.

»Und warum besuchst du sie mittwochs?«, fragte ich.

»Ich weiß nicht, das ist so eine alte Angewohnheit. Seit ich klein bin, gehört der Mittwoch der Oma. Seit sie den Kiosk übernommen hat, helfe ich ihr. Davor hat sie für eine Einrichtungsfirma gearbeitet. Sie ist jetzt in Rente und Witwe. Zu Hause langweilt sie sich.«

»Und du willst auch mal Blumenhändlerin werden?«

»Ach, Quatsch! Aber es gefällt mir, die einzelnen Pflanzen kennenzulernen. Wie heißt denn deine Tante?«

»Das weiß ich nicht mehr.«

»Das heißt, wir suchen ein Grab, von dem du nicht weißt, wo es liegt. Von einer Frau, an deren Namen du dich nicht mehr erinnerst?«

»Wenn ich es sehe, erkenn ich es wieder.«

»Wie denn, wenn du noch nie da warst?«

Ich zuckte mit den Schultern.

»Oh, ich hab deine Intuition vergessen«, sagte Viola.

…

Wir liefen weiter. Ich fragte, auf welche Schule sie gehe.

»Aufs altsprachliche Gymnasium. Aufs Gioberti. Und du?«

»Auf die Berufsfachschule. Plana. Wo wohnst du?«

»Hinter der Gran Madre.«

Ich stieß einen leisen Pfiff aus. »Oben in den Hügeln? Ich mag die Hügel.«

»Ehrlich gesagt steh ich mehr auf den Fluss. Ich rudere. Hast du das schon mal ausprobiert?«

»Noch nie.«

»Das mach ich schon, seit ich klein bin.« Sie schenkte mir ihr typisches Strahlen, das meine Haut zum Prickeln brachte. So etwas hatte ich noch nie erlebt: Was für ein Glück, dass ich mich in ein Mädchen verliebt hatte, das mir Lust machte zu lachen. »Ich liebe ihn – den Fluss, meine ich«, sagte Viola. »Und ich liebe das Rudern. Du weißt schon: auf dem Wasser sein, und das mitten in der Stadt. Dieses Schwappen.«

»Dieses …?«

»Schwappen. Dieses Geräusch, wenn das Wasser ans Boot schlägt. Ganz so, als … Keine Ahnung, so, als würde man von der ganzen Welt hin und her gewiegt. Machst du irgendeinen Sport?«

»Basketball.«

»In einer Mannschaft?«

»Auf dem Sportplatz. Auf dem in der Via Braccini.«

Viola zog die Nase kraus, sie wusste nicht, wo das war.

»In der Via Braccini spielen immer jede Menge Leute«, erklärte ich. »Erwachsene. Filipinos und Chinesen. Die Filipinos und Chinesen sind brutal gut.«

»Und mit denen spielst du?«

»Nein, ich schau ihnen zu. Ich spiele, wenn der Platz leer ist. Ich spiele am liebsten allein. Es geht schließlich darum, den Ball in den Korb zu kriegen.« Ich tat so, als würde ich einen Gegner umdribbeln und einen Jump Shot versenken. Ich jubelte. Woraufhin ein Gärtner mit Rechen brummelte, wir seien hier nicht im Stadion. Ich hob entschuldigend die Hand und spähte zu Viola hinüber: Ihre Augen funkelten. Ich fixierte ein Grab hinter ihr. »Da ist sie!«, sagte ich.

»Wer?«

»Meine Tante.«

Wir gingen eng nebeneinander in die Hocke und musterten einen moosbewachsenen Grabstein, auf dem das Schwarz-Weiß-Foto einer alten Dame prangte: Mirella Ferrero.

Viola fegte mit der Hand trockene Blätter und Blüten beiseite: »Da steht, dass sie 1923 gestorben ist.«

»Sie ist eine entfernte Verwandte«, sagte ich.

»Eine sehr entfernte«, bemerkte sie.

Wir legten die Blumen ab und schwiegen feierlich. Ich fragte mich, was für ein Leben Mirella Ferrero wohl gehabt hatte. Das Grab machte tatsächlich einen sehr verwahrlosten Eindruck, so als kümmerte sich schon seit Jahren niemand mehr darum. Gleichzeitig war es ein schönes Grab, das Geschichten von federgeschmückten Hüten, Silberbesteck und von heißer Schokolade in der Via Po erzählte. Eine Frauenstimme in meinem Kopf flüsterte, das Leben sei im Nu vorbei, es beginne und ende, wir müssten uns einfach nur mit der Strömung treiben lassen, dem Boot dabei aber eine Richtung geben: ziemlich vermessene Gedanken für eine alte Dame, die Anfang des Jahrhunderts gelebt hatte. Ich nutzte das Schweigen, um über meinen nächsten Schachzug nachzudenken, und fragte mich, ob ich mich nicht wie Viola im Ruderverein anmelden sollte. Oder sollte ich sie bitten, mit mir Basketball zu spielen? Die Schule wechseln? Hätte ich an irgendeinen Gott geglaubt – ich hätte angefangen zu beten. Aber es begann zu nieseln. Wir kehrten zum Kiosk zurück. Als uns die Blumenhändleroma sah, kürzte sie gerade eine soeben entdornte Rose. Sie sagte, wir seien sechs Minuten zu spät, sie sei schon drauf und dran gewesen, die Polizei zu verständigen. Dann brach sie in lautes Gelächter aus, und ihre Brillengläser beschlugen. Es wurde Zeit, sich zu verabschieden.

»Hör mal …«, sagte ich.

»Ja?«

»Danke.«

»Gern geschehen.«

»Äh, was meinst du, wollen wir uns irgendwann wiedersehen? Zum Beispiel am … Keine Ahnung. Entweder ich schau hier vorbei …«

Viola zog ein Handy aus der Tasche. »Gib mir deine Nummer, dann ruf ich dich an.«

»Meine Nummer?«

»Ja.«

»Na ja … ich hab keine.«

»Du weißt deine Nummer nicht mehr?«

»Ich hab kein Handy.«

»Du hast kein Handy?«

»Wir haben nicht mal einen Festnetzanschluss zu Hause. Deswegen … Aber wenn du mir deine aufschreibst, meld ich mich.«

Viola sah mich an, als würde ich sie auf den Arm nehmen. Dann verstand sie, dass ich es ernst meinte, griff wortlos nach einer der Visitenkarten des Kiosks, schrieb ihre Handynummer auf die Rückseite und gleich darunter: »Du bist schräg!« Das hatte mir Asia eines Abends vor mehreren Jahren auch schon gesagt, nach dem San-Giovanni-Feuerwerk. Es begann heftig zu regnen. Ich verstaute die Visitenkarte in der Innentasche meiner Jacke, damit sie nicht nass wurde, rief Viola und ihrer Oma einen Abschiedsgruß zu und rannte zum Bus. Im Rennen legte ich die Hand auf die Tasche, auf die Höhe meines Herzens. Trotz der Kleidung spürte ich, wie es schlug.

Zu Hause hing das Schild mit der Aufschrift »Haut ab!« an der Tür. Regendurchnässt wie ich war, setzte ich mich auf die Treppe und wartete, fragte mich, ob nun wohl der Moment gekommen sei, mir ein Handy zuzulegen. Asia hatte sich eines gekauft, als sie die Stelle in der Trattoria angetreten hatte, damit sie erreichbar war, wenn sie einspringen musste – aber ich konnte Viola ja schlecht Asias Nummer geben. Davor hatten wir immer vom Caffè Barzagli aus telefoniert. Marcello, der Barmann, kannte uns schon seit Ewigkeiten – seit Asia und ich noch klein waren. Oft ließ er mich irgendwas machen, damit ich mir etwas Kleingeld verdienen konnte: Ich packte Waren aus und räumte sie in die Regale oder putzte die Klos. Wir redeten über die Orte auf der Welt, die wir gern einmal besuchen würden, Island zum Beispiel oder die Schweinebucht. Im Sommer durfte ich bei ihm anschreiben, wenn ich Eis wollte. Er hatte

Darth Vader auf den einen und Luke Skywalker auf den anderen Arm tätowiert, und auf den Cappuccino malte er je nach Wunsch ein Blatt oder ein Herz.

Aber um wieder aufs Telefonieren zurückzukommen: Zu Hause hatten wir nie einen Anschluss gehabt, weil Papa meinte, das Telefon hätte ihm zeit seines Lebens nur schlechte Nachrichten überbracht: Nie, so mein Vater, nicht ein einziges Mal habe jemand mit einer guten Nachricht angerufen. Immer nur, um ihn zu stören, zu beschimpfen oder an irgendwelche Schulden zu erinnern. Außerdem war er fest davon überzeugt, dass es bloß ein Kontrollinstrument war – und Kontrolle war etwas, worauf Asia und ich genauso empfindlich reagierten wie er. Ich für meinen Teil zuckte gegenüber meinen Mitschülern nur mit den Achseln und sagte, dass mich ein Handy nicht interessiere. Außerdem habe ich gelesen, dass es Gehirntumore verursacht. Ich hatte mich einfach daran gewöhnt, keines zu haben, und bedauerte dies nicht sehr.

Aber jetzt?

Hätte ich eines gehabt, hätte ich ihr mit Sicherheit schon längst geschrieben. Doch so wie die Dinge lagen, musste ich auf unser nächstes Wiedersehen warten. Ich überlegte gerade, wie ich am besten mit Viola kommunizieren könnte, als die Tür aufging und die Freundin meines Vaters ins Treppenhaus trat. Sie musste viel Zeit im Bad verbracht haben, weil sie noch mehr Blau und Grün aufgelegt hatte als sonst. »*Mon petit*«, sagte sie, »was machst du denn hier draußen?« Sie ging an mir vorbei, ohne stehen zu bleiben, und zerzauste mir dabei das Haar. Sie nannte mich immer *mon petit*. Keine Ahnung, warum sie sich als Französin aufspielte, wo sie doch aus der Emilia Romagna stammte und noch dazu lispelte.

»Es regnet«, erwiderte ich in der Hoffnung, ihr eine schlechte Nachricht zu überbringen, da sich ihre Schminke dann auflösen und ihr Gesicht in ein kubistisches Gemälde verwandeln würde. Aber Angela, so ihr Name, verzog keine Miene und ging die Treppe hinunter, als ob nichts wäre. »Dein Vater ist ein Tier!«, sagte sie und konzentrierte sich auf die Stufen. Dann drehte sie sich um, musterte mich von unten durchs Geländer und fauchte wie eine Pantherin: »*Ein Tier.*«

»Hör auf, ich bitte dich!«, winselte ich und hielt mir die Augen zu.

Angela verschwand. Papa kam heraus, um das »Haut ab«-Schild abzunehmen. Er trug eine Unterhose und sonst nichts außer einem blauen Pullover. Er sah abartig aus. Ich hängte meine Jacke über eine Stuhllehne und griff zum Geschirrtuch, um mir damit die Haare trocken zu rubbeln. Papa näherte sich von hinten und packte mich an der Taille wie bei einem Stoppgriff, dann fielen wir beide aufs Sofa. Er war gut gelaunt und sagte lachend: »Ich bin immer noch stärker als du, mein Junge, stimmt's?«

»Lass mich los, komm schon!«

Er tat so, als würde er auf mich einboxen.

Seufzend verharrte ich regungslos und wartete darauf, dass er es leid wurde. Sein Atem war stechend.

»Meine Güte!«, sagte er, »du bist genauso lustig wie ein

Wasserboiler.« Er ging zur Spüle und griff nach einer ge-
öffneten Bierdose, die er hineingestellt hatte, presste die
letzten Tropfen heraus, als wäre sie eine Zitrone, rülpste
und ließ sie erneut hineinfallen. Der Wasserhahn tropfte,
aber das Tropfen vermischte sich mit dem Regengeprassel
auf dem Fenstersims.

Ich blieb auf dem Sofa liegen und musterte ihn.

»Was ist denn?«, fragte er. Er kratzte sich mit dem Fuß
am Knöchel, dort, wo er vom Strumpf enthaart worden
war. Er hatte einen Viertagebart, zerzaustes Haar und
grobporige Haut.

»Hast du jemals von einem anderen Leben geträumt?«,
wollte ich wissen.

»Wie meinst du das?«

Ich richtete mich auf. »Keine Ahnung. *Anders* halt. Von
einer festen Arbeit. Einem schönen Haus. Davon, nicht
mehr tricksen zu müssen, um die Rechnungen bezahlen
zu können.«

»Wieso denn tricksen?«

»Du weißt genau, was ich meine.«

»Nein, wirklich nicht, ich habe nicht die leiseste Ahnung.«

Ich verdrehte die Augen.

»Warum sollte ich von einem anderen Leben träumen?
Mir geht's doch …«

»Blendend«, kam ich ihm zuvor.

»Ganz genau.«

»Das sagst du, seit ich denken kann.«

»Das kann man gar nicht oft genug sagen.«

»Aber hast du wirklich kein einziges Mal daran gedacht, und sei es auch nur für eine Sekunde, dass es dir noch blendender gehen könnte, und von, keine Ahnung, einem anderen Leben geträumt?«

Er kniff die Augen zusammen, als würde er ernsthaft darüber nachdenken – was mich einen Moment lang mit Stolz erfüllte –, und sagte dann: »Nein.«

Entmutigt ließ ich den Kopf zurück aufs Kissen fallen. »Was wolltest du werden, als du klein warst?«

»Als ich noch klein war?«

»Ich meine, als du noch klein warst: Was wolltest du da werden, wenn du einmal groß bist?«

»Antenneninstallateur.«

…

»Ich bin gern auf Dächer geklettert. Oder Dieb.« Er riss die Augen auf.

»Was war dein Lieblingsfach?«

»Und was ist dein Lieblingsfach?«

»Erdkunde.«

Er sah mich an, als sähe er mich zum ersten Mal: »Wieso?«

»Magst du das etwa nicht?«

»Nein. Reisen? Das muss ich beruflich ständig: Waren ausfahren und so.«

»Solche Reisen meine ich nicht.«

»Jede Reise ist eine Reise.«

»Du hast mir immer noch nicht verraten, was dein Lieblingsfach war.«

»Ich hatte nie ein Lieblingsfach.«

»Das glaub ich dir nicht.«

Er schnaubte. »Keine Ahnung. Naturkunde vielleicht?«

Ich musste lächeln.

»Findest du das etwa komisch?«, fragte er.

»Nein, gar nicht. Es ist nur so, dass … Warum hat dir dieses Fach gefallen?«

»Ich hatte einen guten Lehrer.«

»Wirklich? Wen denn? Du hast mir nie von ihm erzählt.«

Er verschränkte die Arme, als wollte er sich vor einem plötzlichen Windstoß schützen. »Sandro Marescalchi«, sagte er. »Er hat uns Experimente machen lassen. Uns mit auf Gesteinssuche genommen.«

»Wo denn?«

»Keine Ahnung … irgendwo hier in der Gegend. In die Hügel. Ins Val di Susa.«

Ich setzte mich auf, stützte die Ellbogen auf die Knie und das Kinn in die Hände. Das war eine aufregende Enthüllung für mich. Mein Vater hätte *Wissenschaftler* werden können! »Und warum hast du dann nicht Naturwissenschaften studiert?«, fragte ich.

Er zuckte mit den Schultern. »Ich weiß nicht«, sagte er. Wiederholte das ganz stumm mit den Lippen, ohne ein Wort herauszubringen. Traurigkeit dämpfte das Licht, das kurz in seinen Augen aufgeleuchtet war. Regen bombardierte das Küchenfenster, und ein Blitz erhellte die Fensterbank: Ich zählte die Sekunden, und bei zehn brach der Donner los. Endlich kamen ihm die Worte über die Lippen. »Ich weiß nicht«, sagte er erneut, als kämpfte er mit seinen Erinnerungen und versuchte sie unter Wasser zu halten.

Er machte ein komisches Schmatzgeräusch und fischte die Dose aus der Spüle, in dem Versuch, noch einen letzten Tropfen herauszupressen. Es gab einen zweiten Blitz, und ich zählte erneut, wie viel Zeit verging, bis es donnerte: Wenn man beide Abstände miteinander verglich, konnte man herausfinden, ob das Gewitter näher kam oder sich entfernte.

3

Mein Vater heißt Pietro. Pietro Santià, seine Eltern sind Ignazio und Serena De Luca – er stammt aus Turin und sie aus Salerno. Ich habe sie nie kennengelernt, denn beide sind noch vor meiner Geburt gestorben. Ich weiß noch, dass ich, als ich klein war und in die Grundschule ging, von meinem Vater wissen wollte, was er beruflich so macht. Aus Neugier oder weil ich es wissen musste. Daraufhin sagte er: »Ich genieße das Leben.« Ich habe versucht, das in der Schule wiederzugeben, wenn das Gespräch auf den Beruf der Eltern kam. Manche sagten »Metzger« oder »Architekt«, andere »er unterrichtet«, »entwirft« oder »sie hat ein Geschäft«. Oder wenn wir vor der Schulmensa anstanden: »Mein Vater ist gestern von einer Dienstreise zurückgekommen und hat mir einen Roboter mitgebracht, den man mit einer Pulsmanschette fernsteuert. Die zieht man so an« – es folgte eine entsprechende Vorführung –, »sodass man die Hand bloß bewegen braucht und er fängt an zu laufen, bleibt stehen oder dreht sich.« Nun, in solchen Fällen wies ich nicht nur darauf hin, wo man die Pulsmanschette bitte schön sonst anlegen soll, wenn nicht am Puls – wobei ich Alternativen vorschlug –, sondern sagte auch: »Mein Vater genießt das Leben.«

Das machte jedes Mal einen *Riesen*eindruck.

Doch wenn ich mir meinen Vater so ansah, schien man schwer schuften zu müssen, um das Leben genießen zu können. Er war fast jede Nacht unterwegs. Im Morgengrauen ging er zum örtlichen Markt, um beim Aufbau der Stände zu helfen. Dafür bekam er angestoßenes Obst, fleckiges Gemüse und Lebensmittel mit abgelaufenem Haltbarkeitsdatum. Abends nach Büroschluss erledigte er Reparaturarbeiten. Er verschwand tagelang, um Waren quer durch Italien zu transportieren. Und wenn er zurückkam, erzählte er von Autobahnunfällen, davon, dass er die Sonne hinter dem Gran Sasso hatte aufgehen sehen, oder von einer Hellseherin, die ihm die Zukunft aus dem Kaffeesatz gelesen hatte. Wenn ich ihn dann fragte, was die Hellseherin denn gesagt habe, ob bald bessere Zeiten kämen, sagte er nur: »Wieso bessere Zeiten?«

Ich weiß auch noch, dass ich damals an seinen Lippen hing, als wäre er ein Prophet.

So gesehen war es immer Asia, die sich um mich gekümmert hat. Natürlich brachte Papa Geld und was zu essen nach Hause, aber damit haushalten tat Asia. Sie war es auch, die kochte, indem sie alles Mögliche zu Salaten, Omeletts und Suppen verarbeitete – eine prima Methode, die Lebensmittel zu verwerten, die wir gerade im Haus hatten, und etwas Köstliches daraus zu zaubern. Sie kümmerte sich um den Haushalt, um die Wäsche und ums Bügeln meiner T-Shirts, damit ich nicht aussah wie ein armer Schlucker. »Du darfst nie aussehen wie ein armer Schlucker«, sagte sie immer. »Wenn du aussiehst wie ein armer Schlucker und die Lehrer das merken, verständigen sie das Jugendamt oder Schlimmeres, irgendwelche Gutmenschen.« Deshalb kontrollierte sie auch meine Hausaufgaben, und wenn ich was für die Schule brauchte, zum Beispiel ein Heft, einen rosa Leuchtmarker oder einen Zirkel, besorgte sie es irgendwie. Jeden Abend schaute sie sich meine Schulhefte an, und wenn irgendwas zu unterschreiben war, fälschte sie Papas Unterschrift.

Das einzig ernsthafte Problem, das Asia und ich hatten, als wir noch klein waren, stellten die unangekündigten Besuche von Leuten dar, die uns helfen wollten. Weil unser Leben nun mal so ungeordnet und chaotisch verlief, dass es sich auf Dauer unmöglich verheimlichen ließ.

Eines Tages – ich dürfte ungefähr acht gewesen sein – klingelte es an der Tür. Ich war allein zu Hause, und Asia hatte mir eingeschärft, auf gar keinen Fall aufzumachen. Das hatte ich ihr versprochen, indem ich meine Fingerknöchel geküsst und wortreich geschworen hatte: »Ansonsten soll mich Achselschweißgestank einhüllen wie einen Kackhaufen, der sich für eine Party parfümiert.« Ich war gerade in unserem Zimmer und malte ein Monster. Also schlich ich auf Zehenspitzen zur Tür. Da ich zu klein war, um durch den Spion zu schauen, und es zu laut gewesen wäre, einen Stuhl davorzuschieben, legte ich das Ohr an die Tür, um zu hören, ob derjenige, der davorstand, irgendwelche Geräusche von sich gab. Die Witwe konnte es nicht sein, weil sie erst eine Woche zuvor da gewesen war, und während ich da stand, den Kopf an die Tür gelehnt, klopfte es. Ich erschrak, zuckte zurück und wollte laut schreien, konnte mir aber gerade noch den Mund zuhalten. Mein Herz schlug wie eine afrikanische Trommel, wie eine von denen aus Ziegenhaut. Spätestens jetzt musste ich wissen, wer da war. Ich *musste* einfach! Ich hielt die Luft an wie ein Apnoe-Schwammtaucher, ging zum Tisch, nahm einen Stuhl, trug ihn zur Tür und kletterte darauf. Ich brachte mein Auge zum Spion. Der Stuhl knarrte, als wollte er jeden Moment unter mir zusammenkrachen. Die Linse zeigte das kreisförmige Bild eines Typen mit kariertem Hemd und beigem Sakko: ein Glatzkopf mit Schnurrbartschatten, der sich suchend umsah. Er machte keinen gefährlichen Eindruck, aber manchmal weiß sich die Gefahr ein harmloses Gesicht zu geben. Er klopfte noch zweimal, und ich beobachtete ihn, bis es ihm zu dumm wurde und er wieder verschwand.

Noch am selben Abend sagte ich zu Asia: »Heute war so ein Typ da.«

»Wer?«

»Keine Ahnung.«

»Woher weißt du, dass es ein Mann war und keine Frau? Hast du ihm aufgemacht?«

»Ich hab durch den Spion geschaut.«

»Beschreib ihn mir!«

»Kariertes Hemd, beiges Sakko, keine Haare, Schnurrbart. Erst hat er geklingelt und dann geklopft.«

»Ist er hartnäckig geblieben?«

»Nein.«

»Gut.« Asia nahm eine Zucchini aus einer vollen Kiste, bei der ich mich wunderte, dass sie immer noch so voll wirkte, da wir schon seit Tagen nur noch Zucchini aßen, entfernte ein Drittel, das bereits faul war, und begann, sie zu würfeln. »Wie war's in der Schule?«

»Gut.«

»Wie gut?«

»Sehr gut.«

»Bist du benotet worden?«

»Nein.«

»Bist du sicher?«

»Ja.«

»Hausaufgaben?«

»Schon erledigt.«

»Zeig her!«

Ich holte mein Geschichtsheft und zeigte ihr vier Seiten mit Notizen über Fossilien und die Zeichnung eines Dinosaurierschädels.

»Hast du die Infos aus dem Internet?«

»Ja.«

»Sehr gut.«

Wir hatten zu Hause kein Internet, aber wenn ich es brauchte, nahm ich den alten Laptop, der Asia von einer Mitschülerin geschenkt worden war, nachdem diese von ihren Eltern einen neuen bekommen hatte, ging nach unten und setzte mich vors Schaufenster des Caffè Barzagli, wo es gratis WLAN gab.

»Hast du Papa heute schon gesehen?«, fragte Asia.

Ich schüttelte den Kopf.

»Und gestern?«

Ich schüttelte den Kopf.

»Du hast einen Fleck auf der Stirn.«

Ich musterte mein Spiegelbild in der Fensterscheibe. Ein schwarzer Klecks. Ich leckte mir die Finger, und während ich sie aneinanderrieb, fiel mein Blick auf die Straße. »Da ist er«, sagte ich.

»Wer?«

»Papa.«

Asia legte das Messer und die Zucchini weg und trat näher. Ich lehnte die Stirn an die Scheibe. Papa befand sich in einer Menschenmenge – alles Männer, mehr oder weniger in seinem Alter. Mit einer Hand umklammerte er eine Bierflasche, während er mit der anderen wild gestikulierte und ganze Welten erschuf beziehungsweise Wunder wirkte. Man sah, dass er etwas Lustiges erzählte, weil die Menge alle zwanzig, dreißig Sekunden in lautes Gelächter ausbrach. Ich lächelte, doch nicht so Asia. Asia hat die gleichen Augen wie ich – die gleichen wie Mama, aber den Mund hat sie von Opa, der ist wie in Stein gemeißelt. Ich dagegen muss ständig grinsen, keine Ahnung, warum. Aus meiner Sicht erinnert das Leben oft an die Garderobe eines Clowns: Es hält die wildesten Farben parat – und Boxhandschuhe, die hervorschnellen, wenn man es am wenigsten erwartet. Manchmal grinse ich auch, wenn es sich eigentlich nicht gehört, und dann denken die Leute, ich würde sie auf den Arm nehmen. Dabei stimmt das gar nicht. Wie in der Schule, wo mich die Lehrer immer irgendwann nach meinem Heft fragen oder mich zum Direktor schicken. Es ist einfach so, dass ich mich gern auf die komische Seite des Lebens konzentriere. Nicht so Asia. Wenn sie sich freut, verzieht sich gerade mal kaum merklich ihr Mund, und in ihren Augen glimmt ein Kirchenlicht auf. Mehr nicht.

Papa erzählte etwas unglaublich Komisches. Das konnte gar nicht anders sein, weil die Bäuche und Schultern der Leute auf und ab hüpften. Manche schlugen sich auf die Schenkel, und andere hielten sich den Rücken, als bräche er gleich entzwei. Er war betrunken. Das sah man an seinem breiten Gang, daran, dass er schwankte wie ein Schiff. Da klopfte ihm ein Typ mit blauem Käppi links von ihm auf die Schulter, so nach dem Motto: »Was bist du nur für ein toller Hecht.« Damit hatte Papa nicht gerechnet. Die Flasche entglitt ihm und zerschellte am Boden.

In diesem Moment klingelte es bei uns.

Papa begann zu brüllen – er war sichtlich wütend – und verpasste dem Typen eine Ohrfeige, dass ihm das Käppi vom Kopf flog.

Asia und ich sahen uns an und taten so, als hätten wir nichts gehört.

Es klingelte erneut. Dann klopfte es.

Der Typ hob das Käppi auf und verfluchte Papa.

Es klopfte erneut.

Asia holte tief Luft, drehte sich um und ging zur Tür. Mit ihren dreizehn Jahren erreichte sie den Türspion auch ohne Stuhl, musste dafür aber auf die Zehenspitzen gehen. Sie stützte sich am Türblatt ab und schloss das linke Auge. Unten auf der Straße war der Streit eskaliert, inzwischen brüllten alle um die Wette. Asia trat einen Schritt zurück und schloss beide Augen, um sich zu konzentrieren. Ich starrte auf den Riss in der Wand neben der Gegensprechanlage, denn darin bewegte sich was. Asia kam zu mir und flüsterte mir ins Ohr: »Kariertes Hemd und beiges Sakko?«

Ich nickte.

»Schnurrbart?«

Ich nickte.

Ihre Lippen formten das Wort *Scheiße,* doch sie blieb stumm.

Wir gingen zurück zum Fenster. Mittlerweile verfluchte Papa alle Anwesenden, die ihn ihrerseits verfluchten. Er machte Anstalten zu gehen, geriet aber ins Schwanken und stolperte dabei über den Bordstein, sodass er zwischen die parkenden Autos fiel. Er stand auf als ob nichts wäre. Er überquerte die Straße und strich sich die Jacke glatt, allerdings ohne auf den Verkehr zu achten. Ein soeben um die Ecke gebogener Motorroller musste eine Vollbremsung hinlegen, um ihn nicht zu überfahren. Das Hinterrad geriet ins Schlingern, und der Fahrer konnte den Roller gerade noch halten. Papa erschrak, schrie ihm eine Verwünschung hinterher und nahm wankend Kurs auf das Tor zum Innenhof.

Es klingelte erneut.

Asia holte tief Luft und packte mich an den Schultern. »Ich kümmere mich um diesen Typen hier«, sagte sie. »Kümmere du dich um Papa.«

Kaum ging die Tür auf, schob ich mich auch schon so schnell zwischen Türstock und Glatzkopf vorbei, dass ich die Hälfte der Treppe bereits hinter mich gebracht hatte, bevor er mich überhaupt bemerkte. Ich stürzte mich Hals über Kopf die Stufen hinunter, bis ich den Hausflur erreichte und Papa durchs Riffelglasfenster erkannte: ein nach vorn geneigter Farbfleck, der mit einem Schlüssel im Schloss rumstocherte. Was tun? Wenn ich aufmachte und er nicht auf mich hörte, war alles zu spät: Dann würde er die Treppe bis zu unserer Wohnung hinaufsteigen. Ich sah mich um, und mein Blick blieb an der Kellertür hängen. Der Keller unserer Hausnummer E war mit dem der Hausnummer F durch einen Gang verbunden. Wenn beide Kellertüren unverschlossen waren, konnte ich so den Hausflur von Hausnummer F erreichen und von dort in den Innenhof gelangen, um ihn von hinten zu überrumpeln. Ich schnippte mit den Fingern – das mach ich manchmal, wenn ich eine gute Idee habe. Doch dann dämmerte mir, dass ich dafür in den Keller *hinab*steigen und den Gang *durchqueren* musste. Und nichts machte mir mehr Angst als das. Denn soweit ich das wusste, war der Verbindungsgang zwischen den Kellern, dieser unterirdische, feuchte und schlecht beleuchtete Stollen, der nach Wein und Moder stank, der Versammlungsort der Monster, bevor sie sich in den Mauern und Wänden des gesamten Gebäudes ausbreiteten: Er war der größte Riss überhaupt und damit der gefährlichste Ort des ganzen Universums.

Ich sah, wie die Kellertür zurückwich, als würde sie in einen Abgrund gesogen.

Papas Schlüssel stocherte und stocherte, während er fluchte. Ich musste mich beeilen, viel länger würde er das Schlüsselloch nicht verfehlen. Ich ging zur Kellertür und hoffte, dass sie nicht verschlossen war … oder vielleicht lieber doch? Ich packte die *eiskalte,* klebrige Klinke. Der Schweiß stand mir auf der Stirn. Ich hörte, wie sie klickend nachgab, und nahm wahr, wie der Geruch nach Most und Moder aus der Dunkelheit aufstieg. Auf Zehenspitzen tastete ich nach dem Lichtschalter. Nachdem ich ihn gefunden hatte, wurde die Neonröhre von einem elektrischen Zucken erfasst, und weißes Licht erhellte die zehn Stufen hinunter zum Gang. Ich hielt die Luft an.

Vermutlich blieb mir nichts anderes übrig, als zu rennen: Wenn ich langsam ging, würde das meine Qualen bloß verlängern und den Monstern erst recht Gelegenheit geben, mich zu packen. Wäre ich mutiger gewesen, hätte ich etwas Heldenhaftes gebrüllt und die Augen weit aufgerissen, um dem Bösen ins Gesicht zu schauen. Stattdessen entfuhr mir ein Gurgeln, das nach verstopftem Waschbecken klang, während ich die Augen gerade so weit öffnete, um nicht über einen Weinballon zu stolpern. Ich stürmte los, die Stufen hinunter. Ich erreichte den Gang, durchquerte ihn in der Gewissheit, die Tentakel der Monster direkt im Nacken zu haben, während Zungen aus ihren zahnlosen Mündern flatterten. Ohne mein Tempo zu verlangsamen, betätigte ich den zweiten Lichtschalter, sodass die Stufen der Treppe zum Hausflur F wie durch ein Wunder vor mir auftauchten. Mit einem gutturalen Laut stürzte ich mich darauf, erreichte die Tür, drückte die Klinke hinunter und stieß sie dermaßen heftig auf, dass ich – wäre sie verschlossen gewesen – wie eine Taube am Fenster eines Wolkenkratzers zerschellt wäre. Doch zum Glück war sie unverschlossen. Kopfüber purzelte ich in den Hausflur. Eine Frau leerte gerade ihren Briefkasten und erschrak. Sie stieß einen Schrei aus, und auf einmal lagen überall Rechnungen und Werbesendungen am Boden. »Entschuldigung«, sagte ich und betrat den Hof.

Papa war nach wie vor über den Schlüssel gebeugt. Ich zwang mich, ruhig weiterzuatmen, und rief seinen Namen, während ich mir vor lauter Seitenstechen den Bauch hielt. Er hörte mich nicht. Ich rief erneut. Er verrenkte sich den Hals, ohne sich aufzurichten. Es dauerte ein wenig, bis er mich erkannte. Er leckte sich über die Vorderzähne. »Scheiße noch mal!«, rief er. »Die müssen das Schloss ausgetauscht haben.«

»Komm mit«, zischte ich.

…

»Papa?«

»Was ist denn?«

»Los, komm.«

»Ich muss pissen.«

»Ich begleite dich.«

»Zum Pissen?«

»Ich kenn da einen Ort.«

»Ich auch. Er heißt Klo. Zu Hause hab ich auch eins.«
Währenddessen machte er sich weiterhin am Schlüsselloch zu schaffen.

Ich erreichte ihn und packte seine Hand.

»Was ist denn?«, brach es aus ihm hervor. »Wohin willst
du mit mir?«

»Zu Beppe.«

»Beppe? Ist der nicht tot?«

Mist!, dachte ich. Er hat recht. Beppe, der Besitzer der
Bar, in der mein Vater den Großteil seines Lebens verbracht hatte, war vor Kurzem gestorben. »Nein, da täuschst
du dich«, sagte ich.

»Aber ich war doch auf seiner Beerdigung.« Er richtete
sich auf und stemmte die Beine in den Boden. »Glaubst du
etwa, ich wüsste nicht, welche meiner Freunde noch leben
und welche tot sind?«

Sein Atem stank nach Alkohol und Zigaretten. Sein
Blick war verschwommen wie immer in solchen Fällen.
Ich fragte mich, was wohl gerade in unserer Wohnung vor
sich ging, wie Asia sich schlug. Ich musste Papa unbedingt
von hier fortbringen, verhindern, dass der Glatzkopf ihn
in diesem Zustand sah. »Gehen wir!«, sagte ich. »Los, be-
weg dich!«

»Wohin denn?«

»Ich sag doch, zu Beppe.«

»Ist Beppe tatsächlich nicht gestorben?«

»Ich schwör es dir! Glaubst du etwa, über so was mach
ich Witze?«

»Aber wer lag dann in seinem Sarg?«

Ich zerrte ihn hinter mir her wie ein störrisches Kamel, aber es gab ein Problem: Ich konnte mich draußen auf dem Bürgersteig unmöglich mit ihm blicken lassen. Eine wohlmeinende Dame würde sich meiner erbarmen und gleich die Polizei oder das Jugendamt verständigen – aus dem Vorurteil heraus, dass ein Achtjähriger nicht mit seinem betrunkenen Vater draußen herumlaufen sollte. Das war damals meine größte Angst: dass wohlmeinende Leute beschließen könnten, uns von Papa zu trennen, da er in ihren Augen ungeeignet war, sich um uns zu kümmern. Aber Asia und ich hatten uns versprochen, dass das niemals geschehen würde. Wir hatten uns das geschworen und dabei unsere kleinen Finger geküsst – *Ansonsten soll mich Achselschweißgestank einhüllen ...* Niemand würde es schaffen, uns auseinanderzubringen. Nicht weil Asia und ich nicht in der Lage gewesen wären, auch ohne Papa zurechtzukommen, sondern weil Papa niemals ohne uns zurechtgekommen wäre. Wer sollte sich dann um die Rechnungen kümmern und die Witwe beglücken? Wer sollte ihm »Anima fragile« von Vasco Rossi vorsingen, wenn er verkatert und traurig war, um ihn zum Weinen zu bringen und wieder zum Leben zu erwecken? Wer sollte mitspielen, wenn er Leute um Geld für Medikamente anflehte, weil angeblich einer von uns sterbenskrank war, wenn darauf bestanden wurde, an unser Bett zu treten, sodass wir röcheln mussten, als hätte unser letztes Stündlein geschlagen? Wer sollte ihm Ratatouille kochen, das ihm von allen Eintopfgerichten das liebste war? Mit anderen Worten: Für den alten Gauner wäre das das Ende gewesen. Nachdem Mama ihn schon verlassen hatte, mussten wenigstens wir für ihn da sein.

Da ich mich in seinem betrunkenen, lallenden Zustand nicht mit ihm blicken lassen konnte, zerrte ich ihn aus dem Hof in eine kleine Gasse und danach durch möglichst unbelebte Straßen. Ich spürte seine Hand in meiner, spürte, wie wir gemeinsam durchs Viertel liefen, während die Sonne zwischen den Häusern unterging, schließlich verschwand und dabei den Staub zum Funkeln brachte. In diesem Moment fühlte ich mich stark, so als könnte ich es mit Gott und der Welt aufnehmen, mit jeder Gefahr und jedem Monster – bis ans Ende aller Zeiten. Nach einer Stunde brachte ich ihn nach Hause. Ich wusste nicht mehr, wohin, und auch nicht, was ich sonst noch machen sollte. Außerdem ging ich davon aus, dass Asia es inzwischen geschafft hatte, den Glatzkopf loszuwerden.

Tatsächlich war der Tisch gedeckt, als wir zurückkamen. Asia hatte ihre heiß geliebten Kerzen angezündet, die sie manchmal in der Kirche klaute, und es duftete nach Ratatouille. Während des gesamten Abendessens fiel Papa nichts Besseres ein, als sich darüber zu beschweren, dass ich ihm vorgegaukelt hätte, Beppe wäre noch am Leben. Zwischen den einzelnen Bissen erinnerte er sich lautstark daran, wie er sich früher mit seinen Freunden in Beppes Bar getroffen hatte, um mit den Alten Karten zu spielen und über Politik und Frauen zu diskutieren. Daran, dass damals in Beppes Bar noch Leute ein und aus gegangen waren, die mit fünfzehn im Widerstand oder mit achtzehn Teil der 68er-Bewegung gewesen waren. In Beppes

Bar hatte er auch Mama kennengelernt, die dort drei Tage die Woche als Kellnerin jobbte.

»Sie war überirdisch schön«, sagte er und hob den Kopf, als wäre sie gerade hinter uns aufgetaucht. Sowohl Asia als auch ich fuhren herum, um nachzuschauen.

Es gefiel uns, wenn er von Mama erzählte. Davon, wie er sie um ein Rendezvous gebeten und sie in einem schmuddeligen Imbiss auf eine Portion Pommes eingeladen hatte. Von ihrem Patschuliparfüm, das sie immer benutzte. Von dem Ring, den sie auf dem Markt an der Porta Palazzo bei einer alten Berberin gekauft hatten, aus echtem Silber und handgehämmert. Vom Tattoo in Form einer EKG-Kurve, die sich beide auf den Oberkörper hatten stechen lassen, damit sie im Sommer, wenn sie sich Schulter an Schulter sonnten, von einem Herz zum anderen reichte. Das Einzige, was er nie erwähnte, war, dass Mama uns verlassen hatte. Papa sprach immer nur im Präsens von ihr, und das ausnahmslos. So als wäre sie nur kurz Milch kaufen gegangen.

Aber zurück zu Viola. Ich wartete zwei Tage, bis ich mich vorm Schultor postierte. Zwei Tage waren aus meiner Sicht genau der richtige Zeitraum, um weder aufdringlich noch gleichgültig zu wirken. Irgendwann hatte ich mich doch dafür entschieden, sie nicht anzurufen – ich hätte ohnehin nicht gewusst, was ich sagen soll –, sondern sie stattdessen vorm Gioberti-Gymnasium zu überraschen. Da ich nicht wusste, wann sie Schulschluss hatte, beschloss ich zu schwänzen, und harrte ab zehn Uhr morgens auf einen Verkehrspoller aus Beton aus, direkt gegenüber vom Eingang, bis die Schulglocke läutete.

Viola verließ das Gebäude als eine der Letzten, mitten im Gewirr der anderen Schüler, umgeben von mehreren Klassenkameraden. Sie unterhielten sich und lachten. Ich weiß noch, dass es sehr kalt war und somit der ideale Zeitpunkt, sie auf eine heiße Schokolade ins Barzagli einzuladen – der einzige Ort weit und breit, an dem ich anschreiben durfte. Bestimmt würde Marcello mir helfen, einen guten Eindruck zu machen. Ich blieb neben den Mopeds stehen, die Hände in den Hosentaschen, damit es so aussah, als wäre ich rein zufällig hier, und wartete darauf, dass sie aufschaute und mich entdeckte. *Sieh mich an. Sieh mich an. Sieh mich an.* Von wegen! Da ich befürchtete, sie aus den Augen zu verlieren, rief ich ihren Namen. Die Mädchen in der Gruppe drehten sich gleichzeitig um und musterten mich, als wollten sie mich auf der Stelle filzen – keine Ahnung, warum sie mich nicht kopfüber an einem Baum aufhängten. Vielleicht weil Viola mich ebenso freudig wie überrascht anlachte und sagte: »He, was machst du denn hier?« Dann stellte sie mich den anderen vor, als wäre es das Selbstverständlichste von der Welt. Ihren Bemerkungen entnahm ich, dass sie bereits von mir wussten. Ich war stolz, dass ich vorher zu Hause geduscht und mir auch die Fingernägel geschnitten hatte und den am wenigsten abgewetzten Pulli aus meinem Kleiderschrank trug.

»Du bist also der vom Friedhof«, sagte eine ihrer Freundinnen.

»Na ja«, meinte ein Junge mit orangeroter Brille. »Findest du das wirklich so eine gute Idee, ihn ›der vom Friedhof‹ zu nennen?«

»Wie wär's mit ›der vom Monumentale‹?«, schlug ich vor. »Das klingt deutlich besser.«

»Oh!« Der mit der orangeroten Brille hob seinen Rucksack auf. »Meine Mutter ist da. Ich muss los.«

»Vergiss das Geld nicht!«, rief Viola ihm noch hinterher. Er warf den Arm in die Luft und reckte den Daumen.

Während die Mitschüler vom Tor und den Autos ihrer Eltern verschluckt wurden, erklärte Viola, dass sie ihre Freundin Leia – genau wie die Prinzessin! – zum Umtausch eines Eislaufkostüms begleiten wolle. Zu dritt zogen wir los. Unterwegs redeten wir über die Kinder von David Beckham, über eine Eiskunstläuferin, von der ich noch nie gehört hatte, und über die Entfernung der Planeten zur Sonne, angefangen von den ihr am nächsten gelegenen bis hin zu den von ihr entferntesten, sprich über Merkur, Venus, Erde, Mars, Jupiter, Saturn, Uran und Neptun. Letzteres kam von Prinzessin Leia. Auch dass Pluto in Wahrheit gar kein richtiger Planet sei, sondern ein Zwergplanet. In einem winzigen Sportgeschäft tauschten wir das Eislaufkostüm um – aus einem blauen in Größe S wurde ein blaues in Größe M –, und nachdem wir in einer Buchhandlung unter den Arkaden gewesen waren, um uns zu erkundigen, ob ein von Violas Vater bestelltes Buch eingetroffen sei, verabschiedeten wir uns am Po auf Höhe der Bootsanlegestellen von Leia. Die Prinzessin setzte ihren Kopfhörer auf und ging davon, während Viola und ich ihr nachschauten, zusahen, wie sie sich mit gesenktem Kopf an ihrem Handy zu schaffen machte, um die richtige Musikauswahl zu treffen. Es war ein schöner Tag, sonnig und klar, und der von den Hügeln kommende Wind roch nach Schnee. Wäre es nach mir gegangen, hätte ich für immer dort stehen bleiben können, Viola neben und die Hügel vor mir, während mir der Fluss in den Ohren rauschte. Aber wegen meiner Turnschuhe, die ich auch im Sommer, ja das ganze Jahr über trug, hatte ich kalte Füße. Auch Violas Wangen waren gerötet, und ihre Nase tropfte. Als sie den Schal enger zog, nutzte ich die Gelegenheit, ihr das mit der heißen Schokolade vorzuschlagen.

»Und wo soll das sein, dieses Barzagli?«

»Im Corso Racconigi.«

»Und wie kommt man dahin?«

»Na ja, es gibt hier ein paar gute Busse.«

Viola presste die Lippen zusammen und dachte nach. Dann sah sie sich um und sagte: »Wie wär's, wenn wir einfach zu mir gehen? Ich wohn gleich dahinten.« Sie zeigte auf die Gran Madre. »Wir sind in fünf Minuten da, und dann koch ich dir heiße Schokolade.«

»Selbst gemachte?«

»Selbst gemachte. Nach einem Rezept von meiner Oma.«

»Von der Blumenhändlerin?«

»Ich mach sie dir auf Gladiolenart.« Sie hakte sich bei mir unter. »Hast du schon mal heiße Schokolade auf Gladiolenart getrunken?« Zum ersten Mal spürte ich ihren Körper ganz nah an meinem. Genau so muss sich das Glück anfühlen, dachte ich: Wenn sich derjenige, den man liebt, bei einem unterhakt.

Wir überquerten die Brücke. Wegen der heftigen Regenfälle vor ein paar Tagen hatte der Po Hochwasser, das Zweige und Blätter mitriss: Die Natur tat, was sie tun musste.

Violas Wohnung hatte sechs Zimmer: eine richtige Küche, die *nur* als Küche diente, ein Wohnzimmer mit hohen Decken, Fernseher und Stereoanlage (an der Wand stand ein Klavier), das Arbeitszimmer der Eltern – sie war Radiologin, er Architekt – sowie drei Schlafzimmer; eines gehörte den Eltern, eines Viola und das andere ihren Brüdern, die sich gerade beide im Ausland aufhielten. Ein Balkon war verglast, sodass man draußen essen konnte. Zwei Bäder. Im Wohnzimmer hingen Originalplakate von Rockkonzerten aus den Siebziger- und Achtzigerjahren: Jimi Hendrix, Area, Pink Floyd.

»Mit Bitterschokolade?«, rief Viola aus der Küche.

»Ja«, erwiderte ich. Ich ging zu ihr und fuhr dabei mit den Fingern über die unregelmäßige Wand des Flurs. »Waren deine Eltern wirklich auf all den Konzerten?«

»Ja.«

Die Küche war weiß gefliest, glänzende Töpfe hingen offen an der Wand. Es gab Regale mit von Hand beschrifteten Gewürzgläsern und Tüten mit Trockenobst. »Und was hörst du so?«

»Kommt ganz drauf an«, sagte Viola. »Alles Mögliche.«

»Worauf kommt es an?«

»Darauf, wie ich mich fühle. Wenn ich melancholisch bin, hör ich Björk oder Sigur Rós. Wenn es sehr heiß ist, mag ich südamerikanische Musik. Meine Mutter hat alle Platten von Caetano Veloso, auch wenn man darauf bloß hört, wie er zwanzig Sekunden lang Kazoo spielt. Und wenn ich in abendlich-abenteuerlustiger Stimmung bin ...«

»Abendlich-abenteuerlustig?«

»Du weißt schon, wenn man Lust hat, spätabends mit dem Auto über den Corso zu fahren: erhellte Häuser, Neonreklamen vor Gewerbegebieten, Autobahnauffahrten und Straßenschilder. Wenn man Lust hat, einfach nur ziellos draufloszufahren. Also wenn ich mich so fühle, dann hör ich so was wie Mumford.«

Ich hatte keine Ahnung, wovon sie redete, was ihr nicht verborgen blieb.

»Mumford & Sons. ›The Cave‹. Es kann unmöglich sein, dass du ›The Cave‹ noch nicht gehört hast! Mein Bruder hat mich auf sie gebracht. Aber manchmal hör ich auch Justin Timberlake. Oder Daft Punk. Und du?«

»Ich? Ich versteh nichts von Musik. Mein Vater mag italienische Liedermacher. Die hat er mir vorgespielt, als ich noch klein war. Er hatte einen CD-Player, aber der war irgendwann verschwunden. Der CD-Player, meine ich. Keine Ahnung, wo der abgeblieben ist. Meist hör ich Radio. Was eben gerade so läuft.«

»Autsch!« Viola verzog das Gesicht und fasste sich ans Herz.

»Ist das etwa schlimm?«

»Na ja, im Radio läuft, was *allen* gefällt.«

»Na und?«

»Deshalb ist das Programm meist sehr platt. Sommerhits und so.«

»Aber doch nicht bei allen Sendern!«, protestierte ich.

»Nenn mir einen, nur einen einzigen. Welchen hörst du denn?«

»Keine Ahnung.«

»Du weißt nicht, welchen Sender du hörst?«

»Na ja, unser Radio führt ein ziemliches Eigenleben. Es empfängt nur, was es will.«

Viola machte die Herdflamme unter der Schokolade aus, verfeinerte das Getränk mit etwas Zimt und schlug es mit dem Schneebesen auf. Sie füllte zwei Tassen ein, bis ganz zum Rand, und krümelte einen Keks darüber, ohne dass irgendwas überschwappte – was ich echt beeindruckend fand. Dann stellte sie die Tassen auf ein Tablett und bedeutete mir, ihr zu folgen.

»Ich muss dir meine Schwester vorstellen«, sagte ich.

»Du hast eine Schwester?«

»Asia. Die kocht auch gern.«

Viola brach in Gelächter aus. »Kochen mag ich eigentlich weniger. Dafür ess ich gerne gut. Aber wenn ich eine heiße Schokolade brauche, stell ich mich zur Not auch selbst an den Herd.«

Sie führte mich zu ihrem Zimmer. Mit dem Po stieß sie die Tür auf. Die Wände waren blau und kahl: kein einziges Poster, kein Aufkleber und keine Kritzelei weit und breit, nur ein riesiges Bild über dem Bett, ein echtes Gemälde. Im Regal mehr Bücher auf einen Haufen, als ich je

zuvor gesehen hatte. Noch mehr als in Don Linos Arbeitszimmer, als ich einmal bei ihm war. Familienfotos. Ruder-
fotos. An einem Deckenhaken hing eine Schnur. Daran
waren kleine Glasobjekte befestigt, die das Licht brachen.
Viola stellte das Tablett auf die Kommode, und jeder von
uns griff nach einer Tasse. Ich nahm auf einem Sitzsack
Platz und sie auf dem Bett.

»Erzähl mir mehr von deiner Familie.« Sie nippte an ihrer Schokolade. »Bisher weiß ich nur, dass du eine Tante
hattest, die alles einer Sekte vermacht hat. Und dass deine Schwester gerne kocht und einen wunderschönen Namen hat.«

»Gefällt dir Asia?«

»Und wie! Genau wie Asien. Ich würd gern mal nach
Kambodscha fahren.«

»Warum ausgerechnet nach Kambodscha?«

»Dort gibt es einen Tempel, das größte religiöse Bau-
werk der Welt. Es heißt Angkor Wat. Ein Archäologe, der
zu uns in die Schule gekommen ist, hat davon erzählt. Ein
unglaublicher Ort. Soll ich ihn dir mal zeigen?«

»Ja.«

Sie tippte auf ihrem Handy herum und gab es mir. Auf
dem Display war das Foto eines Urwalds zu sehen, mit-
tendrin eine von einem Wassergraben umgebene Zitadel-
le. Viola forderte mich auf, weiter nach unten zu scrollen,
und nach und nach erschienen Bilder von aus der Tempel-
anlage wuchernden Bäumen, von Affen, Ruinen und Statuen. »Wow!«, sagte ich aufrichtig beeindruckt und nickte:
»Das ist echt ein Wahnsinnsort.« Ich gab ihr das Handy zu-

rück. »Und ich würde gern mal nach Venezuela fahren, um die Catatumbo-Gewitter zu sehen.«

»Gewitter?«

»Ja, solche Blitze gibt es nur an der Mündung des Catatumbo-Flusses. Ich hab sie im Fernsehen gesehen.«

»Das muss beängstigend sein.«

»Allerdings!« Ich betrachtete das Bild hinter Viola. Es war ein abstraktes Gemälde, trotzdem waren die Umrisse einer Großstadt zu erkennen. Wolkenkratzer und Kirchen, darüber so was wie Luftschiffe. An manchen Stellen bildete die Farbe fingerdicke Klumpen.

»Ist deine Schwester älter oder jünger als du?«, fragte Viola.

»Fünf Jahre älter.«

»Ich habe zwei Brüder. Michele ist drei Jahre älter als ich und gerade für ein halbes Jahr in Amerika. Er ist in einem texanischen Kaff gelandet, wo glaube ich nur er, seine Gastfamilie und ein paar Tausend Kühe wohnen. Ich will nächstes Jahr auch für ein halbes Jahr ins Ausland. Mein Bruder Edo ist zwanzig und studiert Sprachen in Berlin.«

»Sind das Luftschiffe?«

Viola verrenkte sich den Hals, um das Bild zu betrachten. »Ja. Und das da unten, das Kind, das aussieht, als hätte es Ebola, bin ich.«

»Wer hat das gemalt?«

»Mein Onkel.«

»Ich male auch gern.«

»Und was malst du so?«

»Alles Mögliche. Sachen, die mir im Alltag so unterkommen. Als ich klein war, hab ich Monster gezeichnet.«

Wir hörten, wie die Wohnungstür aufging, gefolgt von Schlüsselgeklapper. Eine Stimme rief nach Viola. Sie sprang auf, und ich folgte ihr in den Flur. Dort stand eine Frau mit den gleichen roten Haaren wie Viola, bloß kürzer. Sie war hoch gewachsen und trug einen schwarzen Mantel mit großen gelben Blumen. Als sie uns sah, lächelte sie. Auch ihr Lächeln ähnelte dem von Viola.

»Mama, das ist Ercole. Ercole, das ist meine Mutter.«

»Ercole«, sagte sie ernst und gab mir die Hand. »Ich bin Enrica.«

»Es freut mich, Sie kennenzulernen«, sagte ich.

»Viola, in drei Minuten müssen wir im Auto sitzen.«

»Wieso denn das?«

»Wir müssen zum Zahnarzt.«

»Oh!« Viola machte ein gequältes Gesicht. »Das hab ich ganz vergessen!«

»Ich auch«, sagte ihre Mutter. »Wir sind schon spät dran!«

»Na gut, ich geh dann mal«, schaltete ich mich ein.

»Tut mir leid«, sagte Viola.

»Sehen wir uns wieder?«

»Wann denn? Willst du auch in Zukunft einfach so aus dem Nichts auftauchen, oder finden wir einen Weg, uns zu verständigen?«

»Hast du morgen Nachmittag schon was vor?«

»Da geh ich rudern.«

»Wann denn?«

»Um fünf.«

»Dann komm ich und schau dir dabei zu.«

»Du weißt doch gar nicht, wo.«

»Auf dem Fluss.«

Sie lächelte: »Ja, schon, aber vielleicht ist das doch ein bisschen vage.«

»Keine Sorge, ich find dich schon.«

»Ruf mich nach dem Mittagessen an, dann erklär ich dir alles.«

»Ich denk drüber nach. Wenn ich mich nicht melde, mach dir keine Sorgen. Und danke für die Schokolade.«

Auf der Rückfahrt nach Cenisia stieg ich zwei Haltestellen später aus. Ich hatte keine Lust, nach Hause zu gehen, deshalb schlug ich den Weg zum Sportplatz in der Via Braccini ein, um den anderen beim Basketballspielen zuzusehen. Ich schwebte wie auf Wolken, mein Kopf war von Nordlicht erfüllt, und in meinem Bauch spürte ich ein Kribbeln, als wäre ich gerade vom Zehnmeterbrett gesprungen. Als ich heimkam, dämmerte es bereits, und noch ehe ich die Tür hinter mir geschlossen hatte, erklärte ich Asia, dass es nun endgültig so weit sei: dass ich dringend ein Handy brauche. Sie nickte, doch an ihrer Kinnbewegung erkannte ich, dass sie mir gar nicht richtig zugehört hatte. Sie lehnte an der Spüle und schaute aus dem Fenster, zwei Finger an die Lippen gelegt, als würde sie eine Zigarette rauchen – nur ohne Zigarette. Sie massierte sich den Nacken und legte den Kopf zurück. »Ercole …«, sie seufzte, »ich muss dir etwas sagen.« Wie immer sprach sie leise, und ihr Blick war ernst. Ich zog einen Stuhl heran und setzte mich. Sie blieb, wo sie war.

Ich steckte die gefalteten Hände zwischen die Oberschenkel. »Und das wäre?«

»Ich wollte dir sagen, dass …« Eine Pause entstand, in die sich ein kalter Luftzug stahl. »Ich wollte dir sagen, dass ich überlege … Dass ich mich dazu *entschlossen* habe, mit Andrea zusammenzuziehen.«

Ich sah sie verständnislos an. Der Satz schlug ein wie eine Bombe – aber wie eine von denen, die im Wasser landen und der Meeresoberfläche Zeit geben, sich wieder zu schließen, bis sie explodieren. »Wie meinst du das?«

»Na ja, er hat mich gefragt, ob ich zu ihm ziehen will.«

»Zu ihm nach Hause?«

»Ja. Zu ihm nach Hause.«

»Und was willst du?«

»Als er mich gefragt hat, hab ich zuerst Nein gesagt. Dass das nicht geht, wegen dir und Papa. Aber dann hab ich nachgedacht und gemerkt, dass ich Lust drauf habe. Ich mag Andrea. Mit ihm fühl ich mich wohl. Ich würd gern ausprobieren, wie es ist, mit ihm zusammenzuleben.«

»Und was ist mit mir?«

Asia rieb die Finger ihrer Rechten aneinander, als hätte sie was Klebriges angefasst. Ich wartete, dass sie etwas sagte. »Wir können uns absprechen«, schlug sie vor.

»Wie denn?«

»Wir können dafür sorgen, dass alles mehr oder weniger so bleibt wie bisher.«

»Mehr oder weniger? Was soll das heißen, *mehr oder weniger*?«

»Das soll heißen …«

»Dass du uns verlässt?«

»Nein, Ercole, ich verlass euch nicht.«

»Ich kann einfach nicht glauben, dass du uns verlässt.«

»Aber wenn ich dir doch sage, dass ich euch nicht verlasse!«

Ich schlug mir die Hand vor den Mund. Ich war fassungslos.

Asia löste sich von der Spüle und setzte sich vor mich. »Andrea wohnt keine zehn Minuten von hier. Ich schlafe nur woanders. Dann hast du den ganzen Schrank für dich allein, das ganze Zimmer. Und wenn ich nicht zu Hause bin, findest du mich in der Arbeit. Dort kannst du immer vorbeischauen: mittags, abends oder wann es dir gerade passt. Wir können uns jederzeit sehen, und ich kümmer mich weiterhin um den Haushalt, um die Rechnungen und so. Es bleibt alles beim Alten.«

»Du hast es mir versprochen!«, sagte ich. »Dass wir zusammenbleiben. Wir drei. Für immer und ewig.«

»Als ich das zum letzten Mal versprochen habe, warst du sieben, Ercole, und ich zwölf.«

»Was hat denn das damit zu tun?«

»Wir werden älter und …«

»Ich bin noch nicht alt. Ich bin vierzehn.«

»Mit vierzehn hab ich mich bereits um einen Dreipersonenhaushalt gekümmert.«

»Eben!«, schrie ich.

»Eben was?«, schrie Asia zurück und hob beschwichtigend die Hände. »Immer mit der Ruhe!« Sie atmete tief durch. »Ich kann verstehen, dass du nicht glücklich darüber bist. Aber da ich es bin, trotz meines schlechten Gewissens, hätte ich gern, dass du es wenigstens versuchst: dass du versuchst, dich für mich zu freuen. Einverstanden? Mal ganz abgesehen davon, dass ich es leid bin, Ercole. Ich bin es leid, mich um diesen Haushalt zu kümmern, als hätte ich ihn gegründet. Gleichzeitig *will* ich mich weiterhin darum kümmern. Um dich. Und um Papa – ich will euch helfen, verdammt … ganz einfach, weil *ihr* es seid. Aber weil ich es leid bin und lieber was anderes machen würde, muss ich einen Kompromiss finden, verstehst du? Mit Andrea zusammenzuziehen ist eine gute Möglichkeit für mich, eine Lösung für dieses Problem zu finden. Es wird so sein, als wäre ich nie ausgezogen, das versprech ich dir! So als würde ich bloß auswärts übernachten. Ansonsten bin ich für euch da, genau wie immer.«

»Nein. Das ist nicht dasselbe.«

Sie deutete auf die Tür: »Beim Reinkommen, Ercole … Beim Reinkommen hast du gesagt, dass du ein Handy brauchst. Gut, kaufen wir eines. Dann können wir öfter und unkomplizierter miteinander reden, und ich bin im Nu verfügbar, wenn du mich brauchst.«

»Scheiß auf das Handy! Davon kriegt man bloß einen Gehirntumor.«

»Ercole …«

Tja. Jetzt, wo ich darüber nachdenke, war mir schon damals klar, dass Asia recht hatte. Ich schaffte es bloß nicht, ihr das zu sagen. Ich konnte einfach nicht. Hätte ich in diesem Moment die Möglichkeit gehabt, wäre ich auch liebend gern mit Viola zusammengezogen. Trotzdem konnte ich nicht akzeptieren, dass meine Schwester mich verließ – mich verlassen könnte –, um zu Andrea zu ziehen. Ich war eifersüchtig. Weil sie die Möglichkeit hatte, aber ich nicht. Ich hegte dieselben Wünsche wie jeder andere Junge auch. Und es würde noch viel Zeit vergehen, bis ich sie in die Tat umsetzen konnte. Aber das war noch nicht alles: Ich spürte, dass etwas zu Ende ging, eine bestimmte Form des Zusammenlebens. Unser Leben änderte sich, und wie immer wenn man etwas Altes aufgibt, um etwas Neues zu beginnen, bewirft einen jemand mit Eiern oder versucht es zumindest. Deshalb stand ich auf und sagte schwer atmend, als wäre ich gerannt: »Ich kann es einfach nicht fassen …«

Asia sah mich nur an. Sie blieb so gefasst, als führte sie ein Vorstellungsgespräch.

»Du lässt uns im Stich.«

»Ich hab dir bereits gesagt, dass ich euch nicht im Stich lasse, Ercole. Ich schau jeden Tag vorbei. Wir werden uns morgens nicht mehr in Unterwäsche über den Weg laufen, aber ansonsten wird sich nichts ändern. Ich werd auch weiterhin eure Sachen waschen und …«

»Das kann ich auch selbst.«

»Wunderbar. Eine Pflicht weniger.«

»Hau schon ab!«, sagte ich. Und in diesem Moment explodierte die Bombe, die sich so lange unter der Oberfläche verborgen hatte. »Hau ab!«, wiederholte ich. »Wenn du gehen willst, dann geh. Von nun an werd ich mich um Papa kümmern.« Asia erhob sich und umrundete den Tisch, vielleicht weil sie mich umarmen, mich berühren wollte. Aber ich sprang auf und schob den Stuhl zwischen uns beide. »Wir brauchen keine Betreuung. Wir kommen schon klar.« Mein Oberkörper plusterte sich auf, als hätte ich zu schnell zu viel Luft eingeatmet. In meinem Kopf bekam das Wort *Verrat* eine ungeheure Bedeutung. »All die Versprechen, dass uns nichts trennen kann: alles bloß gelogen.« Asia versuchte, am Stuhl vorbeizuschlüpfen, was ich verhinderte, indem ich ihn verrückte. »Ich bin vierzehn, Scheiße noch mal!«, brüllte ich. Keine Ahnung, warum ich mich so über mein Alter aufregte, so als rückte das alles in ein völlig neues Licht. Mir stiegen Tränen in die Augen, sodass ich nur noch ganz verschwommen sah, bis sie mir über die Wangen liefen.

Erst jetzt, nach allem, was passiert ist und ich genügend Zeit hatte, darüber nachzudenken, verstehe ich, dass Asia kein Jedi-Ritter war, der mir stets unbesieg-, ja unkaputtbar zur Seite stand. Ich hatte sie bloß dafür *gehalten*. Weil ich sie dafür halten *wollte*. Weil ich nicht akzeptieren, mir nicht vorstellen konnte, dass sie anders war. Ich durfte nicht daran zweifeln, dass sie anders war, als ich sie haben wollte, nämlich ein Damm, der verhinderte, dass mein Leben über die Ufer trat. Aber Asia mit ihrem Mund, der aussah wie in Stein gemeißelt, mit dem glimmenden Kirchenlicht in ihren Augen, war zwar stark und mutig, aber nicht unkaputtbar. Sie war eng mit mir verbunden, aber gleichzeitig eine eigenständige Person. Ich war nicht der Einzige, der Monster in den Wänden sah. Ich habe nie erfahren, wie ihre beschaffen waren und in welchem Loch sie sich versteckten, aber es gab sie – und ob es sie gab! Nur dass sie ihre Angst in Schach hielt, sie in dunklen Zimmern verbarg, deren

Türen zu anderen dunklen Zimmern in geheimen, dunklen Winkeln in ihrem Kopf führten. Sie war es auch gewesen, die mir einmal eine Matroschka vom Flohmarkt zu Weihnachten geschenkt hatte. Die Verkäuferin sei eine echte Russin gewesen, so Viola. Und die habe ihr erzählt, dass die kleinste Puppe *Same* genannt werde, vielleicht weil sie in allen anderen drinsteckt, und die größte *Mutter*.

Mütter beinhalten. Einfach alles. Geschwister begleiten.

Ich habe es immer gehasst zu weinen. Und ich hasse mich, wenn ich weine. Denn dann brechen sämtliche Dämme. Ich wischte mir mit dem Ärmel meiner Jacke, die ich nach wie vor trug, übers Gesicht, versetzte dem Stuhl einen Tritt, zog die Tür auf und knallte sie so laut wie möglich hinter mir zu. Rasch eilte ich die Treppe hinunter, damit mich Asias Stimme nicht mehr erreichte. Die Stadt war nichts als Lärm und Hektik, alles ging mir auf die Nerven. Am liebsten wäre ich auf die Motorhaube eines Autos geklettert und hätte es explodieren lassen. Am liebsten hätte ich ein Gebäude gerammt, damit alle Fenster zu Bruch gehen, oder mit irgendjemandem Streit angefangen und ihn blutig geschlagen. Genau so jemand wäre ich in diesem Moment gern gewesen. Aber so bin ich nun mal nicht. Ich gehöre eher zu den Leuten, die immer gleich ein schlechtes Gewissen haben und glauben, dass sie schuld sind, sobald etwas schiefgeht. Die mit Händen in den Hosentaschen und gesenktem Blick an einem vorbeischleichen: ein Wasserfleck, der im Nu getrocknet ist.

Ich setzte mich auf eine Bank. Eine alte Frau schlich unendlich langsam an mir vorbei, schwer auf einen Stock gestützt. Jeder einzelne Schritt schien sie unglaublich viel Kraft zu kosten. Als sie mich sah, drehte sie sich ohne innezuhalten so weit zu mir herum, dass sie mich anlächeln und mir zunicken konnte. Ich muss furchtbar ausgesehen haben: tränenverschmiert, die Augen rot verweint. Ich schluckte und lächelte zurück.

Es wurde dunkel, und die Straßenlaternen gingen an. Am besten, ich machte wieder kehrt, entschuldigte mich bei Asia und sagte ihr, dass sie recht habe. Dass alles gut sei – alles gut werde. Aber ich konnte mich einfach nicht dazu durchringen. Deshalb marschierte ich los. Nach wie vor lag der Schnee in der Luft, den ich nachmittags mit Viola bei den Anlegestellen wahrgenommen hatte. Hinter den Scheiben sah man Leute Kleider anprobieren und Pizzen bestellen. Von der Decke eines Reisebüros baumelte ein Globus, und eine junge Frau mit pfirsichfarbener Brille zeigte einem Ehepaar eine Urlaubsbroschüre. Die beiden waren in etwa so alt wie meine Eltern. Er, grau meliert, blaues Hemd, spielte mit ihrem Armband und drehte es an ihrem Handgelenk hin und her. Ich verkroch mich in meine Jacke und bereute, keinen Schal dabeizuhaben. Ohne es zu merken, erreichte ich die Porta Susa und von dort aus Piazza Statuto. Über die Via Garibaldi gelangte ich ins Zentrum, überquerte die Brücke, passierte die Gran Madre und fand mich vor Violas Haus wieder.

Ich versuchte zu rekonstruieren, welches Fenster zu ihrem Zimmer gehörte, und setzte mich auf der gegenüberliegenden Straßenseite auf den Boden. In ihrem Zimmer brannte kein Licht. Von irgendwoher kam Klaviermusik. Keine Ahnung, wie lange ich dort sitzen blieb. Es war eine Seitenstraße. Niemand kam vorbei. Wie damals vor der Schule hoffte ich, dass sie meine Gegenwart spürte. Dass sie ans Fenster treten und mich sehen würde. Dass sie herunterkäme und wir uns küssten. Daraufhin würde sie mich auffordern, mit hochzukommen. Heimlich würde ich zu ihr ins Zimmer schlüpfen. Dort würden wir lange reden, eng umschlungen. Anschließend würde sie eine Decke neben dem Bett ausbreiten und mir einen alten Schlafsack geben – *Du schläfst hier. Gute Nacht. Gute Nacht* –, bis ich irgendwann aufstehen und unwidersprochen zu ihr unter die Decke schlüpfen würde. Ich würde sie an mich ziehen und ihren Bauch, die Rundung ihrer Brüste spüren, meine Nase in ihren Haaren vergraben. Dann würde ich auf Distanz gehen, damit sie meinen Steifen nicht spürte und mich auslachte. Wir würden nicht miteinander schlafen. Noch nicht. Aber bald würde es passieren.

Das Licht in Violas Zimmer ging an. Und wieder aus. Ein Auto fuhr langsam vorbei, suchte nach einem Parkplatz und bog dann links ab.

Schau mich an. Schau mich an. Schau mich an.

Als ich die Augen wieder aufschlug, hätte ich nicht sagen können, wie spät es war. Ich war eingeschlafen. Und total durchgefroren. Die Lichter im Haus waren erloschen. Steif kam ich hoch, reckte mich und lief wieder in Richtung Piazza Vittorio. Es waren nur wenige Autos und Passanten unterwegs. Die Stadt war ein schlummerndes Tier, und ich nahm seine Atmung wahr, seine im Traum zuckenden Gliedmaßen. Ich spürte keine Wut mehr, konnte nicht sagen, was ich genau fühlte – vermutlich gar nichts. Eine Katze überquerte die Straße. Auf dem Mittelstreifen blieb sie stehen und schaute mich an – sie machte auf mich einen müden Eindruck. Meine Schnürsenkel hatten sich gelöst, daher bückte ich mich, um sie zu binden. Als ich wieder aufsah, war die Katze verschwunden. Ich schleppte mich nach Hause. Als ich den Schlüssel ins Schloss steckte, versuchte ich nicht das kleinste Geräusch zu machen. Ein schwacher Lichtschein drang durch den Türspalt. Asia saß am Küchentisch – kerzengerade und beide Hände, die mit Brotkrumen spielten, auf der Tischdecke. Sie blickte mich an. Ich schloss die Tür.

»Papa?«

Asia zuckte nur mit den Schultern.

»Es ist saukalt«, sagte ich.

»Tee?«

Ich nickte. Die Uhr zeigte kurz vor drei an.

Asia setzte Wasser auf und blieb vor dem Herd stehen, um es nicht aus den Augen zu lassen. Dann nahm sie eine Zigarette aus dem Regal und zündete sie an.

»Seit wann rauchst du?«

Sie legte einen Arm um die Taille und stützte den Ellbogen des anderen Arms darauf, die Zigarette zwischen zwei Fingern. Sie stieß eine dünne Rauchwolke aus. »Wenn wir in der Arbeit Pause machen, rauchen alle.«

»Arbeit tut weh.«

Sie lächelte, man sah ihr an, dass sie schier umkam vor Müdigkeit. Sie wartete, bis das Wasser kochte, schnitt eine Scheibe Zitrone ab und ließ sie hineinfallen – so wie ich es mag. Sie gab den Teebeutel dazu. Als alles fertig war, goss sie den Tee in eine Tasse und süßte ihn genau richtig, stellte die Tasse auf den Tisch und setzte sich. Ich legte die Hände darum. Über sie breitete sich die Wärme im ganzen Körper aus.

»Danke«, sagte ich.

»Es tut mir leid.«

Ich zuckte mit den Schultern.

»Es wird nicht so bleiben, wie es ist. Du hast recht.«

»Ja.«

»Es wird einfach anders sein.«

Ich schüttelte den Kopf. »Du brauchst dich nicht zu rechtfertigen.«

»Ich rechtfertige mich nicht. Ich will's dir nur erklären.«

Sie wartete, dass ich sie aufforderte, es mir zu erklären, aber ich war zu müde. Ich schaute von meiner Tasse auf und sagte: »Du wirst es mir schon noch erklären. Aber nicht jetzt.«

»Ganz wie du willst.«

»Hast du's Papa schon gesagt?«

»Ja.«

»Und was meint er dazu?«

»Dass er sich für mich freut, mich aber finanziell nicht unterstützen kann, dass ich allein klarkommen muss.« Die Zigarettenspitze glühte in der Dunkelheit. Asia drückte sie im Aschenbecher aus. »Ich geh jetzt schlafen.« Am nächsten Tag wollte sie anfangen, ihre Sachen zu packen. Sie machte das Fenster auf, um zu lüften, und die Nacht drang herein, als hätte sie die ganze Zeit draußen gelauert und gelauscht. Asia ging in unser Zimmer, und kaum kehrte sie mir den Rücken zu, verspürte ich das Bedürfnis aufzuspringen und sie zu umarmen. Stattdessen blieb ich sitzen. Und wartete darauf, dass mir irgendjemand sagte, was ich tun solle.

»He, he, he!« Papa kam herein wie von der Tarantel gestochen und pfiff ein Weihnachtslied, obwohl Februar war. »Los, aufstehen, ich brauch deine Hilfe.«

Ich schlug die Augen auf und rieb sie mir: »Wie spät ist es?« Durchs Fenster drang Sommerlicht, und kurz fragte ich mich, ob ich das alles nur geträumt hatte: Viola, den Winter, Asia. Dann zog Papa die Rollläden hoch, und es war eindeutig einer von diesen Tagen, bei denen man sagt, es kann unmöglich ewig so kalt bleiben, bald fängt es an zu schneien. Mir dämmerte, dass ich längst in der Schule sein müsste. Asia war gegangen, ohne mich zu wecken. Ich versuchte mich zu erinnern, welche Fächer wir heute hatten, ob ich eine Prüfung oder so was verpasste. Gleichzeitig dachte ich: Egal! Ich legte mir das Kissen auf den Kopf, um die Realität auszublenden.

»Also, was ist jetzt?«

»Was willst du denn?«, brummte ich.

»Du musst unbedingt mitkommen.«

»Wozu?«

»Um einen Keller zu entrümpeln.«

Ich stützte mich auf und runzelte die Stirn. »Soll das ein Witz sein?«

»Nein.«

»Welchen Keller?«

»Den eines Kunden.«

»Du hast keine *Kunden*.«

»Ein ehemaliger Kunde von Beppe.«

»Beppe ist tot.«

»Als er noch gelebt hat. Hörst du jetzt endlich damit auf? Was soll die Fragerei?«

…

»Los, raus mit dir!« Er riss mir die Decke weg.

»Wohin gehen wir?«

»Das sag ich dir schon noch.«

»Erst muss ich duschen.«

»Duschen kannst du anschließend. Du wirst ohnehin ins Schwitzen kommen und dich schmutzig machen.«

»Ich *brauch* eine Dusche, Papa, ehrlich!«

»Meine Güte, was bist du nur für ein Weichei. Dann dusch eben, aber dalli!«

Ich ließ zu, dass das Wasser alles fortwusch. Shampoonierte mir die Haare und massierte die Kopfhaut, als müsste ich meine Gedanken reinigen. Und als ich in die frische Februarluft hinaustrat, fühlte ich mich schon ein ganzes Stück besser. Außerdem hatte mein Vater nicht gelogen, was den Keller betraf. Keine Ahnung, wer dieser *Kunde* war, aber er hatte Papa tatsächlich gebeten, ihn zu entrümpeln – alles, was sich nicht mehr benutzen oder reparieren ließ, wegzuwerfen und den Rest, falls möglich, zu verkaufen beziehungsweise zu behalten, was er noch gebrauchen konnte. Der Keller war riesengroß und völlig verstaubt. Er wurde von einem schmutzblinden Fenster und einer gelben Funzel erhellt, die immer schwächer werdende Lichtkreise von sich gab. Und als wäre das alles noch nicht schlimm genug, trennten uns von dem Lieferwagen, den Papa von einem Großmarktmitarbeiter geliehen hatte, zwei schmale, rutschige Treppen. Ich war sofort entmutigt, aber Papa schnippte mit den Fingern, krempelte die Ärmel bis über die Ellbogen hoch und sagte: »Auf in den Kampf!«, als würden wir Babylon plündern.

Zwischen morschen Möbeln, Müllsäcken mit alten Kleidern und Kisten mit Nähmaschinenersatzteilen fand ich irgendwann ein Fahrrad. Eines von diesen alten schwarzen, verrostet, verstaubt und voller Spinnweben: ein Dreigangrad. Mal abgesehen von dem Nachmittag vor vier Jahren, als ich mich für etwa eine Stunde im Besitz des schönsten Fahrrads überhaupt wähnte, hatte ich nie ein *eigenes* Fahrrad besessen. Ich beschloss, es zu behalten und zu reparieren. Papa und ich schufteten bis weit in den Nachmittag hinein und machten eine halbe Stunde Pause, mit einem Käse-Salami-Panino vom Discounter. Anschließend fuhren wir zum Wertstoffhof, um das loszuwerden, was wir für Müll hielten, und dann zum Markt an der Porta Palazzo, um ein paar lachsfarbene Deckenlampen loszuschlagen, die noch einen gewissen Wert besaßen.

Danach war ich verschwitzt und verdreckt, genau wie mein Vater vorhergesagt hatte. Ihm ging es auch nicht anders. Wir waren ins Schwitzen geraten und hatten uns schmutzig gemacht, und ich fühlte mich gut. Wir beide konnten es vielleicht doch allein schaffen. Wenn nötig, würde ich eben von der Schule abgehen und mit ihm eine Firma gründen, die Keller und Speicher entrümpelt. Angeblich soll man manchmal wahre Schätze finden, zum Beispiel Bilder von berühmten Malern oder wertvolles Porzellan.

Als wir auf dem Heimweg an einer Ampel hielten, sagte ich: »Asia verlässt uns also.«

Papa zündete sich eine Zigarette an, machte das Fenster einen Spalt auf und blies den Rauch hinaus. »Aus Kindern werden Leute«, sagte er.

»Ich glaub, ich hab eine Freundin.«

Er musterte mich schräg von der Seite. »Eine Freundin?«

»Ja.«

»Und wer soll das sein?«

»Ein Mädchen halt.«

»Hat sie auch einen Namen?«

»Viola.«

»Viola«, wiederholte er und ließ sich den Namen auf der Zunge zergehen. Er kratzte sich am Kopf. »Und ist sie hübsch?«

»Ja.«

Er nickte und kniff die Augen zusammen, als wollte er in die Ferne sehen.

»Darf ich dich mal was fragen?«

Papa machte eine auffordernde Geste.

»Warum ist Mama gegangen?«

…

»Weil sie unglücklich war.«

»Unseretwegen?«

»Ach, Quatsch …« Er blies den Rauch aus der Nase. »Manchmal ist Unglücklichsein nichts als eine dumme Angewohnheit. Und manchmal eine Krankheit.«

»Und du wusstest davon?«

»Wovon?«

»Dass sie gehen würde.«

»Es war nicht das erste Mal.«

»Sie ist schon mal weggegangen?«

»Noch vor deiner Geburt.«

»Wirklich?«

Papa verlangsamte die Fahrt, um in einen Hof einzubiegen, doch die Zufahrt war von einem Auto versperrt. Er hielt, schaltete die Warnblinkanlage ein und hupte zweimal.

»Aber du weißt, wo sie ist?«

Papa ließ das Fenster herunter, warf den Zigarettenstummel hinaus, schnallte sich ab, um mehr Bewegungsfreiheit zu haben, und streckte den Kopf hinaus. »He!«, schrie er drei Männern zu, die in einem Straßencafé saßen. »Wisst ihr, wem der gehört?« Sie schüttelten nur den Kopf. »Arschlöcher!«, schimpfte Papa. Er öffnete die Tür, stellte einen Fuß auf den Boden und hupte erneut zweimal – diesmal länger als vorher.

Mir fiel auf, dass ich ihm diese Frage noch nie gestellt hatte. Zumindest nicht *so*. Mama war verschwunden und hatte nichts mehr von sich hören lassen. Ich war stets davon ausgegangen, dass Papa uns Bescheid geben würde, wenn sie sich meldete. Wenn er das nicht getan hatte, dann, weil es nichts zu sagen gab.

Eine Frau eilte aus der Bäckerei an der Ecke. Sie presste eine braune Tüte an sich, aus der Grissini hervorlugten. Sie trug Schuhe mit hohen Absätzen und trippelte über den Bürgersteig, als wäre er mit Kakerlaken übersät. Sie fuchtelte mit den Händen, um uns zu bedeuten: »Ich komm ja schon, Entschuldigung, ich bin gleich weg!« Papa knurrte und stieg wieder in den Wagen. Ich sah ihn an und wartete auf eine Antwort, aber er konzentrierte sich auf den Rückspiegel, bis die Frau den Weg freigemacht hatte. Er parkte den Lieferwagen zwischen zwei Motorrädern hinten im Hof, vor einem Metallkäfig. Wir luden das Fahrrad aus, das ich behalten wollte, zwei Müllsäcke mit irgendwelchem Krempel, Uhren und alte Handys, für die er einen Abnehmer hatte.

»Geh schon mal nach Hause«, sagte er, »ich seh zu, dass ich das losschlage.«

Heute hängt ein Bild mit einem Satz aus *Alice im Wunderland* in meinem Zimmer. Alice fragt das weiße Kaninchen: »Wie lange ist für immer?«, und das weiße Kaninchen antwortet: »Manchmal nur eine Sekunde.« Hin und wieder lege ich mich abends auf den Rücken, verschränke die Hände hinterm Kopf und betrachte es, bis mir die Augen zufallen. Der Satz gefällt mir, auch wenn ich keine Ahnung habe, was er bedeutet: dass eine Sekunde ewig lang sein kann oder dass man sich nicht auf Versprechen verlassen sollte?

Eine Woche nach ihrem Auszug luden mich Asia und Andrea zum Abendessen ein. Sie betonten, dass das keine *Einladung* sei, ich solle mich *wie zu Hause* fühlen, könne sie besuchen, wann ich wolle, und sei ihnen jederzeit willkommen. Vor allem Andrea kam an diesem Abend wiederholt darauf zurück. Weniger mir als Asia zuliebe, trotzdem freute ich mich darüber. Es beruhigte mich, dass sie jemanden an ihrer Seite hatte, der bereit war, für sie zurückzustecken. Die Wohnung war klein, das Bett ein Hochbett, aber es herrschte ein gemütliches Chaos. Schon beim Eintreten roch ich Patschuliduft. Er stammte von den Kerzen auf dem Tisch. Asia klaute schon lange keine aus der Kirche mehr, sondern kaufte sie bei Indern. Wir verbrachten einen schönen Abend, hörten Musik aus einer Stereoanlage, die einem das Gefühl gab, auf einem Konzert zu sein: Gruppen, die ich nicht kannte, aber von denen ich Viola erzählen konnte. Andrea versuchte mir zu erklären, wie Rugby funktioniert, und als ich nach Hause kam, hatte ich ganz zappelige Füße.

Ich gewöhnte mir an, Viola dienstags und freitags von der Schule abzuholen. Ein Handy kaufte ich mir doch nicht, keine Ahnung, warum. Zunächst vermutlich, damit Asia mich richtig vermisste und zu mir nach Hause kommen musste, wenn sie mit mir reden wollte. Dann, weil ich für Violas Freunde inzwischen nur noch »der ohne Handy« war. Sie wollten wissen, ob ich religiöse Gründe dafür habe, bei den Zeugen Jehovas sei, die schließlich auch kein Blut spenden dürfen, und erkundigten sich nach meinen Hobbys. Ich erzählte ihnen, dass ich gern mit Rad oder Bus quer durch die Stadt fuhr: Dabei könne man die spannendsten Sachen erleben, sich verlieben zum Beispiel. Und dass ich gern allein Basketball spielte. Kein Handy zu besitzen, verlieh mir eine romantische Aura, die ich sonst nie hätte herstellen können. Und dass ich Viola nicht ständig erreichen konnte, sie persönlich treffen musste, steigerte meine Sehnsucht nach ihr nur, verlieh unseren Treffen eine noch größere Bedeutung. Viola staunte über das, was ich ihr von meiner Familie erzählte, und mir wurde klar, wie leicht man sich als Kind an die eigenen Lebensumstände gewöhnt, sie als völlig *normal* empfindet.

Nachdem wir uns einen Döner geteilt hatten, küssten wir uns zum ersten Mal. Ich erinnere mich noch gut an den Geschmack nach Zwiebeln und Joghurtsauce. Ich brachte Fußstützen an der Hinterradachse meines Rads an, und wir begannen durch die Stadt zu streifen: sie im Stehen, die Hände auf meine Schultern gelegt. Wir machten Wettrennen mit dem Fluss, verfolgten den Nebel und schrien, als könnten unsere Stimmen Schlieren hinterlassen wie nächtliche Autoscheinwerfer. Wir sahen eine brennende Mülltonne. Wir legten uns im Parco Michelotti auf eine Decke und lasen – ausgerechnet ich, der ich sonst nie was las! Wir hatten das Buch auf der Decke aufgeschlagen, und wenn einer von uns das Ende der rechten Seite erreicht hatte, wartete er, bis der andere auch so weit war, um dann umzublättern. In der Regel war sie schneller, denn ich lese ziemlich langsam. Das Buch hieß *Der wiedergefundene Freund* von Fred Uhlman. Viola musste es für die Schule lesen. Die wenigen Male, wo ich versucht hatte, von Lehrern empfohlene Bücher zu lesen, hatte ich mich stets schwergetan, in die Geschichte reinzukommen. Schon nach wenigen Seiten – manchmal sogar nach wenigen Absätzen oder Zeilen – kamen mir die Worte auf dem Weg vom Auge zum Gehirn abhanden. Ich las, aber nichts von dem, was ich las, verwandelte sich in Bilder. Mein Blick huschte zwar weiterhin über die Seiten, doch ich merkte, dass meine Gedanken längst abgeschweift waren und ich mich an keines der soeben gelesenen Worte erinnerte. Bei *Der wiedergefundene Freund* war das anders. Vielleicht lag es am Autor und daran, dass der Text recht kurz war, aber zum ersten Mal konnte ich mich in einer Figur wiedererkennen. Ich war eindeutig Hans Schwarz mit der abgerissenen Kleidung und den tintenverschmierten Fingern, während Viola Konradin von Hohenfels war – *mein* Konradin von Hohenfels. Hans' Versuch, Eindruck bei Konradin zu schinden, seine Angst davor, ihm sein Zuhause zu zeigen, und die Scham, die er für seinen Vater empfindet, aber auch die Selbstverständlichkeit, mit der Konradin ausgerechnet ihm seine Freundschaft anbietet, und die darauf folgende Verwunderung bei Hans – *Durfte ich wagen, ihn anzusprechen? Was hatte ich ihm zu bieten? Was hatte er, Konradin von Hohenfels, mit einem Hans Schwarz gemein?* –, nun, diese Gefühle kamen mir bekannt vor, was mir noch bei keinem anderen Buch so passiert war. Ich nahm sie, verwandelte sie, benutzte sie.

Außerdem konnte ich mit Viola darüber reden.

»Du musstest einfach nur das richtige Buch finden«, sagte sie.

Mit anderen Worten: Zwischen uns lief es gut. Ausgezeichnet sogar. Vielleicht setzte ich deshalb eines Tages alles aufs Spiel: Ich war einfach nicht daran gewöhnt, dass es *so* gut laufen kann. Das hatte ich nämlich noch nie erlebt. Nach wie vor staunte ich, wie das bloß möglich war. Wie es sein konnte, dass ich die Frau meiner Träume vom Bus aus entdeckt und den Mut gehabt hatte auszusteigen und bei ihr Blumen zu kaufen – nur um sie kennenzulernen, woraufhin sie tatsächlich meine Freundin geworden war. Ausgerechnet sie, die so viele Freunde hatte, dass sie gar nicht wusste, wohin damit – ganz im Gegensatz zu mir, der ich laut Viola eine Art Kleiner Panda bin: ein kleines, einzelgängerisches Säugetier, das im Himalaja lebt und eng mit Waschbär, Iltis und Wiesel verwandt ist. Sie hatte Freunde, die wussten, wer Caetano Veloso war, die mit Leuten ruderten, die an internationalen Wettkämpfen in Lettland teilnahmen.

Das einzige Mal, dass ich etwas erwähnt hatte, das sie nicht wusste, war, als ich ihr von den Blitzgewittern an der Mündung des Catatumbo erzählte. Damit hatte ich meinen einzigen Trumpf bereits ausgespielt. Aber das kümmerte sie nicht weiter, ich schien ihr zu gefallen und kein anderer, trotz alledem. Dennoch bekam ich immer mal wieder die Krise und dachte, dass das mit uns einfach nicht von Dauer sein konnte. Dass sie irgendwann aus meinem Leben verschwinden, in der Zehnten genau wie ihr Bruder ins Ausland gehen würde, um sich in Mexiko oder Neuseeland in einen isländischen Klassenkameraden mit einer

Leidenschaft für Meeresbiologie zu verlieben. Während ich im Cenisia-Viertel überlegen würde, mit meinem Vater eine Entrümpelungsfirma zu gründen.

Ich war dermaßen auf den Moment fixiert, an dem es aus sein würde, dass ich eines Tages im Mai, als wir uns eine Tüte Pommes teilten und sie mir von ihrem Onkel erzählte, der das Bild mit den Luftschiffen und so in ihrem Zimmer über dem Bett gemalt hatte und eine Ausstellung in einer Galerie in Bologna haben würde, auf einmal mit folgendem Satz herausplatzte: »Deshalb muss ich immer zu dir kommen! Weil ich keine Bilder von Künstleronkeln habe, die ich dir zeigen könnte.«

Viola, die versuchte, daraus schlau zu werden, lächelte zunächst – fest entschlossen, das als Kompliment aufzufassen. Sie biss in ein Pommesstäbchen und hielt das übrig gebliebene Stück mit zwei Fingern fest. Dann musterte sie mich und sagte: »Wie meinst du das?«

»Was?«

»Das, was du da gerade gesagt hast. Wie war das gemeint?«

Ich kannte die Bedeutung dessen, was ich soeben gesagt hatte, deshalb erwiderte ich: »Nichts.«

»Nichts? Red keinen Scheiß!«, sagte sie. Viola verwendete solche Kraftausdrücke nur, wenn sie wirklich wütend war. »Soll das heißen, dass es dich stört, wenn ich von meiner Familie erzähle?«

»Nein.«

»Ich darf dir also sagen, wie stolz ich auf meinen Onkel bin?«

»Ja, klar.«

»Was dann?«

»Nichts. Wieso regst du dich so auf? Ich hab bloß gesagt, dass ich keine solchen Onkel habe wie du.«

»Und warum hast du das gesagt?«

»Nur so. Damit du Bescheid weißt.«

»Worüber?«

»Dass meine Familie anders ist als deine.«

»Ja und?«

»Nichts und.«

Viola ließ das Pommesstück fallen, das sie noch zwischen den Fingern hatte, und wischte sie ab, um sie von Krümeln zu befreien. »Warte, das musst du mir genauer erklären! Soll ich etwa meine Familie verleugnen, nur damit du dich nicht … keine Ahnung … herabgesetzt fühlst?«

»Wie *der letzte Dreck,* meinst du wohl? Damit ich mich nicht *wie der letzte Dreck* fühle? Ich fühle mich nicht wie der letzte Dreck, falls du das glaubst. Findest du, meine Familie ist der letzte Dreck?«

Viola riss die Augen auf. »Wie kommst du nur darauf? So was hab ich nie gesagt!«

»Aber gedacht, so wie's aussieht.«

»Nein, überhaupt nicht. Bist du jetzt völlig durchgeknallt?«

Ich sprang auf. »Ich weiß nur, dass ich keine solche Familie habe wie du. Und auch kein Leben wie du.«

»Ist das vielleicht meine Schuld?«

»Du hast nie darauf bestanden, zu mir zu kommen, um

meinen Vater kennenzulernen«, sagte ich. »Oder meine Schwester.«

»Weil du es mir nie vorgeschlagen hast. Außerdem: Wen interessiert das schon? Wir müssen schließlich nicht gleich heiraten, oder? Wir sind vierzehn.«

»Du bist schon fünfzehn«, gab ich zurück.

»Und was soll das schon wieder heißen?«

»Ich wollte dich ins Barzagli einladen, aber du wolltest nicht mitkommen.«

»Ins Barzagli? Was ist das Barzagli, scheiße noch mal?«

»Das Café. Bei mir um die Ecke. Das von Marcello. Ich hab dir von ihm erzählt. Ich wollte dich dort auf eine heiße Schokolade einladen.«

»Wann?«

»Als ich dich zum ersten Mal von der Schule abgeholt habe. Aber du hast mich sofort mit zu dir genommen.«

»Ercole, als du mich zum ersten Mal von der Schule abgeholt hast, sind wir zu mir gegangen, weil es draußen saukalt war, schon vergessen? Aber wenn du in dieses … Barzagli gehen willst, gehen wir doch hin. Jetzt sofort.«

Seufzend schüttelte ich den Kopf. »Das sagst du jetzt nur, um mir einen Gefallen zu tun.«

Viola stand auf, ihre Wangen zitterten. Sie versuchte sich zu beherrschen, versuchte nicht zu tun, was sie in diesem Moment gern getan hätte. Doch dann konnte sie einfach nicht anders, zerknüllte die Pommestüte und warf sie mir ins Gesicht, wobei sie schrie: »Leck mich doch am Arsch!« Sie griff nach dem Rucksack mit ihren Rudersachen und ging.

Noch nie in meinem Leben hatte ich mich so schlecht gefühlt. Mir wurde kalt. Mir wurde heiß. Schuldgefühle nagten an mir, als hätte sich ein Waschbär in meinem Magen eingenistet. In dieser Nacht tat ich kein Auge zu und verließ am nächsten Morgen schon vor sieben das Haus. Statt zur Schule zu gehen, lief ich zur Piazza Vittorio. Ich wusste, dass Viola die Brücke überqueren musste, um zum Gioberti-Gymnasium zu gelangen. Ich blieb in ihrer Mitte stehen, und während ich auf sie wartete, sah ich, dass jemand Zahnstocher auf dem Boden verstreut hatte. Ich ging in die Hocke und legte Motive damit: einen Roboter, ein Haus, einen Wal. Und da ich, wenn ich kreativ werde, alles andere ausblende, sogar auf dem Bürgersteig einer Brücke, bemerkte ich Viola erst, als sie stehen blieb, um zu gucken, was ich da trieb. Genauer gesagt sah ich ihre Schuhe mit den gelben Schnürsenkeln. Da schaute ich auf, und sie stand direkt vor mir und musterte mich: im Gegenlicht, die Haare von der hinter den Hügeln aufgehenden Sonne beschienen. Ohne mich aufzurichten, sagte ich: »Ich war ein Idiot.«

Viola nickte nur.

Ich seufzte, weil ich nicht wusste, was ich dem noch hinzufügen sollte. Ich ergänzte den Wal um einen weiteren Zahnstocher.

»Weißt du, warum ich dich so mag?«, meinte Viola.

Ich gab keine Antwort.

»Weil du mutig bist. Es war mutig von dir, dir diese Geschichte mit der Tante auszudenken, um Blumen zu kaufen. Es war mutig von dir, mich vor der Schule abzupassen.

Du hast keine Angst gehabt, dich vor meinen Freunden zu blamieren oder davor, dass ich dich in Verlegenheit bringen könnte. Deshalb verstehe ich nicht, warum du *jetzt* solche Angst hast. Denn du hast eindeutig Angst, meint meine Mutter.«

»Du hast mit deiner Mutter darüber gesprochen?«

Sie tat so, als hätte sie nichts gehört, und redete einfach weiter: »Hätte ich nichts mit dir zu tun haben wollen, hätte ich dich nicht zum Monumentale-Friedhof begleitet. Dann hätte ich dir auch keine heiße Schokolade gekocht, und wir wären nicht seit drei Monaten zusammen – so lange war ich bisher noch nie mit jemandem zusammen. Wenn du Schluss machen willst, bitte sehr! Aber dann tu nicht so, als hätte ich mich von dir getrennt.«

Ich versuchte zu begreifen, was sie da eben gesagt hatte. Um nachzuhelfen, legte ich einen Zahnstocher senkrecht zum Rücken des Wals. Viola hockte sich neben mich und legte zwei andere dazu, um die Wasserfontäne zu vervollständigen. »Ich will mich nicht trennen«, sagte ich.

»Dann sei weiterhin mutig«, erwiderte sie.

Eine Wolke schob sich vor die Sonne und zog dann weiter. Kurz darauf sorgte eine zweite Wolke erneut für Schatten, danach schien wieder die Sonne. Ich beugte mich vor und hielt Viola meinen Mund hin, woraufhin wir uns küssten. Sie machte ein Handyfoto von den Zahnstochern, und ich brachte sie bis ans Schultor.

Dann wurde es Juni, und das Schuljahr ging zu Ende, sodass es viele Gründe gab, vierzehn beziehungsweise fünfzehn sein zu wollen. Bis zu dem Abend, als ich unsere Wohnungstür beim Heimkommen sperrangelweit offen vorfand und drei Polizisten versuchten, meinem Vater Handschellen anzulegen. Es war schon spät, bestimmt elf oder sogar Mitternacht – einer der ersten Abende, an dem wir wussten, dass wir am nächsten Tag nicht zur Schule mussten. Viola und ich waren mit Freunden von ihr im Valentino-Park gewesen. Dort hatte eine Band auf der Wiese gespielt, The Buskers Street Band, und jede Menge Leute hatten getanzt. Die ersten Mücken kamen raus, verfolgt von Fledermäusen. Nachtfalter umflatterten Straßenlaternen, und der Vollmond stand rund am Himmel. Der Geruch des Flusses und des Rasens war ein Versprechen, das nur ein blutjunger Sommer einlösen kann. Wir hatten im Dunkeln Frisbee gespielt und uns den Bauch gehalten vor Lachen. Abseits von den anderen hatten wir uns für den nächsten Abend verabredet. Ich war den Corso Vittorio entlanggeradelt und hatte *Rock Around The Clock* vor mich hin gesummt, ohne den Text zu können. Ich hatte mein Rad im Hof abgeschlossen und den Hauseingang betreten.

Die Schreie hatten durchs ganze Treppenhaus gehallt, und ich hatte die Stimme meines Vaters auf Anhieb erkannt.

Das Erste, was mir beim Betreten der Wohnung auffiel, waren die überall rumliegenden Glasscherben: auf der Erde, auf den Möbeln, auf dem Sofa. Und die Rotweinflecken am Boden. Papa hatte versucht, sich zu verteidigen, indem er mit allem um sich geworfen hatte, was gerade in Reichweite war. Oder aber er oder die Polizei hatten im Handgemenge die Vase mit den Trockenblumen hinuntergefegt, die immer auf dem Kühlschrank stand, den an der Tür hängenden Kalender vom vorletzten Jahr und die Schale auf der Küchenarbeitsfläche, in der wir die Kupfermünzen für die Witwe sammelten, nachdem wir unsere Hosentaschen geleert hatten. »Ihr Schweine und Hurensöhne, mich bekommt ihr nicht!«, schrie Papa, während er um sich trat und Stühle umwarf.

»Was machen Sie denn da?«, rief ich.

»Bitte halt du dich da raus«, sagte ein Polizist.

»Lassen Sie ihn los! Sie tun ihm doch weh.«

»Halt du dich da raus. Hab. Ich. Gesagt.«

Sie machten ihn bewegungsunfähig. Zwangen ihn zu Boden. Fesselten ihm die Arme mit Handschellen auf den Rücken. Er hörte nicht auf zu schreien: »Ihr Schweine, ihr Hurensöhne, lasst mich los!« Und dann, an mich gewandt: »Glaub ihnen kein Wort, Ercole, glaub ihnen kein Wort! Lass dir nichts weismachen, es ist überhaupt nichts passiert, die wollen mich reinlegen, glaub ihnen nicht das Geringste.«

Ein Polizist kam auf mich zu: »Bist du der Sohn?«

»Was hat er denn getan?«

»Ich hab dich gefragt, ob du der Sohn bist.«

»Ja.«

»Gibt es jemanden, der sich um dich kümmern kann?«

»Wenn ...«

»Wie alt bist du?«

»Fünfzehn. Fast fünfzehn.«

»Und deine Mutter?«

»Was hat denn das mit meiner Mutter zu tun?«

»Kann sie sich um dich kümmern?«

…

»Wo wohnt deine Mutter? Hast du eine Telefonnummer?«

Ich sah Papa an. Die anderen Polizisten zogen ihn auf die Beine: »Los, Marsch!«, befahlen sie. »Und jetzt Schluss mit dem Unsinn.« Er schrie irgendwas, das ich nicht verstand, und machte Anstalten, auf die Beamten loszugehen. Ein Polizist stolperte und stürzte. Der andere versetzte Papa einen Magenschwinger. Er sank auf den Küchentisch. Sie packten ihn unter den Achseln und zerrten ihn fort. Ich hätte gern irgendwas gesagt. Ihn verteidigt. Aber ich war wie gelähmt.

Der Polizist schnippte vor meinem Gesicht herum, als wollte er mich aus einer Hypnose holen: »Hast du gehört, was ich gesagt habe?«

…

»Wir bringen dich hin. Wo ist sie gerade?«

»Wer?«

»Deine. Mutter.«

…

Der Polizist schnaubte nervös. »Komm mit!«, befal er. Er legte mir die Hand auf den Rücken. Ich weiß noch, dass ich spürte, wie sich der Stoff meiner Jacke spannte, so als hätte er mich am Saum gepackt. Wir verließen die Wohnung. Die Nachbarn drängten sich schon am Treppenabsatz. Eine Beamtin mit durchdringendem Blick kam uns mit einem rot-weißen Absperrband entgegen. Während wir die Stufen hinunterstiegen, quetschten sich die Leute, die herbeigeeilt waren, um zu schauen, was los war, an die Wand. Einige zogen den Bauch ein und hielten die Luft an. Ich konnte es einfach nicht fassen, kam mir vor wie in einem Film. Ich hielt nach Kameras Ausschau. Blaulicht füllte das Treppenhaus. Sie verfrachteten Papa in den Streifenwagen und schoben mich zu einem zweiten. Als sich unsere Blicke trafen, schlug er mit dem Kopf gegen das Fenster. Er bewegte die Lippen und brüllte, aber ich konnte nichts hören.

»Steig ein!« Der Polizist zeigte auf das Auto vor mir. In diesem Moment spürte ich, wie die Spannung im Stoff meiner Jacke nachließ. Ich machte einen großen Schritt und begann zu rennen.

Sie verfolgten mich, zumindest glaubte ich das. Ich drehte mich nicht um. Ich hörte, wie sie riefen: »Bleib stehen, komm zurück!« Kurz hatte ich Angst, sie könnten auf mich schießen, und wartete darauf, dass mir Kugeln um die Ohren fliegen, die die Regenrinnen der Gebäude durchlöchern und Putz abplatzen lassen würden. Doch dann dachte ich, dass ich nicht gefährlich genug bin, um ausgeschaltet werden zu müssen. Und da ich mich in diesem Innenhoflabyrinth besser auskannte als in den Schubladen meines Zimmers, war ich schon draußen auf der Straße, noch bevor sie *Kittchen* sagen konnten. Ohne auch nur einmal stehen zu bleiben, rannte ich zu Asia.

Es war ihr und Andreas freier Abend. Beide trugen einen Jogginganzug und aßen trotz der späten Stunde vor dem Fernseher was vom Chinesen. Kaum dass ich den dritten Stock erreicht und die Wohnung betreten hatte, packte mich Asia angesichts meines mitgenommenen Zustands am Arm und fragte, was los sei. Andrea nahm seine Sporttasche vom Sofa, damit ich mich setzen konnte, doch ich blieb stehen.

Mit Müh und Not schilderte ich ihnen, was ich mitangesehen und mitbekommen hatte, weil mir die Worte in der Kehle stecken blieben.

»Das muss ein Missverständnis sein«, erklärte ich, »eine Verwechslung.«

Asia war wie versteinert. »Hat man dir gesagt, was ihm vorgeworfen wird?«

»Nein.«

»Nach allem, was du uns erzählt hast, wird man ihn wegen Widerstands gegen die Staatsgewalt anklagen.«

»Wo sie ihn wohl hingebracht haben?«

Andrea zuckte mit den Schultern. »Aufs Revier vermutlich. Wir sollten einen Anwalt anrufen. Ich kenn da einen, wenn ihr wollt. Er ist ein Kunde von mir und kommt mehrmals die Woche zu uns zum Essen. Weißt du, wen ich meine? Den jungen Kerl mit den blauen Augen, der immer neben der Tür sitzt.«

Asia nickte. »Hast du seine Nummer?«

»Ja.« Andrea holte sein Handy. »Er hat sie mir gegeben und gesagt, dass ich ihn jederzeit anrufen kann, wenn ich ihn brauche. Er hat zwar was anderes damit gemeint, vermute ich, aber ich würde sagen, jetzt brauchen wir ihn wirklich.«

»Was ist das für ein Anwalt?«

»Ich habe nicht die geringste Ahnung. Am besten wir reden erst mal mit ihm. Wenn er nicht helfen kann, wird er uns einen Kollegen empfehlen.« Andrea hielt sich das Handy ans Ohr. Asia und ich verfolgten jede seiner Gesten mit angehaltenem Atem, doch Andrea schloss die Augen und schüttelte den Kopf. »Keine Verbindung«, sagte er. »Oder aber er ist nicht erreichbar.« Er sah auf die Uhr. »Na ja, es ist Mitternacht. Gleich morgen nach dem Aufstehen rufe ich ihn wieder an.«

»Und jetzt?«, fragte ich.

»Viel können wir nicht tun«, meinte Asia. »Ich weiß nicht, wie das funktioniert, aber selbst wenn wir jetzt aufs Revier gehen, dürfen wir bestimmt nicht zu ihm. Und wenn wir die Nacht auf einem Stuhl im Warteraum verbringen müssen, hilft das auch niemandem weiter. Gehen wir ins Bett, stellen wir den Wecker und warten, was der Anwalt sagt.«

Sie bereitete mir ein Nachtlager: eine dünne Decke auf dem Sofa, dazu ein Kissen mit bordeauxrotem Bezug und blauen Punkten. Andrea legte ein T-Shirt und eine kurze Turnhose auf den Tisch und kletterte dann ins Hochbett. Ich hörte, wie er sich bewegte, zwischen den Brettern plätscherte leise Musik zu mir herunter. Asia machte Tee, hockte sich im Schneidersitz auf den Boden und stellte die Tasse auf den Teppich. Sie klopfte aufs Kissen, damit ich mich neben sie setzte. Wortlos hatte ich alles verfolgt: die Vorbereitung des Sofas und des Tees, Andreas Abendritual, die leise Musik. Aber ich war nach wie vor starr vor Schreck. Und als Asia mich bat, neben ihr auf dem Kissen Platz zu nehmen, rührte ich mich nicht, löste mich nicht von der Fensterbank. Ich konnte nicht glauben, dass Papa im Gefängnis war und ich nichts tun konnte, außer mich im Schneidersitz auf den Teppich zu setzen und Tee zu trinken. Ich wollte nicht einschlafen und meinen Kopf auf ein bordeauxrotes Kissen mit blauen Punkten betten, während er auf einer Zementpritsche lag oder Elektroschocks in die Hoden bekam, was in gewissen Gefängnissen durchaus passieren kann.

»Beruhige dich, Ercole«, sagte Asia. »Er wird die eine Nacht hinter Gittern schon überleben. Es ist schließlich nicht das erste Mal.«

»Was redest du denn da für einen Unsinn?«

»Ich rede keinen Unsinn.«

»Er ist schon mal verhaftet worden?«

»Ja.«

»Das glaub ich nicht!«

Asia nippte an ihrem Tee.

»Wann denn?«, fragte ich.

Asia fuhr das Labyrinthmuster des Teppichs nach. Sie beugte sich vor und musterte seine Beschaffenheit, als suchte sie in den verwebten Baumwollfäden nach einer Antwort. Dann begann sie mit kaum hörbarer Stimme zu sprechen, so als wollte sie reden und gleichzeitig auch wieder nicht. Auf diese Weise erfuhr ich unter anderem, dass Papa an dem Abend verhaftet worden war, als ich zur Welt kam. Asia war damals fünf, erinnerte sich daher kaum noch an diese Nacht, aber die Oma hatte ihr anschließend alles berichtet. Wäre sie nicht irgendwann von dem Scheißgabelstapler überfahren worden, hätte sie es vielleicht auch mir erzählt. Doch sie lebte nicht mehr, und Asia hatte entschieden, dass ich nicht unbedingt wissen müsse, dass Papa am Abend meiner Geburt wegen Drogenbesitz verhaftet worden war.

»Wegen Drogen?«

»Gras. Keine Ahnung, wie viel er davon hatte.«

»Papa hat nie Joints geraucht.«

»Es war nicht sein Gras, sondern das von Mama.«

…

Asia erzählte, dass Mama in der Schwangerschaft aufgehört hatte zu rauchen, weil es gefährlich fürs Kind ist. *Mir zuliebe.* Das gefiel mir. Doch weil sie bald wieder damit anfangen durfte – es gab da zwar noch das Problem mit dem Stillen, aber das war zweitrangig –, schickte sie meinen Vater am Tag des Kaiserschnitts zum Dealer ihres Vertrauens, um Gras zu besorgen. Der muss an diesem Nachmittag allerdings irgendwie misstrauisch geworden sein, vielleicht war er auch vorgewarnt worden, auf jeden Fall hatte er ihm eine absurd große Menge zu einem lächerlichen Preis verkauft. Schneller als man *Razzia* sagen kann, war er verschwunden, während die Streifenwagen der Polizei bereits sämtliche Zufahrtswege zur Piazza blockierten. Papa hatte versucht, das Zeug loszuwerden, indem er es unweit eines Baums vergrub, sich daraufsetzte und so tat, als würde er Yoga machen, aber die Beamten waren nicht darauf reingefallen. Er war verhaftet worden, und da er Mama nicht verpetzen wollte, aus Angst, sie könnten sie mitnehmen, hatte er alle Schuld auf sich genommen.

»Papa hat immer den Kopf für Mama hingehalten«,

sagte Asia, »aber das heißt nicht, dass er nicht auch Dreck am Stecken hat.«

Ich traute meinen Ohren kaum, aber da Asia gerade in Beichtstimmung war, hielt ich das für einen guten Moment, mir Klarheit über unsere Vergangenheit zu verschaffen, Dinge anzusprechen, die ich bisher nie über die Lippen gebracht hatte, und die Fragen zu stellen, vor denen ich mich aus Angst vor den Antworten stets gedrückt hatte. »Wenn er Mama dermaßen geliebt hat, dass er für sie ins Gefängnis gegangen ist – warum hat er dann nie nach ihr gesucht? Warum hat er nicht versucht, sie zur Rückkehr zu bewegen?«

»Ehrlich gesagt hat er das auch.«

»Wann denn?«

»Als er rausgefunden hat, wo sie steckt.«

Ich riss die Augen auf, um mehr Licht reinzulassen. »Und wann hat er rausgefunden, wo sie steckt?«

»In den ersten Monaten hat Papa ständig nach ihr gesucht, wenn auch auf seine Art – du kennst ihn ja: zerstreut und nicht sehr konsequent. Er ist der festen Meinung, dass jeder mit seinem Leben machen kann, was er will. Und wenn Mama sich entschlossen hat zu gehen, kann er sie nicht davon abhalten. Trotzdem wollte er wissen, wie es ihr geht. Ihr sagen, dass sie jederzeit zurückkann, mehr nicht. Auch wenn Papa mal wieder bis zum Hals in Schwierigkeiten steckte, hat er nie versucht, sie zu *erpressen,* wenn du verstehst, was ich meine.«

»Nein.«

»Er hat nie so was gesagt wie ›Ich hab das und das für dich getan, also musst du jetzt das und auch das für mich tun.‹ Er hat sich so verhalten, wie er es für richtig hielt. Aber soweit ich weiß, hat er monatelang nach ihr gesucht. Bis sie sich eines Tages gemeldet hat: ein Jahr später. Ich muss damals ungefähr zwölf gewesen sein. Sie steckte in irgendwelchen Schwierigkeiten und brauchte Hilfe, wusste genau, dass Papa ihr nichts abschlagen konnte.«

»Was denn für Schwierigkeiten?«

»Keine Ahnung, das hab ich nie erfahren. Ich glaube, es hatte wieder was mit Drogen zu tun.«

»Und Papa?«

»Na, was denkst du? Er hat ihr geholfen. Ich weiß auch, dass sie uns bei dieser Gelegenheit sehen wollte.«

»Sie wollte uns sehen?«

»Papa hat ein Treffen bei der Villa La Tesoriera vereinbart, aber sie ist nicht aufgetaucht. Du wusstest nichts davon. Du warst noch klein, es sollte eine Überraschung sein. Und als Papa sie erneut aufgestöbert hat, meinte sie nur ›Entschuldigung, Entschuldigung!‹ Ihr wär einfach nicht danach gewesen, sie hätte sich neu verliebt – ich weiß nicht genau, ob vor ihrem Hilferuf bei Papa oder danach, vor der Bitte um ein Treffen mit uns oder danach. Sie hätte sich neu verliebt und wolle uns nicht wehtun, aus Angst, alles nur noch komplizierter zu machen und wieder *aufzuwühlen*. Deshalb würde sie lieber wegbleiben – angeblich uns zuliebe.« Asia nahm einen Schluck Tee, verdrehte die Augen und sagte abfällig: »Was für eine blöde Kuh!«

Ich starrte auf meine Schuhe. Vorn auf der Kappe saß eine Fliege. Ich bewegte den Knöchel, und sie flog weg.

»Da hat Papa begriffen, dass es endgültig aus ist. Dass er sie für immer verloren hat. Er wollte es sich nicht groß zu Herzen nehmen, doch diesmal machte es ihm schwer zu schaffen. Damals hat er sich auch bereit erklärt, als Lkw-Fahrer zu arbeiten, weißt du noch?«

»Damals, als er uns von den Autobahnunfällen erzählt hat?«

»Von den Autounfällen und von der Hellseherin, die ihm die Zukunft aus dem Kaffeesatz gelesen hat. Vermutlich war das eine Art Flucht. Vor Mamas Abwesenheit. Vielleicht auch vor uns, weil wir ihn so an sie erinnert haben. Auch damals kam er für ein paar Nächte ins Gefängnis: Trunkenheit, nächtliche Ruhestörung. In Taranto, wenn ich mich richtig erinnere. Don Lino hat uns damals geholfen ...«

»Aber ... warum hab ich nichts davon gewusst?«

Asia sah mir in die Augen. »Weil wir es geschafft haben, das vor dir zu verheimlichen.«

Ich ließ ihre Bemerkung auf mich wirken.

Zwischen Asias Augen bildete sich eine winzige Falte, die gleich darauf verschwand. Mir fiel auf, dass keine Musik mehr vom Hochbett zu hören war und eine drückende Schwüle im Zimmer herrschte. Sie hing in der Stille, die nur durch Andreas nasale Atmung unterbrochen wurde. Asia stopfte sich das Kissen zwischen die Beine. »Wenige Monate später kamen Postkarten, Karten, wie man sie früher aus dem Urlaub geschickt hat, weißt du noch? Von Mama. Einfach so. Sie schrieb, dass es ihr gut geht, dass sie in eine Wohnung gezogen ist, die ihr sehr gefällt, und wir sie doch mal besuchen sollten. Aber wie du weißt, hab ich immer den Briefkasten geleert, und weil Papa beim letzten Mal so gelitten hat … da hab ich mir gedacht, ich zeig sie ihm lieber nicht. Aber sie hat immer wieder neue geschickt, und ich hatte Angst, nicht alle abfangen zu können. Deshalb hab ich mich eines Tages dazu durchgerungen, ihr zu antworten. Ich hab ihr einen Brief geschrieben und sie gebeten, sich ein für alle Mal zu entscheiden: dass sie tun und lassen kann, was sie will, außer kommen und gehen wie ein Magengeschwür. Wenn wir sie besuchen, muss Schluss sein mit ihrem plötzlichen Auftauchen in unserer Familie, dann muss sie auch für uns da sein. Und zwar verlässlich. Wenn sie allerdings auch nur ansatzweise darüber nachdenkt, erneut zu verschwinden, sich gar vorstellen kann, ein drittes Mal abzutauchen, soll sie doch bleiben, wo der Pfeffer wächst, und uns in Ruhe lassen, nur noch eine Erinnerung sein. Doch als ich den Brief in den Umschlag gesteckt habe, ist mir aufgefallen, dass sie uns nie eine Adresse genannt hat. Es gab keine, auf keiner ihrer Karten. Sie wollte, dass wir sie besuchen, hat uns aber nie gesagt, wo.«

»Und dann?«

»Dann sind keine Karten mehr gekommen.«

Noch bevor ich sagten konnte: »Was redest du denn da für einen Scheiß«, denn genau das hätte ich am liebsten gesagt, denn wenn Asia mir diese Geschichte verheimlicht hatte, verheimlichte sie mir vielleicht noch ganz andere Sachen, was hieß, dass ich mich nicht mehr auf sie und Papa verlassen konnte, was wiederum bedeutete, dass ich mich auf niemanden verlassen konnte – also, bevor ich

»Sag, dass du das alles bloß erfunden hast« sagen und sie nach dem Grund dafür fragen konnte, warum sie sich so eine absurde Geschichte ausgedacht hatte, ja bevor ich auch nur das Wort *Mutter* aussprechen konnte, stellte Asia die warme Teetasse auf den Teppich, stand auf und holte einen kleinen Schuhkarton. Er war randvoll mit Unterlagen. Sie zog einen orangefarbenen Umschlag hervor und gab ihn mir. Ich machte ihn auf. Darin befanden sich altmodische Urlaubspostkarten, die irgendein Rathaus oder einen Platz mit einem Brunnen zeigten. Es waren sieben Karten, um genau zu sein. Und am unteren Rand prangte ausnahmslos die Unterschrift unserer Mutter.

Ich nahm es nicht sonderlich gut auf.

Zunächst einmal musste ich mich kratzen. Das geht mir immer so, wenn ich mich aufrege: Auf einmal juckt mir der Kopf, dann juckt es mich hinter den Ohren, am Hals und in der Armbeuge – dort, wo man die Spritzen reinkriegt. Dann kommen mir die Tränen, und ich habe Lust, auf und davon zu rennen. Das war doch absurd! Ich wusste nicht, was ich davon halten sollte. Vor allem, was ich von Papa halten sollte. Einerseits teilte ich seine Überzeugung, dass jeder frei über sein Leben bestimmen kann, jeder so sein kann, wie er will … bla, bla, bla. Aber wenn sich ein geliebter Mensch selbst schadet, was dann? Ist er dann immer noch frei zu tun und zu lassen, was er will? Und wenn die Probleme um sich greifen, auf andere übergreifen, die diesen Menschen lieben? Was heißt eigentlich *schaden?* Und was *Freiheit?* Vielleicht hätte man Mama *mehr* helfen müssen, vielleicht hätte man sich *mehr* bemühen müssen, sie wieder nach Hause zu holen? Hatte Asia überhaupt das Recht, Papa im Dunkeln zu lassen? Mich im Dunkeln zu lassen? Natürlich hatte sie sich das alles nicht ausgesucht, sondern war von den Umständen dazu gezwungen worden. Von der Schwäche unseres Vaters. Oder von seiner Stärke? Ich fragte mich, ob mein Vater ein Schwächling war oder der Heldenhafteste von allen. Stimmte es, dass er uns irgendwann an den Rand seines Lebens verbannt hatte, weil wir ihn an sie erinnerten – ihn an unsere Mutter erinnerten?

Ich weiß nicht mehr, was dann passiert ist. Ich hatte das Gefühl, verstanden zu haben, nicht verstehen zu wollen und nichts verstanden zu haben – und zwar alles auf einmal. Ich weiß nur noch, dass ich irgendwann anfing zu brüllen, dass Asia brüllte, dass Andrea vom Hochbett kletterte, damit wir endlich aufhörten, und ich ihn gegen den Tisch schubste. Dann packte ich den orangefarbenen Umschlag mit den Postkarten und stürmte aus der Wohnung.

Ich weiß nicht, ob es ein Alter gibt, in dem man besonders rasch mit Flucht auf Probleme reagiert. Aber ich weiß, dass ich in dieser Nacht noch nie so kurz davorgestanden bin, die gefährliche Grenze zwischen Verwirrung und Verzweiflung zu überschreiten. Ich rannte mit zitternden Beinen davon, und wieder fing mich die Stadt auf. Ich wünschte mir nichts sehnlicher, als mit ihr zu verschmelzen. Ich ging nicht zu Viola, dafür war ich viel zu wütend. Ich lief zum Parco Dora, an dessen Stelle einst ein Stahlwerk mit

Hochöfen und Walzwerken stand und in dem man heute, zwischen monströsen Stahlpfeilern, die einst die Werkshallen trugen, *parkour* macht, skatet oder versucht, sich mit seinen Dämonen zu versöhnen. Es war Juni und angenehm warm im Freien, auch wenn die Straßenlaternen wie immer die Sterne überstrahlten. Weit und breit war niemand zu sehen. Ich tat so, als wäre ich der letzte junge Mann auf der Welt. Von Weitem vernahm ich den Aufprall eines Balls. Einen bellenden Hund. Ich hatte das Gefühl, jede Stimme dieser Stadt zu hören, jeden Seufzer und jedes Weinen.

Bei Tagesanbruch schnupperte eine Katze an meinen Schnürsenkeln. Als ich die Augen aufschlug, ergriff sie die Flucht. Ich hielt den Umschlag mit Mamas Postkarten in der Hand. Ich steckte ihn in die Tasche. Die Sonne spiegelte sich in den oberen Fenstern der Gebäude. Ich wusch mir das Gesicht an einem Brunnen und ging wieder nach Hause. Zu *mir* nach Hause, nicht zu Asia. Die Tür war zu, und alles sah so aus wie immer, aber als ich sie aufmachte, erwartete mich noch dasselbe Chaos wie am Vorabend: Glas- und Keramikscherben, der Fußboden klebrig vom Wein, umgeworfene Stühle. Ich wusste nicht, was ich tun sollte. Ich hatte weder Lust auf Asia noch auf Papa. Ich zog mir ein neues T-Shirt an, holte das Rad aus dem Hof und dachte: Die Einzige, die ich jetzt sehen will, ist Viola.

Normalerweise verpufft meine schlechte Laune, wenn ich mich abstrample, so wie Nässe bei Hunden, wenn sie sich schütteln. Doch an diesem Tag wusste ich, dass das nicht funktionieren würde, denn wie heißt es so schön? Unsere Gedanken beherrschen unsere Gefühle oder so. Ich musste einfach ständig daran denken, was Papa und Asia mir alles verheimlicht hatten. Sie hatten mich nicht direkt *belogen,* schließlich hatte ich ihnen keine Fragen gestellt. Aber sie hatten etwas viel Schlimmeres getan, nämlich mir die Möglichkeit genommen, Fragen zu stellen. Und es gibt nichts Schlimmeres, als für unwissend gehalten zu werden und deshalb keine Fragen stellen zu können. Sie hatten mich behandelt, als würde ich nichts verstehen, und so dafür gesorgt, dass ich mir plausible Antworten auf falsche Fragen zurechtlegte – und das, obwohl im Leben alles davon abhängt: von den richtigen Fragen.

Gegen neun klingelte ich bei Viola, doch niemand öffnete. Ich überlegte, wo sie stecken konnte. Da fiel mir ein, dass sie manchmal mit ihren Freundinnen im Caffè Elena an der Piazza Vittoria frühstückte. Ich überquerte die Brücke und glaubte sie schon von Weitem zu sehen, an einem der Tischchen im Freien, umgeben von Tauben. Als ich näher kam, erkannte ich, dass eine Person tatsächlich Viola war und die rechts von ihr Leia, die mit dem Eislaufkostüm. Aber der Dritte im Bunde war ein Junge. Sein Arm ruhte auf Violas Stuhllehne. Und obwohl ich noch mindestens hundert Meter entfernt war, nahm ich doch wahr, dass er ihre Schulter berührte und die Finger bewegte, sie streifte, ja *streichelte,* ohne dass sie sich dagegen wehrte.

Ich sprang vom Rad, ohne richtig zu bremsen, woraufhin es mit einem metallischen Krachen an einen Betonpoller fiel. Viola und die anderen fuhren herum.

»Was machst du da, Scheiße noch mal?«

Sie sahen sich verständnislos an.

»Du bist gemeint!« Ich deutete auf den Jungen. »Was machst du da mit deiner Hand?«

Viola und der Junge standen auf. Er wollte etwas sagen, keine Ahnung, was. Aber ich wusste bereits, was nun folgen würde, und nichts konnte mich davon abbringen. Ich hatte doch nur noch sie! Ich konnte nicht zulassen, dass sie mir weggenommen wurde. Die Freiheit ließ ich ihr nicht. Ich würde um sie kämpfen und nie mehr hergeben – das, was mein Vater auch mit Mama hätte tun sollen. Deshalb ging ich auf den Jungen los und schlug ihm mit der Faust ins Gesicht. Er prallte gegen den Tisch, machte einen halben Purzelbaum und riss Cappuccinos und Brioches mit sich. Er fiel mit der Schulter auf den Boden, schaffte es aber, seinen Kopf zu schützen. Er stöhnte vor Schmerz.

Viola schaltete sich ein, um mich wegzuschubsen, trommelte gegen meine Brust und schrie: »Was machst du denn da für einen Scheiß, was ist bloß in dich gefahren?«

Ich brachte kein Wort heraus.

»Und?«, schrie Viola.

Ich zeigte auf den Jungen, der sich gerade aufrichtete und aus der Nase blutete.

»Das ist mein Bruder!«, schrie sie.

Zwei Kellner eilten aus dem Café. Erst da merkte ich, dass wir nicht allein waren. Einige Gäste waren aufgesprungen und zurückgewichen. Sie starrten uns an. *Michele!,* dachte ich. Der Bruder, der in Amerika ist, in Texas, wo er in die zehnte Klasse geht. Ich hatte ein Foto von ihm gesehen, aber auf dem hatte er längere Haare und … keine Ahnung. Vielleicht waren sie auch dunkler. *War er nicht kleiner?*

Die Kellner kamen an unseren Tisch und fragten, was los sei. Prinzessin Leia antwortete amüsiert: »Der Idiot hier hat den Bruder meiner Freundin mit einem Kerl verwechselt, der sie anmachen will.« Aber sie war auch die Einzige, die lachte. Ein Kellner fragte Michele, ob er verletzt sei; der murmelte, nein, es gehe schon wieder. Doch als er sich an die Lippe fasste, verzog er schmerzlich das Gesicht. Der Kellner sagte: »Ich bring dir Eis.« Viola starrte mich immer noch an. Ich wand mich unter ihrem Blick. Kleinlaut bat ich sie um Entschuldigung. Ich ging auf Michele zu, der zurückwich. Dabei wäre er fast erneut ins Straucheln geraten und gestürzt. Leia lachte. Noch nie war mir etwas so peinlich gewesen, und manchmal ist Scham einfach endgültig, ohne dass man Gelegenheit hat, es je wieder gut oder gar rückgängig zu machen. Ich wäre am liebsten explodiert – aber dann hätte ich noch mehr Unheil, ein echtes Blutbad angerichtet. Am liebsten hätte ich mich in Luft aufgelöst wie Obi-Wan Kenobi, als er von Darth Vader ermordet wird. Ich zog mich langsam zurück, in der Hoffnung, dass die anderen nichts merkten, nicht merkten, dass ich verschwand. Ich hatte Angst vor ihrer Reaktion. Doch als ich begriff, dass sich niemand auf mich stürzen würde, um mich festzuhalten oder so, nahm ich mein Fahrrad und strampelte davon.

4

Vergiss nicht, Luke:
Die Macht wird mit dir sein.
Immer.

OBI-WAN KENOBI

Es war, als würde ich ein Geröllfeld hinunterkullern, was mir nämlich schon mal passiert ist: Man fällt, versucht sich irgendwo festzuhalten, aber die Steine, die man umklammert, sind wie lockere Zähne, die ausfallen, sie geraten um einen herum ins Rutschen, treffen einen und sind genau diejenigen, die einem wehtun. In diesem Moment beschloss ich, nach meiner Mutter zu suchen. Natürlich nicht sofort. Erst einmal blieb ich eine gefühlte Ewigkeit auf einem Stein im Parco del Valentino sitzen, ließ den Wind meine Wangen liebkosen und sah zu, wie ein Ameisenvolk sich über die Reste eines Käsebrötchens hermachte. Dabei versuchte ich Ordnung in das Chaos der letzten zwölf Stunden zu bringen, jedoch ohne großen Erfolg. Ich verstand einfach nicht, wie alles so den Bach runtergehen konnte. Und da ich nichts verstand und aus nichts schlau wurde, dachte ich, dass ich genauso gut die Vergangenheit selbst in die Hand nehmen konnte, um dort hinzugelangen, wo das Wasser aus dem Fels kommt, ohne mich unwis-

sentlich von dem fernsteuern zu lassen, was Asia mir gnä-
digerweise über Papas Probleme verraten will oder auch
nicht. Außerdem wollte ich so viel Abstand wie möglich
zwischen Viola, ihren Bruder und mich bringen.

Ich zog Mamas Postkarten hervor und studierte sie gründlich. Sie kamen aus drei verschiedenen Orten: zwei waren
aus Pinerolo, eine aus dem Val Chisone und vier aus Erta.
Ich hatte keine Ahnung, wo Pinerolo lag, wo Erta oder das
Val Chisone lagen. Ich verließ den Park und schob das Rad
die Straße entlang. Ich wusste nicht, wo ich anfangen sollte, vielleicht war es das Beste, den Ort aufzusuchen, auf
den sich die meisten Karten bezogen: Erta. Ich sah, wie
eine vertrauenswürdig wirkende Frau aus einer Kondi-
torei kam. Sie fischte winzige Kekse aus einer Papiertü-
te. Mit dem Handrücken wischte ich mir ein wenig von
meiner Traurigkeit aus den Augen, die manche Leute ab-
schreckt, wenn sie zu viel davon sehen, ging auf sie zu und
fragte: »Entschuldigen Sie, können Sie mir sagen, wie ich
nach Erta komme?«

Die Frau musterte mich kurz, mit offenem Mund und
einem Keks in der Hand, den sie wieder in die Tüte zurück-
fallen ließ. »Wie bitte?«

»Erta.«

»Und wo soll das sein?«

Ich zog die Brauen hoch und antwortete: »Wenn ich das
wüsste, würde ich nicht danach fragen.«

»Hast du sonst noch einen Hinweis?«

»Kennen Sie das Val Chisone?«

»Ja.«

»Vielleicht liegt es im Val Chisone. Liegt Pinerolo im Val Chisone?«

»Irgendwo da«, meinte die Frau. »Wenn man ins Val Chisone will, kommt man an Pinerolo vorbei.«

»Und ist das weit von hier?«

»Kommt ganz darauf an.«

»Worauf?«

»Wie man dahin fährt.«

Mir fiel ein, dass ich kein Geld hatte und mir keinerlei Fahrkarten leisten konnte. »Mit dem Rad«, sagte ich.

Sie kniff die Augen zusammen. »Du willst tatsächlich mit dem Rad dorthin fahren?«

»Warum?«

»Mit dem Rad ist es *sehr weit*.«

»Wie weit?«

»In Kilometern, meinst du?«

Ich zuckte mit den Schultern. »Oder in Metern. Anschließend dividieren wir.«

»Willst du mich auf den Arm nehmen?«

Ich verneinte, sagte, ich sei nicht in der Stimmung dazu.

»Mit dem Auto sind es vierzig Minuten, vielleicht ein bisschen weniger.«

»Okay.«

»Entschuldige, wenn ich dich frage, aber warum willst du überhaupt dorthin? Und warum mit dem Rad?«

»Können Sie mir die Richtung sagen?«

»Von hier aus?«

»Ja.«

»Nein.«

»Danke«, sagte ich, »sehr freundlich.«

Bevor ich jemanden fand, der den Weg wusste, musste ich vier weitere Personen fragen: Erklärt hat es mir dann ein alter Herr an einer Bushaltestelle. Um die Sache abzukürzen, behauptete ich, nicht sofort dorthin zu wollen, sondern mich nur aus Interesse danach zu erkundigen. Er sagte, das Beste sei, sich am Schloss Stupinigi zu orientieren – sein knotiger Finger beschrieb mehrere Kurven – und dann von diesem Jagdschloss aus weiter nach Pinerolo zu fahren. Er fügte noch hinzu, dass es unweit der Landstraße auch einen Radweg geben müsse, er wisse allerdings nicht, wo. Der Bus kam. Während er die Leute aussteigen ließ, warf er einen Blick auf mein Rad und meinte: »Du willst doch nicht etwa mit dem dahin?«

»Nein, natürlich nicht.«

Er lächelte mir zu und wünschte mir eine schöne Tour.

Ich sah mich um. Es war zehn Uhr morgens, die Sonne brannte vom Himmel, und auf einmal traf mich die Erkenntnis, dass mich niemand beachtete. Es gab Leute, die umzogen, andere, die ihr Handy mit dem Helmlautsprecher verbanden, bevor sie das Motorrad anließen, und wieder andere, die ihren Nachwuchs in den Kindergarten brachten. Ein Müllwagen leerte eine Altglastonne; eine Frau mit schlohweißem Haar warf einer Katze, die sich unter einem Auto versteckte, Brot zu. Ich war wie Luft. Niemand von ihnen kümmerte, was ich tat. Da begann ich in die Pedale zu treten, erst langsam, dann immer kräftiger.

Ich durchquerte die Stadt in Richtung Berge, hielt mich an die Angaben des alten Mannes, bis die Häuser weniger wurden. Als ich das Jagdschloss Stupinigi erreichte, umrundete ich es. Kurz darauf tauchten die ersten Kornfelder auf, die die Sonne gelb und knusprig werden ließ.

Ich begann zu schwitzen, was dazu führte, dass mein Kopf ganz leer wurde. Die Kette rieb sich bei jedem Treten an meiner Jeans und machte sie an den Knöcheln schmutzig, während mir Schmeiß- und Taufliegen um die Stirn schwirrten. Schweißtropfen suchten sich einen Weg um meine Brauen und brannten mir in den Augen. Während ich nach dem Radweg Ausschau hielt, strampelte ich die Landstraße entlang, direkt neben dem Bewässerungskanal, der die Straße von den Feldern trennte. Von Autos und Lastern verursachte Turbulenzen ließen meine Arme zittern. Mir lief die Nase. Ich hielt mir erst das eine, dann das andere Nasenloch zu und stieß den Schleim aus, indem ich mich vom Rad wegbeugte. Ich konzentrierte mich auf das Knirschen des Splitts unter den Reifen, auf das Rauschen des Windes in meinen Ohren. Links von mir standen Bäume mit dünnen Stämmen, die gleichmäßige Reihen bildeten, rechts lagen die Getreidefelder und dahinter erhoben sich zwei Reihen bewaldeter Hügel in einem intensiven Grün. Das Blau des Himmels wirkte wie mit dem Spachtel aufgetragen, und es war nur eine einzige kompakte Wolke zu sehen. Sie ruhte sich auf der Spitze eines Turms aus, der hinter einer Ansammlung von Häusern emporragte. Dieser Moment war dermaßen perfekt, dass trotz allem, was sich in den letzten Stunden ereignet hatte, so etwas wie Selbstvertrauen in mir aufstieg. Ich war mir der Tatsache bewusst, dass ich mich *genau hier* befand, und seltsam glücklich darüber.

Und ausgerechnet da platzte der Reifen.

Es ging ganz schnell: Noch eine Sekunde zuvor war ich, tief über den Lenker gebeugt, um möglichst wenig Widerstand zu bieten, durch die Gegend gerast, und gleich darauf begann das Hinterrad zu eiern. Ich hörte, wie es sich an der Felge rieb, und die Reibung erfasste Gabel und Sitzrohr. Ich bremste, stellte einen Fuß auf den Boden, drehte mich um und schaute nach. Der Reifen war vollkommen platt.

Scheiße.

Ich blickte mich um: Ich war von Feldern umgeben, in der Ferne Bauernhöfe und Möbelfabriken. Eine Eidechse huschte zum Graben und stürzte sich wild entschlossen hinab. Zwei Autos, ein Laster und ein Motorrad überholten mich dicht hintereinander. Ich stieg ab, ließ das Rad fallen und bückte mich, um nach dem Loch zu suchen. Der Verkehrsstrom versiegte, und eine Zeit lang kam niemand mehr vorbei. Auf der Erde kniend, betastete ich den Reifenmantel, bis ich etwas Spitzes, Metallisches unter der Fingerkuppe spürte, einen Nagel oder eine Scherbe, was, wusste ich nicht genau. Ich beschloss, es stecken zu lassen, denn selbst wenn ich es herausbekommen hätte, wäre mir nicht klar gewesen, was ich anschließend hätte tun sollen. Es herrschte tiefe Stille – nur die Grillen und das entfernte Kläffen eines Hundes waren zu hören. Ich überlegte, das Rad liegen zu lassen und zu Fuß weiterzugehen. Oder mich zu setzen und darauf zu warten, dass jemand vorbeikam, der mir half. Ich wollte mich nur ungern von meinem Rad trennen, aus Angst, es nie mehr wiederzufinden, wenn ich es erst einmal im Stich gelassen hatte. Daher entschied ich mich dafür, auf Hilfe zu warten. Ich setzte mich im Schneidersitz auf den Boden, und sofort umschwirrte mich eine Fliege. Mir fiel ein, dass in zehn Tagen mein Geburtstag war – ich wurde fünfzehn! –, und obwohl ich in diesem Moment ganz andere Sorgen hatte, fragte ich mich, wo ich ihn wohl feiern würde und mit wem, ob ich zum ersten Mal das Feuerwerk an San Giovanni verpassen würde.

Das Feuerwerk.

Ich strich über das Rad, und in mir stieg eine Erinnerung an einen Vorfall auf, der sich vor vier Jahren zugetragen hatte.

Papa wachte gegen Mittag auf, nachdem er nach einer seiner Touren in der Badewanne eingeschlafen war. Dass er in der Badewanne einschlief, kam damals häufiger vor, auch wenn ich nie ganz verstand, warum, und Asia und ich hatten gelernt, das Bad zu benutzen, ohne ihn zu wecken. Wir waren jedenfalls gerade mit dem Mittagessen fertig, im Fernsehen lief eine Vulkan-Doku, und die Junisonne warf Blätterschatten ans Fenster. Papa erschien auf der Schwelle, rubbelte sich mit dem Handtuch den Kopf – er hatte gerade geduscht – und erstarrte. Er musterte uns aufmerksam: »Warum seid ihr nicht in der Schule?«

»Vielleicht weil sie aus ist?«, schlug Asia vor.

»Seit wann?«

»Seit drei Wochen.«

»Und, seid ihr versetzt worden?«

»Ja.«

»Wer hat die Zeugnisse unterschrieben?«

»Marcello«, sagte ich und schnitt ein Stück Ananastorte auf.

»Welcher Marcello?«

»Der Besitzer vom Barzagli.«

Papa machte ein ganz zerknittertes Gesicht. »Der mit den scheußlichen Tattoos?«

Asia schenkte sich Apfelsaft ein: »Mit der Vollmacht, die *du* ihm gegeben hast.«

Papa riss die Augen auf. »Und wann soll ich dieses Ding unterschrieben haben, dieses …« Da entdeckte er die Ananastorte und staunte noch mehr: »Warum steht eine Torte auf dem Tisch?« Da bemerkte er die Kerzen. »Wer hat Geburtstag?«

Ich hob die Hand und biss in das Tortenstück, völlig gefangen von den Bildern des ausbrechenden Vulkans Tungurahua in Ecuador. Ein Vogel landete auf der Fensterbank, piepste und flog wieder weg. Papa konnte sich einfach keine Geburtstage merken. Keinen einzigen. Wir hatten uns daran gewöhnt und sagten ihm erst gar nicht mehr Bescheid: Wenn er es merkte, prima, ansonsten hieß es Geduld! Auch weil er, wenn er es bemerkte, immer bloß schimpfte, die Zeit sei einfach scheiße, sie vergehe viel zu schnell. Außerdem seien Geburtstage bloß was für Reiche, die keine Angst vor der Zukunft haben müssten. An diesem Tag war seine Reaktion mehr oder weniger die gleiche. Er fragte, welchen Tag wir gerade hätten. Asia sagte, es sei der 24. Juni, und mein Geburtstag sei am 24. Juni – und zwar seit meiner Geburt. Er zählte die Jahre an den Fingern ab und fragte, ob ich elf werde. Das konnte ich bestätigen. Er murmelte etwas Unverständliches, brach ein wenig von der Kruste der Ananastorte ab, schlüpfte in seine Anglerweste, durchwühlte sie nach Zigaretten und verließ mit einem seltsamen Gesichtsausdruck die Wohnung.

Ich schaute die Vulkan-Doku zu Ende. Asia nahm drei Rechnungen, die mit Reißnägeln an der Tür des Küchenbüfetts befestigt worden waren, schrieb die Beträge untereinander und rechnete aus, wie viel Geld bis wann fällig wurde – und das war nicht wenig. »Hast du was zu verkaufen?«, fragte sie.

Ich wackelte verneinend mit dem Zeigefinger, während glühende Lava den Strand überschwemmte, sich ins Meer ergoss und das Wasser verdampfen ließ. »Ich kann den Möbelpolsterer fragen, ob er Hilfe braucht«, schlug ich vor. Der Polsterer war ein alter Handwerker mit einem Geschäft am Corso, der Sessel polsterte sowie Körbe und anderes Zeug flocht. Er hatte Rheumaknoten, die schmerzten, und freute sich in der Regel, wenn ich vorbeikam, um ihm zu helfen. Nicht dass er viel zu tun gehabt hätte, aber er genoss meine Gesellschaft, und meine kleinen, ruhigen Finger schafften seine Arbeit in der Hälfte der Zeit.

Asia meinte, sie werde bei Don Lino vorbeischauen, vielleicht habe er ja Zugriff auf eine Spende, auf einen dieser Umschläge, die Gutmenschen in den Opferstock steckten. Wir redeten über Wind und Funkenflug, hörten zu, wie über Vulkankrater und Lavaströme geredet wurde, und knabberten an den Ananasstückchen der Torte, als plötzlich die Tür aufgerissen wurde. Papa streckte den Kopf herein. Als er uns sah, lächelte er. Er verschwand wieder, dann tauchte ein Rad auf, gefolgt von einem Lenker, einem Sattel – und einem weiteren Rad. Ein Fahrrad. Genau in meiner Größe. Ich sprang auf.

»Ein Geschenk!«, rief Papa.

Ich traute meinen Augen kaum. »Du hast also doch daran gedacht.«

»Du tust ja so, als wäre es das erste Mal.«

Auch Asia kam näher. Zärtlich strich sie über den Lenker. »Woher hast du das? So ein Rad kostet eine ziemliche Stange Geld.«

»Was ist denn das für eine Frage? Das ist ein Geschenk. Man fragt nicht, was ein Geschenk gekostet hat.«

»Darf ich damit nach draußen?«

»Willst du es etwa in der Wohnung benutzen?«

Ich hatte noch nie ein Fahrrad besessen. Ein Dreirad, das schon. In Rosa. Davor hatte es meiner Schwester gehört. Mehr aber auch nicht. Das Radfahren hatte Papa mir zwar beigebracht, aber mit dem Rad eines Nachbarjungen, der anschließend fortgezogen war. Ich weiß noch, wie er mit mir in den Parco del Valentino gegangen ist. Dort hatte er nach einem aus seiner Sicht geeigneten Hang Ausschau gehalten und mir – ich dürfte damals ungefähr fünf gewesen sein – befohlen aufzusteigen. Kaum saß ich darauf und hatte Zeit gefunden, den Lenker zu umklammern, schubste er mich schon nach unten. Zehn, zwanzig Meter hatte ich das

Gleichgewicht noch halten können, vielleicht auch weniger, doch beim Versuch zu bremsen, geriet ich in Schieflage und knallte auf den Asphalt. Dabei schlug ich mir den Ellbogen auf und zog mir Schürfwunden an der Schulter zu.

Es war Juli. Ich trug eine kurze Hose und ein T-Shirt. Wäre es November gewesen, und hätte ich riskiert, mir Jeans oder Anorak zu zerfetzen, hätte Papa mehr aufgepasst. Ich stand kurz davor, in Tränen auszubrechen, aber kaum hatte ich mich aufgerappelt, hörte ich, wie er klatschte und rief: »Fantastisch, mein Junge, fantastisch, um ein Haar hat es geklappt. Los, wir probieren es gleich noch mal.« Die Zigarette im Mundwinkel, ermutigte mich Papa oben auf der Anhöhe wild fuchtelnd, den Rückweg anzutreten. Ich nahm den Ärmel meines T-Shirts zwischen Daumen und Zeigefinger und zog daran, um Luft an die aufgeschrammte Schulter zu lassen, schluckte die Tränen hinunter, hob das Rad auf und kehrte zu ihm zurück. Hundertmal fiel ich hin. Prallte gegen einen Baum. Fuhr beinahe einen Hund tot.

Doch er feuerte mich immer eifriger an, ohne jede Methode oder Strategie, bis auf sein blindes Vertrauen in mich, darauf, dass ich es irgendwann schaffen würde. Dass ich mir die richtige Technik von einem Moment auf den anderen aneignen und lossausen würde, so lange in Richtung Horizont strampelnd, bis ich über mich selbst staunen würde.

Ich nahm das Rad und trug es die Treppe hinunter. Ich drehte eine Runde durchs Viertel. Ich fuhr bei Marcello vom Barzagli, der trotz Feiertag geöffnet hatte, vorbei, um ihm guten Tag zu sagen. Ich erreichte den Parco Ruffini, umrundete den Sportpalast und das Stadion mit den Leichtathletikbahnen. Dann machte ich kehrt und fuhr an meiner Schule vorbei, in der Hoffnung, dass mich jemand sehen würde, irgendein Mitschüler oder Lehrer, zur Not auch nur der Hausmeister, damit er mich fragte, was ich da mache, mit diesem Fahrrad, das direkt aus dem Paradies zu kommen schien. Aber anscheinend waren alle beim Feiern, denn ich traf niemanden. Bis mich endlich, unweit der Piazza Robilant, ein Junge, der kaum älter war als ich, in kurzen Hosen und einem T-Shirt der spanischen Nationalmannschaft, anstarrte. Er musterte das Rad mit dem Blick, den ich mir gewünscht hatte, erkannte das Wunder, das ich darin sah, mit weit offenem Mund und tellergroßen Augen, ein schmelzendes Eis in der Hand, das ihm aufs Handgelenk tropfte. Da drehte ich eine zweite Runde und fuhr näher heran, damit er mich besser bewundern konnte.

In diesem Moment hörte ich ihn schreien: »Papa! Papa! Da ist es, beeil dich! Mein Rad.«

Papa hatte ihm *meines* kurz nach Verlassen der Wohnung geklaut. Wie wir dem Bericht des Vaters später entnahmen, war dieser mit seinem Sohn in den Zeitschriftenladen gegangen, um *La Stampa* und einen Comic zu kaufen. Doch als sie ihn wieder verlassen hatten, war das Fahrrad verschwunden. Niemand hatte etwas bemerkt. Sie hatten das ganze Viertel abgesucht und irgendwann aufgegeben. Um den Jungen zu trösten, hatte der Vater seinen Sohn in die Eisdiele an der Piazza Robilant mitgenommen, wo ich auf einmal aufgetaucht war.

Papa schob wie immer alle Schuld auf mich. Er konnte schlecht zugeben, dass er das Rad geklaut hatte. Dafür wanderte man möglicherweise ins Gefängnis. Vielleicht auch nicht, keine Ahnung. Wie dem auch sei, wenn sie erfahren hätten, dass er es gewesen war, wäre das die reinste Katastrophe gewesen. In meinem Fall genügten eine gezielte Ohrfeige und die Aufzählung unserer Probleme – *Ich bin verzweifelt. Seine Mutter hat uns verlassen. Das ist seine Art, den Schmerz zu verarbeiten* –, gefolgt von den üblichen Beteuerungen, es wiedergutzumachen.

»Sie sollten mehr Zeit mit ihm verbringen«, riet ihm der Vater des Jungen.

»Wir sind von morgens bis abends zusammen.«

»Suchen Sie Hilfe.«

»Bei wem? Don Lino ist wie ein zweiter Vater für ihn, aber er bräuchte eine Mutter.«

»Ich verstehe.«

»Ich bitte vielmals um Entschuldigung«, sagte Papa. »Ich bin wirklich entsetzt.«

»Das kann schon mal passieren.«

»Wie kann ich das ungeschehen machen?«

»Das passt schon.«

»Vielleicht mit einer Flasche Wein? Im Keller …«

»Nein, nein, das brauchen Sie nicht.« Der Mann zerzauste das Haar seines Sohnes. »Sie dürfen den Mut nicht verlieren. Und du …«, sagte er zu mir, »du …« Er musterte mich und wusste nicht recht, ob er sich autoritär gebärden oder mich als Vertrauensbeweis anlächeln sollte. Er bewegte die Lippen, aber ihm fiel nichts ein, sodass sich sein Gesicht zu einer Grimasse der Nachsicht verzog – ganz so, als hätte er in eine Zitrone gebissen. Er versetzte mir einen aufmunternden Klaps. Der Sohn trat mit einem freundlichen Lächeln neben mich und zischte mir zu: »Wenn ich dir noch mal begegne, bist du tot.« Dann gingen sie.

Am selben Abend nahmen Asia und ich wie an jedem 24. Juni den Bus zur Piazza Vittorio, um das Feuerwerk zu bewundern. Doch obwohl die ganze Stadt zusammengekommen war, um zu feiern, war ich traurig – so traurig wie noch nie in meinem Leben. Es ist wirklich unglaublich, wie einsam man sich unter Menschen fühlen kann, viel einsamer, als wenn man im Schneidersitz auf dem Bett sitzen und mit den Wandmonstern sprechen würde. Nach dem Feuerwerk schlug mir Asia vor, einen Spaziergang am Fluss zu machen. Sie verstand, was in mir vorging, und schaffte es, meinen Schmerz zu lindern. Wir gingen zu den Murazzi hinunter, zu den Anlegestellen, wo vor hundert Jahren Boote festgemacht worden waren und es heute Lokale und Studiersäle gab, Wildpinkler und knutschende Paare. Jede Menge Leute in Feierlaune. Junge, Alte, herumtollende Kinder und Mütter, die ihnen Ermahnungen mitgaben. Manche tranken, andere hielten Händchen, wieder andere unterhielten sich. Die Laternen spiegelten sich im dunklen, öligen Wasser des Po, der die Stadt durchquerte. »He!«, sagte Asia, packte mich und deutete auf einen Punkt unter den Bäumen: Ein Glühwürmchen schwirrte zwischen den Sträuchern umher. Ich hatte noch nie ein echtes Glühwürmchen gesehen. Ich trat näher und ging in die Hocke. »Wie funktioniert denn das?«, fragte ich.

Asia hockte sich neben mich. »Keine Ahnung. Irgendwas Chemisches, das mit der Fortpflanzung zu tun hat.«

»Mit was?«

»Mit Sex.«

»Ach so!«

…

»Bist du dir sicher?«

»Wir hatten das in Bio.«

»Warum ist es allein?«

»Es ist nicht allein. Schau doch!«

Ich drehte mich um: Rechts von uns schwebten noch fünf um einen Busch herum. Sie beschrieben die verrücktesten Flugbahnen, glommen gleichzeitig auf und erloschen wieder. Wie auf Kommando flogen sie in Richtung Fluss. Wir sahen zu, wie sie über dem Wasser tanzten, und da musste ich daran denken, wie viel von dieser Magie es doch auf der Welt gibt – genug, um sämtliche Handys, Hörgeräte und elektrische Zahnbürsten dieses Planeten damit aufzuladen, um Löcher bis zu den Antipoden zu graben, um reich genug zu sein, dass man den ganzen Tag nichts anderes tut, als den Leuten, die man liebt, »Ich liebe dich« zu sagen, Freunde zu besuchen und Wolkenraten zu spielen. Mit anderen Worten nur das, worauf es wirklich ankommt.

In diesem Moment fragte ich: »Wird es immer so bleiben?«

»Was?«, wollte Asia wissen und fuhr damit fort, die Glühwürmchen zu beobachten.

»Das mit Papa.«

Sie zuckte mit den Achseln. »Papa ist Papa.«

»War er auch schon so, bevor Mama uns verlassen hat?«

»Ja.«

»Also wird es mit ihm immer so bleiben.«

»Vermutlich ja.«

»Und wir?«

»Was?«

»Werden wir auch so wie er?«

»Nein.«

»Wie sollen wir das anstellen?«

»Es genügt, sich anders zu verhalten.«

»Ich will mich nicht anders verhalten.«

»Dann willst du auch nicht anders sein als er.«

»Keine Ahnung. Vielleicht nicht.«

»Was beunruhigt dich dann?«

»Dass ich vielleicht gar nicht anders sein will als er.«

…

…

»Du bist seltsam«, meinte Asia.

Motorenlärm machte sich hinter mir bemerkbar, er kam von links. Ein alter Pick-up kroch einen Feldweg hinauf, ein paar Hundert Meter von mir entfernt. Ich stand auf, wischte mir den Schweiß von der Stirn und wedelte mit den Armen. Bevor er auf die Landstraße einbog, blieb der Wagen stehen. Am Steuer saß ein Mann mit Hut. Er ließ das Fenster herunter, riss energisch das Kinn herum und fragte, was ich wolle.

»Ich hab einen Platten!«, schrie ich.

Der Mann schaltete den Motor aus und stieg aus dem Auto. Er kam näher, schlenderte heran, als hätte er sonst nichts zu tun, spuckte auf den Boden und pulte mit einem Finger zwischen seinen Zähnen herum. »Und?«

»Ich habe einen Platten.«

Er beugte sich über den Reifen und prüfte ihn mit dem Daumen. Seine Hände wiesen tiefe Risse auf, und seine Fingernägel waren schmutzig. »Wo willst du denn hin?«

»Nach Erta.«

Er schob den Hut in den Nacken und musterte mich von Kopf bis Fuß. »Nach Erta?«

»Ja.«

Er kratzte sich am Kinn. »Der Reifen ist hinüber.«

»Das hab ich auch schon gemerkt.«

»Und du hast kein Flickzeug dabei?«

»Nein.«

»Wo wohnst du?«

»In Turin.«

»Du fährst von Turin nach Erta?«

»Ja.«

»Mit dem Ding da?«

Ich nickte.

Er machte ein überraschtes Gesicht, vielleicht lag auch etwas wie Bewunderung darin, zumindest kam es mir so vor. Er sah auf die Uhr und sagte: »Ich kann dich nicht bis nach Erta bringen.«

»Wohin dann?«

»Ich kann dich am Bahnhof von Pinerolo absetzen. Von dort geht ein Bus. Oder aber du lässt dich abholen.«

»Der Bus nach Erta?«

»Der Bus nach Erta, logisch.«

Ich musste daran denken, dass ich kein Geld hatte, aber da mir keine bessere Lösung einfiel, ging ich auf sein Angebot ein. Wir legten das Rad auf die Ladefläche. In der Fahrerkabine stank es nach Tieren. Im Radio lief eine Politsendung: Ein Mann und eine Frau redeten über Renten und Sozialreformen. Am Rückspiegel baumelten alle möglichen Pfeifen: aus Plastik, aus Metall, zweistimmige … Eine wies die Form eines Kanus auf, eine andere erinnerte an ein Indianerzelt. Ich berührte sie mit den Fingerspitzen.

»Die sammle ich«, erklärte der Mann.

»Und benutzen Sie sie auch?«

»Du kannst mich ruhig duzen.«

»Benutzt du sie?«

»Manchmal. Bei den Tieren.«

Die Frau im Radio sagte etwas, das seine Aufmerksamkeit erregte. Er drehte lauter. Danach unterhielten wir uns nicht mehr. Er war ganz auf die Sendung konzentriert, während ich meinen Gedanken nachhing. Darüber nachdachte, dass ich die ganze Fahrt, ja die ganze Mühe nur auf mich nahm, um an einen Ort zu gelangen, von dem ich nicht einmal wusste, dass meine Mutter wirklich dort lebte. Ich hatte keinerlei Adresse. Ich hatte gar nichts. Vielleicht ging es bei ihren Postkarten gar nicht um Erta. Schwer zu sagen, wovor ich mich mehr fürchtete: sie zu

128

finden oder sie nicht zu finden. Aber angenommen, *nur rein hypothetisch,* ich würde sie finden: Was sollte ich dann zu ihr sagen? Wie sollte ich sie begrüßen? Was würde sie für ein Gesicht machen? Ich wollte den Mann fragen, wie weit es noch war, aber er starrte auf die Straße und war mit dem Kopf ganz woanders. Mir fiel auf, dass zwischen den Pfeifen auch ein hölzernes Kruzifix baumelte. Der Querbalken war noch teilweise lackiert, während der Längsbalken unten so stumpf war wie die Füße von Heiligenstatuen, die die Leute ständig berühren, weil das Glück bringen soll.

Als ich mich allein am Bahnhof von Pinerolo wiederfand und sich der vom Pick-up aufgewirbelte Staub gelegt hatte, machte ich als Erstes das Rad an einem Metallgitter fest. Es gab zig Räder, einige davon waren deutlich schöner und neuer als meines, sodass ich hoffte, ein etwaiger Dieb würde sich ein anderes aussuchen. Ich wollte irgendwann zurückkommen und es mir holen. Dann ging ich zum Schalter, um mich nach dem Bus zu erkundigen, und erfuhr, dass ich in der Bar nachfragen solle. Dort erklärte man mir, dass ich den Bus nach Sestriere nehmen müsse. Erta war die dritte Haltestelle, eine Viertelstunde von hier entfernt. Die Fahrkarte kostete einen Euro neunzig. Ich staunte, weil ich mit mehr gerechnet hatte, wühlte in meinen Jeanstaschen und zog einen Euro und zwanzig Cent hervor. Scheiße!, dachte ich. Ich trat neben einen Herrn, der am Fenster Kaffee trank und Zeitung las und versuchte ihm zu erklären, wo ich hinmüsse und ob er mir siebzig

Cent für meine Fahrkarte geben könne. Aber er befahl mir zu verschwinden: Der Trick sei alt und verfange bei ihm nicht mehr. Ich sagte, das sei kein Trick, doch er blätterte einfach weiter in seiner Zeitung und sagte nichts mehr.

Ich trat auf die Straße. Auf einer Bank entdeckte ich zwei Nonnen, eine junge und eine alte. Sie unterhielten sich leise über etwas, das sie sehr zu beschäftigen schien.

»Entschuldigen Sie«, begann ich.

Sie verstummten und schauten auf. Die Jüngere von den beiden war sehr hübsch. Die Ältere musterte mich über den Rand ihrer Brille hinweg, auf ihrer Stirn prangte ein Pflaster.

»Es … es ist mir wirklich wahnsinnig peinlich«, fuhr ich fort, »aber ich habe Mist gebaut.«

Die Jüngere machte ein so mitfühlend-besorgtes Gesicht, dass ich Herzklopfen bekam, und fragte, was denn passiert sei. Die Ältere kniff die Augen zusammen, als wollte sie meine Gedanken lesen.

Ich wusste, dass in solchen Fällen ein halbes Schuldeingeständnis wirksamer ist als eine reine Pechvogelgeschichte so nach dem Motto, ich hab mein Geld verloren, ich bin bestohlen worden und so weiter. Deshalb sagte ich: »Nichts, ich bin einfach ein Depp. Ich hab mich verrechnet und dachte, ich hätte noch eins neunzig für die Fahrkarte nach Erta, stattdessen hab ich bloß noch eins zwanzig. Aber es ist allein meine Schuld. Ich hab mir eine Cola gekauft, weil ich fest davon überzeugt war, noch zwei Euro zu haben. Doch die hab ich schon gestern ausgegeben. Aber jetzt weiß ich nicht, was ich machen soll. Ich hab nicht mal ein Handy dabei, um meine Oma anzurufen und ihr Bescheid zu sagen. Und selbst wenn – sie fährt nicht Auto, und ich weiß nicht, wie ich sonst zu ihr kommen soll.«

»Mit anderen Worten, dir fehlen noch siebzig Cent?«

»Genau.«

Die jüngere Nonne lächelte, die ältere brummte etwas, aber es war kein bösartiges Brummen. Sie tauschten einen Blick, dann hielt mir die Jüngere die offene Hand unter die Nase und sagte: »Gib mir deine eins zwanzig.« Da sie eine Nonne war, konnte ich ihr bestimmt trauen – außerdem: Wäre sie damit davongerannt, hätte ich sie bestimmt eingeholt. Deshalb gab ich ihr das Geld. »Erta hast du gesagt?«, fragte sie erneut.

Ich nickte.

Sie stand auf, ging zur Kasse, kaufte die Fahrkarte und gab sie mir.

»Ich weiß nicht, wie ich Ihnen danken soll.«

»Vergiss nicht, dass du jemandem siebzig Cent schuldest«, sagte die Nonne.

»Wem denn?«

»Wem du willst.«

Erta hat vierhundert Einwohner. Es gab dort eine Zementfabrik, die heute nicht mehr existiert, sowie eine Biermanufaktur, die nach wie vor etwa fünfzehn Leute beschäftigt. Der Ort wirkt wie eine Filmkulisse mit seinen Fachwerkfassaden, der Hauptstraße, die hinein- und wieder hinausführt, dem Platz mit Kirche und Rathaus, den zwei Bars, der Metzgerei und dem Lebensmittelladen, der auch Zigaretten und Zeitungen verkauft. Aber wenn man sich in den Nebenstraßen umschaut, öffnen sich Innenhöfe mit weiteren Bauten – oft restaurierte Heuschober, manchmal sind es auch nur Heuschober, sonst nichts. Auf einer Seite ist der Ort von Bergen und Wäldern begrenzt, auf der anderen geht er in die Ebene über, die nach Turin hin abfällt. Dann gibt es noch ein paar Häuser, die aussehen, als wären sie vom Ortskern verstoßen worden, und zwar zum Bach hin, wo die Zementfabrikruine weiter vor sich hin gammelt. Die Biermanufaktur dagegen liegt am Hang, sie benutzt Quellwasser, das laut einigen Leuten das wahre Geheimnis des Biers ist.

All das weiß ich heute.

Doch als ich damals auf dem Hauptplatz des Ortes aus dem Bus stieg, rechts die Pfarrei und links das Rathaus, wusste ich nichts von alledem. Vor allem wusste ich nicht, was ich tun sollte. Auf dem Platz standen ein Brunnen, vier Bäume sowie zwei Bänke aus Holz und Zement. An der Ecke befand sich eine Bar. Vom Rathausbalkon flatterte die italienische Flagge und vor der Bar eine andere, die ich noch nie gesehen hatte, mit gelbem Kreuz auf rotem Grund, rechts darüber befand sich ein Stern. Ich schaute mich verloren um. Weit und breit war keine Menschenseele zu sehen. Ich betrat die Bar. Als ich die Tür aufstieß, wurde meine Ankunft von klimpernden Muscheln angekündigt. Es war dunkel, weil ich aus dem grellen Tageslicht kam und man die Fenster mit Aufklebern und Flugblättern zugepflastert hatte. Die Wände waren vertäfelt, es gab einen Spielautomaten, aber keine Musik. Am Tresen unterhielt sich ein Junge, der kaum älter war als ich, mit einer Frau – vielleicht seine Mutter –, die Gläser kopfüber in einen Abtropfkorb stellte. Die beiden setzten ihr Gespräch fort, bis mich die Frau mit zusammengekniffenen Augen musterte, als wollte sie mich scharfstellen, und sagte: »Kann ich dir irgendwie helfen?«

Ich muss ungewöhnlich lang geschwiegen haben, denn sie stellte ihr Glas auf dem Tresen ab und wechselte einen Blick mit dem Jungen, der sich auf seinem Hocker umdrehte. Worauf wartete ich noch? Ich hatte nicht viele Fragen – im Gegenteil! Eigentlich nur eine. Ich brauchte bloß ihren Namen zu sagen und sie zu beschreiben – die Frau, die ich noch bis vor zehn Jahren gekannt hatte und an deren Gesicht ich mich hauptsächlich noch wegen der Fotos bei uns zu Hause erinnerte. Sie hatte schwarze Haare, vorausgesetzt sie waren nicht gefärbt oder inzwischen ergraut. Ich wusste, dass sie Papa bis zur Schulter ging, und da ich ihm inzwischen bis zur Nase reichte, reichte sie mir bis zum Kinn – ein Gedanke, der mich beeindruckte: *Sie ist kleiner als ich!* Ich wusste, dass sie die gleichen Augen besaß wie ich, dass sie zweiundvierzig war und manchmal, bei Müdigkeit, über ihre Worte stolperte, als würde sie stottern. Aber sie stotterte nicht, es war vielmehr so, als flatterte ihr ein Schmetterling aus dem Mund.

»Kann ich dir irgendwie helfen?«, wiederholte die Frau.

Ich starrte sie an, als wäre ich soeben aus dem Schlaf hochgeschreckt.

»Huhu!«, sagte der Junge. »Alles klar bei dir?«

»Ja.«

»Alles klar«, bestätigte er grinsend der Frau, die ernst blieb.

»Giulia Desio«, sagte ich.

»Wer?«

»Ich würde gern wissen, ob ihr eine Giulia Desio kennt.«

»Giulia Desio?«

»Sie ist zweiundvierzig und hat schwarze Haare. Das glaube ich zumindest. Sie ist ungefähr so groß« – ich hielt die Hand auf Kinnhöhe – »und ziemlich dünn. Wie sie jetzt aussieht, weiß ich nicht.«

Der Junge blies die Backen auf und schüttelte den Kopf. Er habe diesen Namen noch nie gehört, sagte er, und Frauen mit schwarzen Haaren in dieser Größe, die ziemlich dünn seien, gebe es hier in der Gegend einige. Die Frau nahm den Spüllappen, als wollte sie ihn auswringen, und benutzte ihn als Peitsche, um eine Fliege vom Zapfhahn zu verscheuchen. Auch sie meinte, dieser Name sage ihr gar nichts. Aus einem Hinterzimmer kam ein Mann mit grauem Vollbart und Pferdeschwanz. Die Frau bat mich, den Namen zu wiederholen. Als ich ihn aussprach, hinterließ er einen klebrig-süßen Geschmack. Der Mann rümpfte die Nase und beriet sich mit der Frau und dem Jungen. »Ist das nicht die, die hinter der Brauerei wohnt?« Er wandte sich wieder zu mir. »Wieso suchst du nach ihr?«

»Ich bin ihr Sohn.«

»Und du hast keine Telefonnummer oder so?«

»Nein.«

»Bist du sicher, dass sie in Erta wohnt?«

Ich steckte die Hände in die Hosentaschen. »Ich glaube schon.«

»Du kannst bei der Gemeinde nachfragen«, riet mir die Frau.

»Bei der Gemeinde?«

»Beim Einwohnermeldeamt.«

»Ja«, bestätigte der Mann. »Aber die werden ihm nicht einfach so Auskunft geben ...«

»Warum? Er ist ihr Sohn.«

»Ja, aber das hat nichts zu sagen. Man muss eine offizielle Anfrage einreichen.«

»Und wer soll das machen?«

»Und wer soll das machen?«, wiederholte ich.

»Vielleicht ... solltest du dich an die Polizei wenden.«

Ich riss die Augen auf.

»Ist niemand mitgekommen?«

»Wie bitte?«

»Ein Erwachsener, meine ich. Ist kein Erwachsener mitgekommen?«

»Wohin?«

»Jetzt. Hierher.«

»Nein, ich bin allein da.«

»Weiß dein Vater, dass du hier bist?«

»Ich ... Ja ... Er ist, glaub ich, zur Polizei gegangen, um Erkundigungen einzuholen.«

»Na dann!«, sagte der Mann, öffnete seinen Pferdeschwanz und lockerte die grauen Haare, um sie atmen zu lassen. »Am besten, du wartest, bis er zurück ist.«

Ich verließ die Bar. Die Mittagszeit war schon seit einer Weile vorbei, es war heiß, und so langsam bekam ich Hunger. Ich kontrollierte die Hosentaschen, so als hätte mir jemand heimlich Geld daraus entwendet. Oder als hätte ich den letzten zerknüllten Schein übersehen und für einen Kassenzettel gehalten. Aber nein, sie waren immer noch genauso leer wie zuvor. Ich wusste nicht, was ich machen sollte, und wenn man nicht weiß, was man machen soll, gibt es nichts Schlimmeres, als gar nichts zu tun und auf ein Wunder zu warten. Deshalb beschloss ich, den Ort zu erkunden. Ich lief durch die schmalen Gassen, wo ab und zu eine Frau oder ein Kind aufsah, um zu gucken, wer ich war. Ein Hund bellte mich an. Zwei Katzen wälzten sich im Staub. Ich verließ den Ortskern und nahm den Weg zum Bach, zur alten Zementfabrik. Was mich, wie schon am Vormittag neben der Landstraße, am meisten erstaunte, war die Stille. Die war ich nicht gewöhnt. Vom Bach im Schatten der Ziegelmauern und der verrosteten Silos aus war nichts als das Wasser und der Wind in den Bäumen zu hören, der ebenfalls flüssig zu sein schien. Ich hörte Fliegengebrumm und noch ein paar andere Geräusche, die ich nicht einordnen konnte. Auf einmal überfiel mich eine große Müdigkeit, vielleicht wegen der Nacht im Freien, vielleicht auch wegen der anstrengenden Fahrt. Ich setzte mich mit dem Rücken an einen Baumstamm und schloss die Augen.

Von Ameisen, die über meinen Arm krabbelten, wurde ich wieder geweckt. Ich fragte mich, wo ich mich befand. Die Sonne ging gerade hinter den Bergen unter, und die

Schatten wurden länger. Ich hockte mich auf einen Felsen, der in den Bach hineinragte, und tauchte die hohlen Hände hinein. Nachdem ich mir die Benommenheit aus dem Gesicht gewaschen hatte, kehrte ich in den Ort zurück. Ich hatte Hunger. Was war ich nur für ein Idiot, dass ich ohne jeden Anhaltspunkt hierhergefahren war – ohne einen einzigen Cent in der Tasche! Auf dem Dorfplatz standen mehrere Mädchen herum, die sich angeregt unterhielten. Eine von ihnen hatte rote Haare. Als ich näher kam, lächelte sie mir zu und wartete darauf, dass ich mit ihr sprach. Sie erinnerte mich an Viola, und ich wünschte mir sehnlichst, nach Turin zurückzukehren, durchs Fenster bei ihr einzusteigen, sie zu überraschen, sie zu küssen, sie um Entschuldigung zu bitten und dann noch mal zu küssen.

»Hallo«, sagte ich, »ich suche jemanden, eine Frau.« Ich beschrieb meine Mutter.

Die Mädchen berieten sich, aber auch ihnen sagte der Name nichts. Doch die Rothaarige meinte, es gebe eine Frau mit der von mir beschriebenen Größe und Figur, die über einem Lebensmittelladen an der Ausfallstraße wohne. Sie erklärte mir, wie ich dorthin kam. Bevor ich ging, fragte ich, ob sie ein Bonbon oder so für mich hätten, und bekam einen Kaugummi.

Ich erreichte den Lebensmittelladen, der geöffnet war. Eine extrem magere alte Frau, die einem Märchen mit Feen und Kobolden entsprungen zu sein schien, begrüßte mich dermaßen herzlich, dass ich erst glaubte, sie würde mich mit jemandem verwechseln. »Wie kann ich helfen?«

»Ich suche Giulia Desio.«

»Wen?«

»Giulia Desio. Ich habe erfahren, dass hier drüber eine Frau wohnt, über dem Laden, und dass sie das sein könnte.«

»Die Frau, die hier drüber wohnt, ist die Tochter meines Cousins«, erklärte die alte Frau. »Und die heißt nicht Giulia Desio, tut mir leid.« Ich muss ein sehr trauriges Gesicht gemacht haben, denn ich hatte den Laden noch nicht verlassen und »Na gut, entschuldigen Sie die Störung« gesagt, als mich die Frau aufhielt. »Warte mal, hast du keine anderen Angaben?«

»Nein.«

»Weißt du, wo sie arbeitet?«

»Nein.«

»Wohnt sie schon lange im Ort?«

»Wenn sie in diesem Ort wohnt, dann seit sechs oder sieben Jahren.«

»Wenn sie in diesem Ort wohnt?«

»Da bin ich mir nicht sicher.«

Die Frau seufzte. »Und wer bist du?«

»Ich? Ich bin … Die Frau, die ich suche, ist meine Mutter.«

Jedweder Sauerstoff schien aus dem Raum zu entweichen, so als herrschte auf einmal ein Vakuum. »Diese Geschichte möchte ich mir genauer anhören«, sagte die alte Frau. »Setz dich doch!« Sie zeigte auf einen Holzhocker in der Ecke. »Willst du was trinken?«

Ich bejahte.

»Einen Saft?«

»Super.«

»Pfirsich oder Aprikose?«

»Pfirsich.«

Hinter dem Ladentisch holte sie eine kleine Glasflasche hervor und gab sie mir. Sie schob mir den Hocker hin. »Setz dich!«, wiederholte sie. »Ich bin gleich wieder da.« Sie verschwand hinter einem Vorhang aus bunten, halb durchsichtigen Plastikringen.

Während ich trank, entdeckte ich auf der Ladentheke, direkt neben der Kasse, kleine Pizza- und Focacciastücke mit Zahnstochern drin, damit die Kunden sich bedienen konnten. Ich stand auf, streng darauf bedacht, den Hocker nicht knarzen zu lassen, nahm mir eine Handvoll und stopfte sie mir alle auf einmal in den Mund. Ich bemühte mich, nicht daran zu ersticken, und warf einen Blick auf den Vorhang, um zu sehen, ob die Frau zurückkam. Im Halbdunkel hinter den bunten Ringen erkannte ich ihre Umrisse, sie telefonierte. Sie hatte die Hände schützend um die Sprechmuschel gewölbt, damit ich nicht mithören konnte. Ich trat näher und lauschte am Vorhang. Ich verstand nicht, worum es ging, aber zwischen ihren Fingern, die ihre Stimme dämpfen sollten, drangen die Worte *aufhalten, normal* und *keine Ahnung*. Anschließend die Worte *Jugendamt*. Und *Beeilung*. Wieso Beeilung? Fest stand, dass ich eindeutig in die Fänge eines Gutmenschen geraten war, der Gott weiß wen darüber informierte, dass hier einem Jungen geholfen werden musste. Was meiner Erfahrung nach allerdings nichts anderes bedeutet, als dass man Nachforschungen über ihn anstellen sollte. Doch ich wollte nicht, dass jemand Nachforschungen anstellte, herausfand, dass mein Vater im Gefängnis saß und ich mir selbst überlassen war. Ich brauchte jemanden, der mir half, meine Mutter zu finden. Ich nahm noch eine Handvoll von den Pizzahäppchen und verschwand.

Ich rannte zum Dorfplatz. Die Mädchen waren fort. Die Schatten der westlichen Berggipfel fielen auf den Ort, und die Temperatur sank. Ich setzte mich auf die Stufen einer verfallenen Kapelle hinter der Kirche, um nicht aufzufallen, irgendwelchen wohlmeinenden Freunden der alten Frau über den Weg zu laufen oder, schlimmer noch, Mitarbeitern vom Jugendamt oder einer Polizeistreife. Ich zog Mamas Postkarten aus der Tasche und sah mir eine nach der anderen genau an, immer auf der Suche nach einem Hinweis, den ich vielleicht bisher übersehen hatte. Pustekuchen! Ich entdeckte nichts, was ich nicht schon kannte. Nichts, das mir sagte, wo ich nach ihr suchen musste, außer hier in Erta. Wenn sie schon nicht hier wohnte, musste sie wenigstens öfter hier gewesen sein.

Auf einmal war die Sonne weg. Dunkelheit hüllte mich ein, obwohl der Himmel noch hell war und ein wässriges Blau aufwies – von den Wolken mal abgesehen, die sich rot färbten und von denen sich mehrere Raben angezogen fühlten, ohne sie je erreichen zu können. Eine Straßenlaterne ging an. Ich kam mir vor wie in dem Gemälde, das ich in einem Kunstband bei Viola gesehen hatte: mit Himmel im Hinter- und Wald im Vordergrund. Aber während der Himmel taghell ist, ist es im Wald schon Nacht. Außerdem sieht man die Fassade einer Villa, die schwach von einer Laterne sowie von Lichtern aus dem Haus beleuchtet wird.

Ich umrundete die verfallene Kapelle. Auf der Rückseite befand sich ein Teich und an seinem Ufer eine Schaukel aus einem Balken, der mit Seilen an einem Baum befestigt war. Ich setzte mich darauf, schaukelte ein wenig, ohne an etwas Bestimmtes zu denken, und knabberte dabei an der Nagelhaut meines Daumens. Von hier aus sah man die sich mit Nebel füllende Ebene sowie ein Stück Landstraße, auf der sich der Verkehr staute. Das Knarren der Äste und Rauschen der Blätter waren das Einzige, was man hörte, außerdem quakte ein Frosch im Schilf. Da dachte ich mir, dass ich nichts dagegen hätte, so zu leben. Dass so eine Einsamkeit auch eine Art Schönheit besaß.

Ich fand erst wieder die Kraft weiterzugehen, als mit der Dunkelheit die Kälte kam. Am Nachmittag war mir ein alter verlassener Heuschober aufgefallen, unweit der Zementfabrik. Ich lief hin und kletterte die Außenleiter hinauf, der mehrere Sprossen fehlten. Ich hätte Angst haben oder von unheimlichen Gedanken verfolgt werden können – schließlich hatte ich noch nie so übernachten müssen, so ganz ohne Schlafsack und noch dazu an so einem Ort –, doch ich war ganz ruhig, als gehörten solche Erfahrungen einfach zum Leben. Die Geräusche des Waldes und der Berge, die mir der Wind zutrug, legten sich neben mich. Ich ignorierte Hunger und Kälte und deckte mich, so gut ich konnte, mit dem Heu zu. Dann wartete ich, bis es wieder hell wurde.

Natürlich schlief ich sehr schlecht. Ein Frosch krabbelte an meinen Haaren hoch, das morsche Dach schien jeden Moment über mir einzustürzen, und bei Tagesanbruch gab es keinen einzigen Knochen in meinem Körper, der mir nicht wehtat. Ganz zu schweigen von dem Hunger, der mittlerweile so groß war, dass ich mich, hätte ich den Frosch vom Vorabend gesehen, auf ihn gestürzt hätte. Während ich mir das Gesicht am Dorfbrunnen wusch, dachte ich, dass mir nichts anderes übrig blieb, als nach Turin zurückzukehren. Ich würde auf den Bus warten und den Fahrer anbetteln. Ich konnte ihm schließlich das Rad mit dem Platten am Bahnhof von Pinerolo zeigen – als Beweis, dass ich Pech gehabt hatte. Ihm sagen, dass ich kein Handy dabeihatte und niemanden anrufen konnte.

Ich setzte mich und wartete. In regelmäßigen Abständen murmelte ich: *Was bin ich nur für ein Idiot!* und schüttelte den Kopf. Kurz bevor die Kirchturmuhr acht schlug, bog der Bus um die Ecke. Ich ging noch mal die Sätze samt dem Gesichtsausdruck durch, die ich mir zurechtgelegt hatte, um überzeugend, sprich sympathisch und verzweifelt zu wirken. Der Bus war noch zweihundert Meter von mir entfernt. Ich versuchte, das Gesicht des Fahrers zu erkennen, aber die Windschutzscheibe spiegelte so, dass ich nichts sah. Mit quietschenden Bremsen hielt er an, und die vordere Tür öffnete sich direkt vor mir mit einem hydraulischen Zischen. Ich machte den Mund auf, um etwas zu sagen, um mich zu rechtfertigen, aber ein Herr wollte aussteigen. Also ließ ich ihn vorbei. Als Nächstes war ein Mädchen mit einem Schulranzen an der Reihe, aus dem ein Tennisschläger ragte. Anschließend eine Frau mit einer Einkaufstüte, einer Tätowierung auf dem Unterarm und einem Kind, das ich auf ungefähr fünf, sechs Jahre schätzte. Sie reichte ihm die Hand, weil die Stufen so hoch waren, aber es verweigerte sich, versteckte seine Hand hinter dem Rücken und sagte störrisch: »Das kann ich allein.«

»G-ganz wie du willst«, sagte die Frau und stolperte kurz über das G – wie der Flügelschlag eines Schmetterlings.

Mit dem Rücken zu mir stieg sie aus, um sicherzustellen, dass das Kind nicht stürzte, sodass sie es auffangen konnte, sollte es stolpern. Aber der Junge war geschickt, hielt sich fest, wo es ging, sprang nach unten und landete mit einem stolzen Grinsen auf dem Boden.

Der Fahrer sagte irgendwas. Meinte er mich? Er bewegte die Lippen, aber seine Stimme erreichte mich nicht.

Sie zupfte die Schulterpartie des blauen Pullis über einem weißen T-Shirt zurecht und zog den Ärmel lang, um die Tätowierung zu verbergen. Um den Hals trug sie eine Nylonschnur, an der Dreiecke und Ovale aus buntem Plastik hingen. Jeans, die bis über die Knöchel hochgekrempelt waren. Gelbe Turnschuhe. Ihr Haar war kurz rasiert wie beim Militär. Man sah die Löcher in ihren Ohrläppchen, Ohrringe fehlten. Wegen der extrem kurzen Haare wirkte ihr Kopf unglaublich rund.

Der Busfahrer redete und redete, *er redete mit mir.* Ein Kind aus einer der ersten Sitzreihen beugte sich vor, um zu sehen, wen der zunehmend genervte Fahrer auf sich aufmerksam machen wollte.

Sie war dürr. Dünner, als ich sie in Erinnerung hatte. An ihrem Hals schimmerte ein Netz aus blauen Adern durch die Haut. Die Haare waren nach wie vor schwarz, wenn auch *weniger schwarz,* aber nicht grau. Schwer zu sagen, worin sie sich, von der Länge einmal abgesehen, unterschieden. Vielleicht dadurch, dass sie *weniger schwarz* waren.

Der Busfahrer fuchtelte mit dem Arm, der rein zufällig in mein Gesichtsfeld geriet – und das auch nur verschwommen. Dann sagte er etwas, worüber das vorn sitzende Kind lachen musste.

Ich überhörte das Zischen, mit dem sich die Bustüren schlossen. Ich überhörte den anspringenden Motor. Ich überhörte das Knacken des Asphalts. Ich hörte gar nichts mehr, weil sich die Frau in diesem Moment umdrehte, als hätte sie meinen bohrenden Blick gespürt. Allerdings nicht ganz: Sie warf nur einen zerstreuten Blick über die Schulter – über diejenige, an der sie soeben ihren Pulli zurechtgezupft hatte. Sie wollte sich wieder auf den Jungen konzentrieren, der gerade auf eine Katze deutete, die sich auf einem noch von der Sonne beschienenen Mauervorsprung sonnte, als sie von einem Hieb oder so, von einem

Hieb, der von innen, von einem weit entfernten, verborgenen Ort kam, gezwungen wurde, sich ganz umzudrehen. Ihr entglitt die Handtasche, und der Mund blieb ihr offen stehen.

Was war dieses Licht? Ungläubigkeit? Angst?

Schritt für Schritt kam sie näher, als wäre ich ein scheues Tier, das jeden Moment weglaufen konnte. Ich rührte mich nicht von der Stelle. Sie kam noch näher, musterte meine Stirn, meine Nase, den Haaransatz – so als suchte sie nach etwas, das sie nicht fand. Ich hatte recht: Sie war jetzt kleiner als ich, reichte mir bis zu den Wangenknochen. Bisher hatte ich geglaubt zu träumen, war wie erstarrt. Da nahm sie meine Hand, berührte meine Finger, als müsste sie sich vergewissern, dass alle noch da waren. Und das löste etwas in mir aus: diese Berührung. Ihre Haut. Meine Haut. Augen füllten sich mit Tränen. Sie umarmte mich, ich drückte sie an mich. Das Kind sah uns verständnislos an, dann ging es ein Stück zur Seite und steckte die Hand in ihre Hosentasche, während es mit der Schuhspitze nach zwei Kronkorken trat, die jemand weggeworfen hatte.

In meinem Kopf passierten *die unglaublichsten Dinge*. Ich musste wieder daran denken, wie ich mich auf dem Markt an der Porta Palazzo verlaufen und Mama mich zwischen den Beinen der Leute gesucht hatte. Als sie mich endlich fand, hatte sie sich hingekniet, sich die Jeans schmutzig gemacht und mich zitternd umarmt. Ich musste wieder daran denken, wie sie auf dem Jahrmarkt Bälle geworfen, eine Homer-Simpson-Puppe getroffen und damit gewonnen hatte. Ich war auf und ab gesprungen vor Freude und hatte mich dabei an meine Mutter geklammert, die mich an sich drückte, als wäre ich der Hauptgewinn. Ich musste wieder daran denken, wie meine Mutter mich einmal nach dem Baden in einen Frotteemantel gehüllt und mich trocken gerubbelt hatte – sie auf dem Wannenrand sitzend und ich im Stehen. Sämtliche Erinnerungen, die weiter als mein sechstes Lebensjahr zurückreichen, sind untrennbar mit meiner Mutter verbunden: wir beide Hand in Hand am Strand, während wir darauf warten, dass die Wellen brechen, der Schaum auf uns zurollt und unsere Füße umspült. Wir beide, wie wir eine Sekunde davor weglaufen und kichern wie Hyänen. Ein Krebs. Die auf dem Wasser funkelnde Sonne. Die klebrige Salzschicht auf unserer Haut. Eine Sonnenbrille. Ein vom Wind fortgerissener Hut. Sie, die mich am Ohr ins Bad zieht, um mir die Katastrophe zu zeigen, die ich angerichtet habe, an die ich mich aber nicht mehr erinnern kann, während ich weine, mir die Ohren zuhalte und mein Gesicht in ihrem Rock verstecke – *ich kann dich nicht hören, ich kann dich nicht sehen!* Der Patschuli- und Baumwollduft auf ihrer Haut. Ich, der ich auf die Grissini zeige. Die Bäckersfrau, die sich vorbeugt, um mir eines zu geben. Ich schaue Mama an, um zu gucken, ob ich es annehmen darf. Sie lächelt – Lächeln ist gleich Ja –, also nehme ich es und stecke es mir in den Mund. Es ist ein langes Grissino, und ich schiebe es mir so weit in den Rachen, dass ich husten muss. Ich schwitze. Mama zieht mir das T-Shirt aus, sagt, dass ich den Oberkörper frei machen soll. Musik im Radio. Mama singt und tut so, als wäre der Löffel ein Mikro. Laura Pausini. Kaffeepulver auf dem Fußboden. Kniend zeichnen wir lachende Gesichter: Punkt, Punkt, Komma, Strich.

Asia, Papa, nicht einmal die Großeltern kommen in diesen Erinnerungen vor. Nur wir beide. Ansonsten höchstens ein paar Fremde.

Als wir uns wieder losließen, hoffte ich, dass sie zuerst das Wort ergreifen würde, doch ihr war anzusehen, dass sie das Gleiche von mir erhoffte. Zum Glück war da der Junge, der irgendwann an ihrem Pulli zerrte und sagte: »Ich habe Hunger. Frühstücken wir bald?«

»Ja«, sagte Mama, sah aber dabei mich an. »Und was ist mit dir?«

»Ich hab auch Hunger.«

»Dann gehen wir nach Hause.«

Wir marschierten die Straße entlang, die ich schon am Nachmittag genommen hatte und die zum Fluss und zur verfallenen Zementfabrik führte. Die Sonne folgte uns, durchkämmte den Wald wie Finger das Haar.

»Und wer bist du?«, fragte der Junge.

»Ercole.«

»Weil du so stark bist wie Herkules?«

»So ungefähr.«

»Er hier«, sagte Mama leise, »ist dein Bruder.«

Der Junge sah mich schräg von der Seite an. »Mein Bruder?«

Ich schaute Mama an. »Mein Bruder?«

»Er heißt Luca«, erklärte Mama.

»Ich bin fünfeinhalb«, sagte Luca. »Schau!« Er streckte

entsprechend viele Finger in die Luft. »Ich wusste gar nicht, dass ich einen Bruder habe.«

»Ich auch nicht«, erwiderte ich.

Dann begann Luca über das zu reden, was am Vorabend passiert war, wie groß und vollgestopft mit seltsamen Gegenständen das Haus der Frau sei, um die sich Mama kümmere, die Witwe eines Militärhauptmanns, die an Alzheimer erkrankt sei und bei der sie habe übernachten müssen, weshalb sie ihn, Luca, mitgenommen habe, der im Zimmer ihrer Kinder, die im Ausland lebten, geschlafen habe. Luca redete und redete den ganzen Heimweg über, so als hätte er das Bedürfnis, die Stille zu füllen. Mama ließ ihn gewähren. Ich wünschte mir, dass sie mich fragte, wie ich hierhergekommen sei, wie ich sie gefunden habe, denn dann hätte ich ihr die Postkarten zeigen und ihr von dem Fahrrad erzählen können, das ich am Bahnhof von Pinerolo abgestellt hatte. Aber sie fragte mich nichts. Sie schaute mich weiterhin schräg von der Seite an und biss sich lächelnd auf die Lippen, hing Gedanken nach, die sich manchmal zu verlieren schienen und allein ihr gehörten.

Das Haus war eines von der Sorte, die der Ortskern ausgestoßen zu haben schien wie einen Sündenbock. Es sah groß aus, aber je näher man kam, desto deutlicher wurde, wie verfallen es wirkte. Ein Gebäudeteil bestand aus einem eingestürzten Heuschober. Putz platzte von den Mauern, und eine blaue Plane bedeckte einen Teil des Dachs. Das Schönste war der Wald: Die Bäume standen so nah, dass sie an die Fenster zu klopfen schienen. An einem Wandvorsprung hing ein gelber Footballhelm mit einer roten Zehn darauf. Er war schmutzig und verwittert. Wir betraten das Haus. Als Erstes kam man ins Wohnzimmer, das auch eine Kochzeile enthielt. Es war kaum größer als unseres, und wie bei uns gab es ein Sofa und eine Kommode mit Fernseher. An der Wand hinter dem Kühlschrank breitete sich ein nasser Fleck aus. Auf dem Tisch, auf dem Mama die Tasche samt Schlüsseln abstellte, waren trockenes Brot und eine Blechdose mit Buntstiften zu sehen. Auf dem Fußboden stand ein Katzennapf. Mama hatte immer noch nichts gesagt und sah sich weiterhin suchend um, als wären die Worte unter ein Möbelstück gekullert, bis sie Luca bat, mir sein Zimmer zu zeigen, während sie fürs Frühstück deckte. Sie klang verlegen, aber glücklich und wiederholte: »Ich mach jetzt Frühstück.« Luca fuhr auf seinen Fersen herum, als wäre er ein Roboter, und ich folgte ihm. Der Rest des Hauses bestand aus einem Flur, von dem ein Bad und zwei Zimmer abgingen, eines davon gehörte Mama, das andere Luca. Das Obergeschoss, das man über eine Außentreppe erreichte, war unbewohnbar. Ich warf einen Blick in Mamas Zimmer und entdeckte auf einem Stuhl eine Männerhose sowie einen Gürtel, der aus den Schlaufen gerutscht war. Auf einem Bügel am Fenstergriff hing ein rot-schwarz kariertes Hemd.

»Kommst du?«, fragte Luca.

»Ja.«

Sein Zimmer enthielt ein grünes Metallbett, eine Truhe und eine Kommode. Die Wände waren mit Kreidezeichnungen bedeckt: Bäume mit Nasen, Fußbälle, Raketen.

»Ich hab auch gern an die Wände gemalt«, sagte ich.

Er nahm ein Auto von der Kommode und setzte sich aufs Bett. »Wer bist du eigentlich?«

»Ist das deine Mama?«

»Sie?«, fragte Luca und deutete aufs Wohnzimmer.

»Ja.«

»Ja.«

»Sie ist auch meine Mama«, sagte ich.

Luca kniff die Augen zusammen.

»Ich hab auch noch eine Schwester, sie heißt Asia. Deine Mama ist auch *ihre* Mama.«

»Aber wer ist dein Papa?«

»Meiner heißt Pietro.«

»Meiner Nicola.«

»Und wo ist er gerade?«

»Fort.«

»Wohin?«

Luca zuckte mit den Schultern.

»Aber er kommt wieder zurück?«

Er zuckte erneut mit den Schultern. »Bist du wirklich so stark wie Herkules?«

»Logisch.«

Luca zog eine Schnute, als wollte er sagen: *Ach, komm schon!*

Ich winkte ihn zu mir und spannte den Bizeps an. Luca stand auf, umfasste ihn mit beiden Händen und drückte so fest dagegen, wie er konnte. Dann spannte er seine Oberarmmuskeln an. Ich tat das Gleiche, nur mit zwei Fingern, und sagte, dass er eines Tages stärker sein werde als ich. Er hatte kleine, helle Augen, wie Menschen, die in Ländern mit viel Eis und Schnee leben. Vermutlich hatte er sie von seinem Vater geerbt. Er nahm eine Legokiste, leerte sie aus und bat mich, ihm zu helfen, ein Raumschiff zu bauen. Genau das taten wir, bis Mama kam und sagte, das Frühstück sei fertig.

Anfangs füllte der Fernseher die Stille. Luca ließ ein Spielzeugauto Hindernisrennen über Kekse vollführen. Bei jeder Runde tunkte er einen in Milch, um ihn wie Kraftstoff zu verschlingen. Mama schnitt winzige Brotscheiben ab, bestrich sie hauchdünn mit Marmelade und kaute lange darauf herum. Sie musterte mich, wenn ich sie nicht ansah, wandte ansonsten den Blick ab und lächelte. Völlig unvermittelt stellte sie mir Fragen zur Schule und wollte wissen, ob ich aufs musische Gymnasium gehe. »Da haben sie doch Kunst als Schwerpunkt. Du hast immer so toll gezeichnet.« Nach einer Pause meinte sie: »Luca kann übrigens auch gut zeichnen.«

Ich sagte, ich habe die Zeichnungen in seinem Zimmer gesehen, und nein, ich gehe nicht aufs musische Gymnasium, sondern auf eine Berufsfachschule.

»Wie schade.«

»Tja.«

»Zeichnest du noch?«

»Nein.«

»Warum nicht?«

»Keine Ahnung. Vermutlich weil ich so viele andere Sachen mache.«

»Zum Beispiel?«

»Na ja … Freunde treffen, Basketball spielen.«

»Du spielst Basketball?«

»Ich mach gern Korbwürfe.«

»Als du noch klein warst, mochtest du Tennis.«

»Tennis?«

»Ja.«

»Quatsch, das kann doch gar nicht sein!«

Entrüstet legte Mama das Messer weg. »Und ob das stimmt!«

»Ich hab mich nie für Tennis interessiert«, behauptete ich.

»Und warum erzähl ich es dir dann?«

»Keine Ahnung, vielleicht verwechselst du da was.« Fast hätte ich gesagt *verwechselst du mich mit jemand anderem.* Aber allein schon der Gedanke tat mir weh, so als hätten diese Worte Dornen. Außerdem fand ich es beleidigend, und ich wollte sie nicht beleidigen. Ich schluckte sie hinunter.

Doch sie sagte: »Mit wem soll ich dich bitte schön verwechseln?«

Ich senkte den Blick und griff erneut nach meinem Glas Milch.

Mama seufzte gedehnt, als wäre die Luft ganz zähflüssig. »Nach dem Kindergarten bin ich mit dir immer in den Ruffini-Park, weißt du noch?«

Ich nickte.

»Im Park, hinter der Sporthalle, gibt es Tennisplätze. Immer wenn wir vorbeikamen, hast du dich an den Maschendrahtzaun geklammert, die Nase hindurchgesteckt und zugeschaut. Und zwar wirklich jedes Mal. Du warst wie hypnotisiert davon. Wenn ich weitergehen wollte, gab es Streit, auch das *jedes Mal.* Du hast dein Gesicht dermaßen fest gegen den Maschendraht gepresst, dass er sich in deine Wangen eingegraben hat. Einmal habe ich mit jemandem geredet, mit wem, weiß ich nicht mehr, und war abgelenkt, als du auf den Platz gegangen bist. Ein Junge, der gerade spielte, hat dich zu sich herangewinkt und dir den Schläger in die Hand gedrückt. Du hast versucht, den Ball zu treffen, warst aber noch zu klein und konntest das schwere Ding kaum halten. Du wolltest gar nicht mehr weg. Du hast angefangen zu weinen, und damit du wieder aufhörst, hab ich dir ein Eis versprochen. Aber du hast immer weitergeweint, bis der Junge dir einen Tennisball schenkte.«

»Ich bin fertig, darf ich einen Zeichentrickfilm gucken?«, fragte Luca.

Mama machte eine Pause, um kurz Luft zu holen, trank einen Schluck Wasser und sagte: »Du hast monatelang mit diesem Tennisball geschlafen.«

»Mama?«

»Ja?«

»Ich bin fertig. Darf ich einen Zeichentrickfilm gucken?«

»Ja … ja, natürlich. Geh nur.«

»Und was ist aus ihm geworden?«, fragte ich.

»Aus wem?«

»Aus dem Tennisball. Ich kann mich an keinen Tennisball erinnern.«

»Du wirst ihn verloren haben.«

»Aber wenn er doch so wichtig war …«

»Ich weiß nicht, was aus dem Ball geworden ist, Ercole. *Das* weiß ich nun wirklich nicht mehr.«

Während Luca seinen Zeichentrickfilm schaute, half ich Mama beim Abdecken. Wenn man bedenkt, wie viel wir uns zu sagen hatten und wie peinlich genau wir darauf achteten, nichts zu sagen, ist das wirklich unglaublich. Unsere Fähigkeit, so zu tun, als wenn nichts wäre, und unsere Fragen hinunterzuschlucken, ist wirklich erstaunlich. Denn so schlimm es auch ist, gewisse Dinge nicht zu wissen – das Wissen darum kann noch viel schlimmer sein. Deshalb bleiben wir stumm. Müssen noch Krümel aufgefegt werden? Fegen wir Krümel auf. Muss noch Müll runtergebracht werden? Bringen wir den Müll runter. Muss der Boden gewischt werden? Wischen wir den Boden. Manchmal sind wir bereit, die ganze Welt auf Hochglanz zu polieren, statt auch nur in einer, einer einzigen Schublade tief in uns drin Ordnung zu machen.

Warum hast du uns *wirklich* verlassen?

Warum hast du nicht versucht, es uns zu erklären?

Warum hast du uns keinen Brief hinterlassen?

Hast du es je bereut?

Hab ich dir gefehlt?

Warum hast du nicht versucht, *bei uns zu bleiben* und eine Lösung für deine Probleme zu finden?

Was hast du all die Jahre gemacht?

Bist du sofort hierhergezogen?

Wem gehört dieses Haus?

Wer ist Lucas Vater, Nicola?

Wo hast du ihn kennengelernt?

Hast du ihn schon gekannt, bevor du uns verlassen hast?

Als Luca geboren wurde, hast du da an mich gedacht?

Hast du überhaupt hin und wieder mal an mich gedacht?

Wieso fragst du nicht, wie ich es geschafft habe, dich zu finden?

Warum fragst du nicht, wie es Asia geht?

Warum fragst du nicht, wie es Papa geht?

Hast du nie überlegt, Luca von Asia und mir zu erzählen?

Was hat deine Tätowierung zu bedeuten?

Darf ich sie mal sehen?

Wann hast du sie dir stechen lassen?

Hab ich dir gefehlt?

Wem gehören die Hose und das rot karierte Hemd im Schlafzimmer?

Lucas Vater?

Kommt bald jemand?

Der Hosenbesitzer – kommt der bald?

Bist du je wieder in Turin gewesen?

Und in Cenisia, vor unserem Haus?

Bist du je wieder vor unserem Haus gestanden, während ich drinnen Monster gezeichnet habe und du zu ihm aufgeschaut hast, sodass ich mich bloß hätte vorbeugen müssen, um dich zu sehen?

Warum fragst du nicht, ob du mir gefehlt hast?

Und ich, hab ich dir gefehlt?

Das hätte ich gern alles gewusst. Stattdessen fragte ich, ob ich die Dusche benutzen dürfe: Nachdem ich am Vortag so geschwitzt und die Nacht im Freien verbracht hatte, hatte ich das dringende Bedürfnis, mich zu waschen. Mama begleitete mich ins Bad und erklärte mir die Tür der Duschkabine – dass man darauf achten müsse, sie richtig zu schließen. Sie nahm ein Handtuch aus dem Regal, legte es auf die Waschmaschine und ging. Ich drehte das Wasser auf und ließ es laufen, bis die Therme ansprang. In der Zwischenzeit zog ich mich aus und warf die schmutzigen Klamotten in einen Korb unter dem Fenster. Ich entdeckte einen großen Riss an der Zimmerdecke. Ich ließ die Kabinentür in die Führungsschiene gleiten, so wie Mama es mir gezeigt hatte, und als der Strahl Nacken und Schultern traf, stöhnte ich vor Wonne.

Erst seit Kurzem verschwendete ich keine Gedanken mehr an die Wandmonster. Ich war um die zwölf gewesen, als ich mir in den Weihnachtsferien – nachdem ich beim Polsterer gejobbt hatte, der vor den Feiertagen gute Geschäfte machte – Spachtelmasse und Farbe kaufte. Ich hatte zu Eimer und Spachtel gegriffen und sämtliche Risse in der Wohnung verputzt, einen nach dem anderen: in der Küche, im Bad, aber vor allem in unserem Zimmer. Erst hatte ich sie mit dem Spachtel vergrößert – nicht ohne Angst, denn je größer sie waren, desto leichter konnten die Monster herauskommen. Dann entfernte ich, was aussah wie kompakte Mauerteile, aber sofort zerbröselte. Ich befreite die Wand von Staub und Putzkrümeln und achtete darauf, die Risse vollständig mit Spachtelmasse zu füllen. Ich wartete, bis sie trocknete. Dann schliff ich alles glatt und malerte drüber. Die Farbe war allerdings nicht dieselbe wie zuvor, und da ich keine Lust hatte, alles neu zu streichen, sah es am Ende so aus, als wäre die ganze Wohnung von einem Ausschlag befallen. Ich arbeite gern mit den Händen, denn dann wird der Kopf angenehm leer. Ich weiß noch, wie mich der alte Polsterer mit seinen vom Alter gelblichen Augen liebevoll anschaute, als ich ihm eines Nachmittags dabei zusah, wie er mühsam den Bast spannte und vor lauter Schmerzen in den Fingern die Zähne zusammenbiss. Damals sagte er mit letzter Kraft: »Vergiss das nie, Ercole: Immer wenn wir etwas mit Sorgfalt tun, besiegen wir das Böse in uns.«

Als ich aus der Dusche kam, wickelte ich mir das Handtuch um die Taille und ging zurück in die Küche. Dabei hinterließ ich meine nassen Fußabdrücke auf den Terrakottafliesen. Mama saß neben Luca auf dem Sofa und schaute sich mit ihm den Zeichentrickfilm an. Als ich auftauchte, drehte sie sich um. Ich spürte, wie ihr Blick über meinen Körper glitt, als wollte sie mich vermessen, als könnte sie irgendetwas nicht wirklich begreifen. »Ich brauche frische Sachen«, sagte ich.

»Klar«, erwiderte sie, stand auf, ging an mir vorbei und betrat das Schlafzimmer. Kurz darauf kehrte sie mit einer braunen Cargohose, einem T-Shirt, einem Paar grauer Frotteesocken und einer Unterhose zurück. »Ich fürchte, die Hose wird dir zu groß sein, aber mit einem Gürtel kannst du sie in der Taille festzurren.«

»Das macht doch nichts.«

Luca stieg barfuß auf die Kissen, holte einen Ball hinter dem Sofa hervor und fragte, ob ich mit zum Spielen rauskomme. Mama lächelte und sagte: »Los, es ist so ein schöner Tag! Mit dem Finger fing sie einen Tropfen auf, der mir aus den Haaren rann und über den Hals kullerte.

Der Tag verging, indem ich mit Luca Ball spielte und die Umgebung erkundete. Luca zeigte mir eine Öffnung im Fels, durch die seiner Ansicht nach Fledermäuse hinaushuschten. Er kannte jede Menge geheime Orte, die er mir zeigte: hohle Baumstämme, Stellen am Bach, an denen man von Stein zu Stein ans andere Ufer hüpfen konnte, Pfützen, in denen Kaulquappen schwammen, sowie einen wie ein Elefantenrücken geformten Stein. Er war ein gesprächiges, leicht zu begeisterndes Kind und immer ganz aus dem Häuschen wegen irgendwas. Am Vormittag streifte Mama mit uns durch die Gegend, aber nach dem Mittagessen meinte sie, sie sei müde und fühle sich nicht gut. Sie legte sich hin, und wir sahen sie erst beim Abendessen wieder. Es war schon dunkel, als Luca, nachdem er *Mascha und der Bär* fertig geschaut hatte, ein Spielzeugauto die Möbel rauf und runter fahren ließ und dann zu uns zur Spüle kam, wo wir gerade den Abwasch machten. »Und wie lang bleibt Ercole?«, fragte er.

»So lange er mag«, meinte Mama.

»Schläft er bei mir im Zimmer?«

Mama hielt beim Spülen inne und sagte: »Ach so ja … darüber hab ich noch gar nicht nachgedacht. Ich kann auf dem Sofa schlafen, und du, Ercole, nimmst mein Bett, wenn du nichts dagegen hast.«

»Ich kann auch auf dem Sofa schlafen«, entgegnete ich.

»Warum schläft er nicht bei mir im Zimmer?«

»Weil dort nur ein Bett steht.«

»Wir haben doch noch Papas Luftmatratze.«

»Er soll auf der Luftmatratze schlafen?«

»Wir haben auch noch einen Schlafsack. Nein, *ich* schlafe mit dem Schlafsack auf der Luftmatratze und Ercole in meinem Bett.«

Mama fuhr damit fort, die Gläser zu spülen, und spritzte sich Schaum ins Gesicht. Lächelnd sagte sie: »Ganz wie ihr wollt, Jungs. Ihr dürft es euch aussuchen.«

Luca sauste davon. Kurz darauf hörten wir ihn rufen: »Kommt und helft mir beim Aufpumpen!« Also trocknete ich mir die Hände ab und half meinem Bruder, die Luftmatratze seines Vaters aufzupumpen. Wir legten sie ans Fußende seines Bettes. Er holte den Schlafsack aus der Truhe, zog seinen Schlafanzug an und schlüpfte hinein, wobei er den Reißverschluss so weit hochzog, dass er vollständig darin verschwand. Ich weiß nicht, ob er sofort einschlief, auf jeden Fall hörte ich nichts mehr von ihm. Währenddessen wusste ich nicht, wie ich mich verhalten, was ich tun sollte – am liebsten hätte ich mir die Zähne geputzt, hatte aber keine Zahnbürste dabei.

In dem Moment kam Mama mit verschiedenen Sachen herein: mit einer weißen Fußballhose, mit T-Shirts, ja sogar mit einem Bademantel und Pantoffeln.

»Das ist alles frisch gewaschen«, sagte sie.

In dieser Nacht schlief ich so gut wie gar nicht. Ein Sturm war aufgekommen und heulte um die Fenster. Es war die Stille, die mich am nächsten Morgen weckte. Der Wind hatte sich gelegt. Das schwache Morgenlicht warf Baumschatten ins Zimmer. Lucas' Schlafsack lag zerknautscht auf der Luftmatratze. Ich stand nicht gleich auf, sondern blieb noch liegen, die Arme weit ausgebreitet, und versuchte, aus den Ereignissen des Vortags schlau zu werden, meine Gefühle zu deuten. Aber mir war, als stünde ich breitbeinig in einem Fluss und würde mit der bloßen Hand Fische fangen. Vor lauter Anstrengung, breitbeinig im Fluss zu stehen und Fische zu fangen, spürte ich einen Druck auf der Blase. Ich ging ins Bad, um zu pinkeln, und während ich pinkelte, kam Luca herein.

»He«, sagte ich, »klopfst du nicht an?«

Luca tippte zweimal unbeeindruckt an die Tür, während ich die Klobrille runterklappte. Mit Roboterstimme sagte er: »Das. Frühstück. Steht. Fertig. Auf. Dem. Tisch.«

»Und Mama?«

»Die. Ist. Weg.«

»Wo ist sie denn hin?«

»Weiß. Ich. Nicht.«

»Wann kommt sie wieder?«

»Weiß. Ich. Nicht.«

»Wenn du schon ein Roboter bist, könntest du dann bitte ein C-3PO sein? Das ist wenigstens ein Protokolldroide, der sechs Millionen Sprachen spricht, und kein GPS-Navigator mit Schluckauf.«

...

»Du weißt doch, wer C-3PO ist, oder?«

…

»Du weißt nicht, wer C-3PO ist?«, sagte ich.

…

»Lieber Himmel!«, imitierte ich die Stimme des Droiden und beugte mich weit zurück, wobei ich die Arme um neunzig Grad anwinkelte. Hätte Luca gewusst, wer C-3PO war, hätte ihn das zum Lachen bringen müssen, doch nichts dergleichen geschah.

Mama war weg. Sie hatte das Haus schon verlassen, bevor wir aufgestanden waren. Ihr Bett sah gemacht aus, so als hätte sie gar nicht darin geschlafen. Doch ich hatte nachts gehört, wie sie aufstand und ins Bad ging. Ich nahm Milch aus dem Kühlschrank und schaute nach, ob sie noch gut war, suchte nach Keksen und frühstückte, während Luca auf dem Sofa rumlümmelte und einen Zeichentrickfilm sah.

»Lässt sie dich oft allein?«, fragte ich, während der Keks Milch aufsog.

»Heute bist du ja da«, antwortete er, ohne den Blick vom Bildschirm abzuwenden. Dann machte er das Gerät aus und nahm gegenüber von mir Platz. »Willst du rausgehen?«

»Wohin denn?«

»In den Wald.«

Zur Mittagszeit war Mama immer noch nicht zurück, und Luca bekam Hunger. Im Kühlschrank fand ich Eier, Käse und Mayonnaise. Wir machten uns Brötchen mit Omelett und aßen sie auf dem Sofa vor dem Fernseher. Während

Luca seines verspeiste, ging ich ins Bad, um mir die fettige Mayonnaise aus dem Mund zu spülen. Auf dem Rückweg blieb ich auf der Schwelle zu Mamas Zimmer stehen. Ich ging hinein. Männerhose und Männerhemd waren immer noch da. Ich nahm das schnurlose Telefon von der Kommode und wählte Asias Handynummer, die ich auswendig konnte. Es läutete viermal, bevor sie dranging. »Hallo?«, sagte sie mit der misstrauischen Stimme, die sie anschlug, wenn sie die Nummer nicht kannte.

»Ich bin's.«

Asia wurde leise, und ich hörte, wie sie woandershin ging. Vermutlich hielt sie sich in der Trattoria auf. Ich stellte mir vor, dass sie sich in die Zeitschriftenecke zurückzog. »Wo, zum Teufel, steckst du?«

»In Erta.«

»Wo?«

»Bei Mama.«

…

…

…

»Hallo?«

»Soll das ein Witz sein?«, wollte sie wissen.

»Nein.«

Ich hörte sie atmen.

»Und Papa?«, fragte ich.

»Es geht ihm gut. Die Polizei wollte ihn bloß verhören.«

»Weswegen?«

»Wegen eines Diebstahls. In der Firma, in der er irgendwas gemacht hat, irgendeinen Job. Das Problem war nur, dass er sich so verhalten hat wie immer, als sie aufgetaucht ist, wenn du verstehst, was ich meine: ›Scheiße, was wollt ihr, ihr Faschos …‹ Und da sind sie etwas nervös geworden. Es sind böse Worte gefallen, und der eine oder andere Stuhl ist geflogen. Genau in dem Moment bist du gekommen.«

»Aber wo ist er jetzt?«

»Auf freiem Fuß. Andreas Freund hat alles geregelt. Er wird noch mal verhört, aber mit dem Diebstahl hat er nichts zu tun.«

»Gut.«

»Und du?«

»Wie, ich?«

»Wie geht es dir?«

Ich streckte mich auf Mamas Bett aus und betrachtete das Licht- und Schattenmuster an der Zimmerdecke. »Wir haben einen Bruder. Er heißt Luca. Er ist fünf.«

…

»Fünfeinhalb, um genau zu sein. Im Oktober wird er sechs.«

»Ich weiß gar nicht, ob ich das wissen will.«

»Er ist sehr witzig. Er liebt es, wie ein Roboter zu sprechen.«

»Und sie?«

Ich starrte die Wand an und suchte nach einer Antwort. Während mein Blick darüberhuschte, fiel mir ein Bild zwischen den beiden Fenstern auf. Es war eine *Originalzeichnung,* kein Poster: aufeinanderfolgende Hügel im Herbst, mit einem großen Zweig im Vordergrund und einem Blatt, das sich soeben von diesem Zweig gelöst hatte und zu Boden zu fallen schien. Es war das Bild, das bei meinen Eltern über dem Bett gehangen und das Mama am Tag ihres Verschwindens mitgenommen hatte. »Keine Ahnung«, sagte ich. »Wenn du wissen willst, wie es ihr geht, kann ich dir das nicht beantworten. Wir haben nicht groß geredet, und wenn, dann nur unwichtiges Zeug. Ich weiß nicht, wie es ihr geht. Geschweige denn, wie es mir geht. Ich finde das Ganze ziemlich chaotisch.«

»Komm zurück.«

…

»Ercole, hör auf mich. Komm zurück.«

»Nein.«

»Gib mir die Adresse, dann hol ich dich ab.«

»Nein. Jetzt noch nicht.«

»Dort ist nichts für dich zu holen, glaub mir!«

In diesem Moment hörte ich Geräusche im Wohnzimmer, und Luca rief: »Mama!«

»Ich muss Schluss machen«, sagte ich. »Wenn was ist, meld ich mich.«

»Ercole …«

»Sag du Papa Bescheid. Sag ihm … keine Ahnung. Denk dir was aus. Asia …«

»Ja.«

»Ich hab dich lieb.«

Mama war arbeiten gewesen, zumindest behauptete sie das. Auch dass Luca das gewusst habe, aber immer so tue, als hätte er keine Ahnung. Seit einem Jahr leiste sie einer an Alzheimer erkrankten Dame Gesellschaft, drei

Vormittage und zwei Nachmittage die Woche. Manchmal müsse sie auch dort übernachten. Jetzt, in den Schulferien, sei sie gezwungen, meinen Bruder mitzunehmen, da sie nicht wisse, wo sie ihn sonst lassen solle, aber als sie gesehen habe, wie er selig in seinem Schlafsack schlummerte, am Fußende des Bettes, in dem ich gelegen sei, habe sie es nicht übers Herz gebracht, ihn zu wecken. Daraufhin erwiderte ich, sie hätte mir doch einen Zettel hinlegen können: Wo sie sei und wann sie wiederkomme. Sie wiederholte, Luca wisse Bescheid – wo solle sie denn sonst sein? Sie habe gedacht, er werde mir das schon sagen, und noch bevor ich etwas entgegnen konnte, schlug sie vor, bei dieser Hitze zu den Gumpen zu fahren. Luca rannte jubelnd davon, um sich seine Badehose anzuziehen. Sie lächelte mir zu und sagte: »Für dich finden wir auch noch was.«

Wir gingen in ihr Zimmer, wo sie eine Schublade mit Männerunterwäsche und jeder Menge anderem Kram aufzog: Uhren. Sie wühlte darin, bis sie eine dunkelblaue knielange Badehose fand. »Wenn sie dir zu groß ist, kannst du auch die kurze Hose nehmen, die ich dir zum Schlafen gegeben habe und …«

»Wem gehört das Zeug?«

Sie starrte in die Schublade, als erwartete sie, die Antwort auf meine Frage darin zu finden. »Nicola.«

»Lucas Vater?«

»Ja.«

»Und wo ist er?«

Sie steckte einen Finger in den Mund und knabberte an

der Nagelhaut. »Wir leben nicht mehr zusammen«, sagte sie – in einem Ton, als wäre das offensichtlich.

»Seit wann?«

»Seit fast zwei Jahren.«

»*Seit zwei Jahren?*«

»Ja.«

»Und er hat seine Sachen hiergelassen?«

»Ja.«

Ich zeigte auf den Stuhl. »Auch die über dem Stuhl hängende Hose?«

»Nein«, sagte sie. »Die gehört nicht Nicola.«

Ich wartete darauf, dass sie mir erklärte, von wem sie dann sei, aber da kam nichts. Und obwohl ich es gern gewusst hätte – vor allem wie ihr Leben verlaufen war, seit sie uns verlassen hatte –, schwieg ich. Und was die Liebe anging, na ja: Mein Vater hatte seine grün-blau bemalte Tante und Asia Andrea. Mama konnte sich treffen, mit wem sie wollte, das war ihr gutes Recht. Ich dachte an Viola und spürte ein Ziehen in der Brust. Ich musste sie dringend anrufen oder ihr schreiben, sie um Verzeihung bitten. Luca kam mit einem Handtuch um den Hals ins Zimmer gestürmt, die Schwimmflügel bereits aufgeblasen und in einer Badehose, die mit Fotos von Joker bedruckt war. Er schlug einen Purzelbaum auf dem Bett und begann darauf herumzuhüpfen, dass es quietschte.

Die Gumpen waren einen zwanzigminütigen Fußmarsch vom Haus entfernt. Man musste einem Weg folgen, der sich zwischen Farnbüscheln hindurchwand und bei einem

Bach zu Füßen eines großen Felsens unter einem kleinen Wasserfall endete. Das Wasser war eiskalt, aber Luca sprang hinein wie in einen Pool und sagte, wenn ich nicht sofort nachkomme, sei ich ein Feigling und Mama *uralt*. Als sie so tat, als fürchtete sie sich vor der Kälte, begann er zu schreien: ur-alt, ur-alt, ur-alt, sodass Mama und ich hineinsprangen und uns auf ihn stürzten, um ihn unterzutauchen. Wir spritzten ihn nass und fluchten wegen der Kälte.

Nachdem wir wieder rausgeklettert waren und uns abtrockneten, während Luca einen Deich konstruierte, bat ich Mama, mir die Tätowierung zu zeigen. Sie hielt mir den Arm hin. Es war ein Rosenzweig voller Dornen, die in ihre Haut stachen und sie bluten ließen. »Schön«, sagte ich.

Sie nickte.

»Warum hast du sie dir machen lassen?«

»Sie hat mir gefallen.«

»Hast du das Nicola zuliebe getan?«

»Nicola zuliebe? Wieso denn das?«

Ich deutete auf das EKG auf ihrer Brust, das unter dem Badeanzug hervorragte. »Das hast du dir zusammen mit Papa stechen lassen.«

»Nein, das hier hat nichts mit Nicola zu tun. Das hab ich nur für mich gemacht. Für mich ganz allein.«

Ich sah einem Vogel nach, der von Baum zu Baum flog. Er hatte was im Schnabel, etwas zu fressen vielleicht. »Wie lange darf ich bleiben?«

»Aber Ercole … du kannst so lange bleiben, wie du willst. Das ist auch dein Haus.«

»Es ist Sommer. Ich habe nichts anderes zu tun.«

»Luca f-freut sich, wenn er einen Grund hat, den Rest des Sommers auf der Luftmatratze schlafen zu dürfen.«

»Ich hab keine Klamotten dabei. Ich hab gar nichts.«

»Kannst du die nicht holen?«

»Und was sag ich Papa?«

»Papa weiß nicht, dass du hier bist?«

»Nein.«

Mama starrte auf ihre Fußspitzen. »Wie geht es ihm?«

»Gut«, sagte ich.

»Und Asia?«

»Auch gut. Allen geht es gut. Asia ist zu ihrem Freund gezogen.«

»Echt?«

»Ja.«

»So groß ist sie schon?«

»Sie ist zwanzig.«

»Zwanzig«, wiederholte sie. Und dann: »Was ist er für ein Typ?«

»Ihr Arbeitgeber. Er heißt Andrea. Er hat eine Trattoria. Asia hilft in der Küche. Sie ist eine fantastische Köchin.«

Mama lächelte, aber es war ein trauriges Lächeln. »Keine Ahnung, von wem sie das hat. Ich bin eine katastrophale Köchin.«

Ich zermarterte mir das Hirn nach einem Gericht von ihr, das ich liebte, um ihr widersprechen und sagen zu können, sie koche ebenfalls gut, aber mir fiel nichts ein. Ich wusste nicht mehr, was wir gegessen hatten, bevor sie uns verließ. Meine kulinarischen Erinnerungen begannen mit Asias Kreationen. Luca rief nach mir. Es war ihm gelungen, einen Frosch in eine Ecke des Bachs zu drängen. Jetzt wollte er, dass ich ihm half, ihn in die Hand zu nehmen. Bei Sonnenuntergang traten wir den Heimweg an. An diesem Abend fiel ich in einen tiefen, traumlosen Schlaf. Mitten in der Nacht wimmerte Luca, keine Ahnung, warum. Ich fragte, ob alles in Ordnung sei, ohne die Augen aufzuschlagen. Er verließ seinen Schlafsack und streckte sich neben mir aus. Ich machte ihm Platz, indem ich mich an die Wand presste. Sein Haar duftete nach dem Wildbach.

Irgendwann gab mir Mama Geld für den Bus, damit ich nach Turin fahren und mir holen konnte, was ich brauchte – auch wenn das, was ich wirklich brauchte, jede kostbare Minute dieses Sommers war. Auf der Fahrt schaute ich aus dem Fenster. In meinem Kopf summte ein ganzer Bienenschwarm. Ich konnte einfach nicht fassen, was da gerade passierte. Soweit ich wusste, hatte sie in den letzten sieben Jahren kein einziges Mal versucht, mich ausfindig zu machen, trotzdem schien sie sich zu freuen, mich um sich zu haben. Ich verstand nicht, wie das sein konnte.

Hoffentlich war Papa nicht zu Hause. Ich hatte keine Lust, ihn zu sehen, wollte mich weder rechtfertigen noch mit ihm über Mama reden müssen. Keine Ahnung, wie er das aufnehmen würde. Wer weiß, was Asia ihm erzählt hatte. Wer weiß, ob sie ihm gestanden hatte, die Postkarten vor ihm versteckt zu haben. Wenn sie ihm gesagt hatte, dass ich mich bei Mama aufhielt und wo das war, brauchte er nur zu kommen und mich abzuholen, falls ihm das nicht passte. Asia kannte die Nummer, von der aus ich sie angerufen hatte, und ich war mir sicher, dass sie sie gespeichert hatte. Sie konnte also anrufen.

Als ich zu Hause ankam, war Papa nicht da. Er hatte die Scherben aufgesammelt und die Stühle wieder aufgestellt, aber der Boden fühlte sich nach wie vor klebrig an. Ich nahm eine Tasche und warf Jeans, T-Shirts, Unterhosen und Strümpfe hinein. Nahm meine Zahnbürste und meinen Bademantel. Mehr brauchte ich eigentlich nicht. Ich überlegte, bei Asia und Andrea in der Trattoria vorbeizuschauen – aber was sollte ich ihnen schon groß erzählen? Also ließ ich es bleiben. Ich nahm eine Packung Cracker und einen von Obstfliegen umschwirrten Apfel mit und fuhr dann mit dem Bus wieder zurück.

5

The bullet is already in the brain;
it won't be outrun forever,
or charmed to a halt.

TOBIAS WOLFF

Ein Survivalkit sollte Folgendes enthalten: einen Feuerstein, um Feuer zu machen, Streichhölzer, falls es mit dem Feuerstein nicht klappt, eine Kerze, Nadel und Faden, Wasseraufbereitungstabletten für Wasser, das einem Durchfall bescheren kann, einen Kompass, einen Spiegel zum Reflektieren von Licht oder auch um sich anzuschauen, falls nötig – zum Beispiel wenn man eine Schnittwunde an der Wange desinfizieren muss –, Angelhaken und Köder, Schnur – denn davon kann man nie genug haben –, Sicherheitsnadeln, um Planen oder Kleider zusammenzuhalten, eine Laubsäge, um Äste abzusägen, Wanderführer und Karten, Essensrationen und ein Erste-Hilfe-Set.

Für unsere erste Nacht im Wald nahmen Luca und ich Folgendes mit: eine Taschenlampe – denn Feuer anzünden war verboten, außerdem hatte Mama gesagt, das mache ihr Angst –, eine Tafel Schokolade, eine Trillerpfeife, auf der Luca bestanden hatte und die wilde Tiere verjagen sollte, zwei Pflaster, zwei Decken und nur einen einzigen

Schlafsack. Kein Zelt, aber es regnete auch nicht. Wir ließen das Haus gerade so weit hinter uns, dass wir die erhellten Fenster nicht mehr sehen konnten. Nebeneinander auf dem Boden liegend, erfanden wir Namen für die Sterne, die wir zwischen den Baumwipfeln entdeckten. Luca leuchtete sie mit der Taschenlampe an, und ihr Strahl verlor sich in dem Himmelsabschnitt zwischen den Blättern. Der Wald war eine Sinfonie aus Knacklauten, und in der Luft lagen tausend ungewohnte Gerüche. Wieder kam mir der Gedanke, dass es nicht schlecht wäre, so zu leben.

Luca besaß trotz seines zarten Alters viel Sinn für Humor, man hatte ihn einfach gern um sich. Während ich ihn dabei beobachtete, wie er mit der Taschenlampe hantierte wie mit einem Laserschwert, dachte ich, dass es schön ist, neben einer Schwester auch noch einen Bruder zu haben. Darüber hinaus war es schön, auch noch ein großer Bruder zu sein, nicht nur ein kleiner. Die Rolle des großen Bruders brachte eine ganz neue Verantwortung mit sich, und das war aufregend. Luca stellte mir jede Menge Fragen, auf die ich keine Antwort hatte, und da fiel mir ein, dass wir alle in Bezug auf irgendjemanden erwachsen sind, auch wenn Erwachsensein nicht bedeutet, *allwissend* zu sein. Wenn Luca mir eine Frage stellte, auf die ich keine Antwort wusste, fühlte ich mich tief in meinem Innern unzulänglich. Dann bekam ich Lust, Nachforschungen anzustellen, um seine Neugier zu befriedigen. Meiner Meinung nach erziehen sich Groß und Klein gegenseitig, und Neugier ist das Wichtigste überhaupt auf der Welt.

Ein Licht schoss über den Himmel, um sich dann in

der Mitte des Großen Bären aufzulösen. Luca sprang auf. »Eine Sternschnuppe! Hast du das gesehen? Eine Sternschnuppe!« Sofort fragte er mich, wie das mit den Sternschnuppen funktionierte. Ich dachte mir eine verrückte Geschichte aus, über die er sich kaputtlachte, und nahm mir vor, so bald wie möglich herauszufinden, wie das mit denen wirklich ging.

Und dann, keine Ahnung, warum, kam das Gespräch auf unsere Väter. Er meinte, er erinnere sich vor allem daran, dass man viel Spaß mit ihm haben konnte, dass er einen zum Lachen brachte. Er fragte mich, ob man mit meinem Vater auch Spaß haben könne, was ich bejahte. Luca bat mich, ihm etwas Lustiges zu erzählen, das ich mit ihm erlebt hatte, und da fiel mir ein, wie die Geschichte mit dem Glatzkopf ausgegangen war, damals, als ich es mit dem Keller aufnehmen musste, um Papa fortzuschaffen, damit ihn niemand betrunken sah. Inzwischen waren bestimmt sieben Jahre vergangen, aber ich hatte das Gefühl, als wäre es gestern gewesen. Als ich mit ihm durchs Viertel irrte, hatte der Glatzkopf zu Asia gesagt, Don Lino schicke ihn: Papa habe unlängst gesehen, wie der Priester Messwein auslud, und angeboten, ihm zu helfen, wobei sich eine Kiste mit sechs Flaschen in Luft aufgelöst habe. Don Lino vermute, mein Vater wisse mehr darüber. Als er am nächsten Tag vom Großmarkt nach Hause kam, ich gerade in meinem Zimmer Monster zeichnete und Asia eine Klassenkameradin besuchte, hatte ich mich davon überzeugt, dass er nüchtern war, war zu ihm in die Küche gegangen und hatte

ihm mit dem gesamten Mut eines Achtjährigen befohlen:
»Du musst zu Don Lino gehen.«

»Warum?«

»Er sagt, du hast Messwein geklaut.«

»Das stimmt nicht.«

»Du musst mit ihm reden.«

»Dieser Priester ist ein verdammter Lügner, ich habe ihm nichts zu sagen.«

»Wenn du nicht hingehst, hetzt er uns wieder diesen glatzköpfigen Gutmenschen auf den Hals.«

»Was denn für ein Glatzkopf?«

»Der, der gestern hier war, um zu gucken, wie es uns geht.«

»Es geht uns bestens«, sagte Papa und machte den Kühlschrank auf, um nach einem Bier oder so zu suchen. Aber der Kühlschrank war leer. Er schnaubte und machte ihn wieder zu. Er stand da und starrte die mit Post-its beklebte Tür an wie Zauberer Truhen, bevor sie ein paillettengeschmücktes Mädchen herausziehen. Dann riss er sie rasch wieder auf, doch nach wie vor befanden sich bloß Möhren und Käserinden darin. Er wartete auf etwas, das nicht eintrat, um sich dann umzudrehen und mich anzustarren. In seinen Augen glomm ein Licht auf. »Komm mit!«, befahl er.

Don Linos Pfarrei lag an der großen Straße, die sich um den Markt schlängelt. Wir klingelten, und man machte uns auf. Am Schreibtisch im Flur vor dem Büro des Priesters saß er, der Glatzkopf. Ich weiß noch, wie ich dachte: *Neinn!,* denn damals schaute ich brutal viel *Die Simpsons,* und meine Mitschüler und ich sagten ständig *Neinn!* Als er uns reinkommen sah, stand er auf, gab uns die Hand und erklärte, er sei am Vortag bei uns gewesen und habe das Vergnügen gehabt, Asia kennenzulernen – ein wirklich *ganz reizendes* Mädchen. Papa ignorierte seine Hand. Stattdessen breitete er die Arme aus und beugte sich über den Schreibtisch. Signor Lorenzo riss die Augen auf, als hätte er einen Laster vor sich, der ihn gleich überfahren würde. »Wissen Sie eigentlich, wie leid es mir tut, in diesem Moment nicht da gewesen zu sein?«, sagte mein Vater. »Aber ich war weg, musste arbeiten. Dieses Ungeheuer hier« – er zerzauste mir das Haar – »und seine Schwester satt zu kriegen, ist wirklich Schwerstarbeit. Im Ernst, die schaufeln das Essen nur so in sich hinein. Haben Sie Kinder?«

»Nein.«

»Sehr gut. Ist Don Lino da?«

»Ich gebe ihm Bescheid.«

»Nur keine Umstände.« Papa nahm meine Hand und marschierte am Schreibtisch vorbei. Der Glatzkopf konnte nicht mal *Amen* sagen, und schon befanden wir uns im Büro des Priesters. Don Lino stand am Fenster, durch das eine leichte Brise hereinwehte, und rauchte eine Zigarre. Aus dem Radio tönte leise Musik, und es roch nach Papier. Es war das erste Mal, dass ich sein Büro betrat. Dort hingen zwei große Gemälde: tiefe Schatten, viel Rot und Gelb und eine Frau mit entrücktem Blick. Ich sah Holzregale, einen Kandelaber, stapelweise Videos auf einem alten VHS-Rekorder, aber vor allem Bücher, überall Bücher: dünne und dicke, alte und neue, welche mit Goldprägung und solche, die noch eingeschweißt waren. Sie türmten sich in den Regalen, auf einer Truhe, ja sogar auf dem Fußboden. Bei uns zu Hause gab es keine Bücher. Nur Asias und meine Schulbücher. Wenn man so viele davon besitzt, dachte ich, muss auf ihren Seiten wirklich was Wichtiges stehen – etwas, das all die Mühe wert ist.

Don Lino zog an seiner Zigarre und blies eine neue Rauchwolke durch den Fensterspalt. »Pietro!«, rief er fröhlich.

»Don Lino!«, erwiderte mein Vater mit der gleichen Begeisterung.

Der Priester drückte die Zigarre in einem zwischen Blumentöpfen versteckten Aschenbecher aus und lächelte mir zu. »Und der kleine Ercole!«

Ich hob zögernd die Hand und winkte andeutungsweise. Ich fühlte mich außerordentlich unwohl.

»Don Lino«, sagte Papa, »Sie wollen mich sprechen?«

»Pietro, erinnerst du dich noch an die Kartons mit Messwein, die wir vor drei Tagen zusammen ausgeladen haben?«

»Ja.«

»Eine fehlt.«

»Tatsächlich?«

»Weißt du irgendetwas darüber?«

»Nein.«

»Wirklich nicht?«

»Nein.«

»Im Auto waren nämlich zwölf, da bin ich mir sicher.«

Papa hob eine Braue und sagte leise: »Don Lino, könn-

te es nicht sein, dass ...« Er zeigte mit dem Daumen zur
Tür. »Trauen Sie diesem Glatzkopf? Er wirkt so suspekt.«

»Lorenzo? Der trinkt keinen Alkohol.«

Mein Vater verzog ungläubig das Gesicht. »Wirklich?«
Don Lino nickte.

»Trau keinem Antialkoholiker! Vielleicht hat er ihn wei-
terverkauft?«

Don Lino öffnete den Mund, als wollte er etwas sagen,
überlegte es sich jedoch anders und schenkte mir einen lie-
bevollen Blick: »Ercole, würdest du bitte draußen warten?«

Ich ging und setzte mich auf einen Stuhl neben einer
Vase mit duftenden Blumen. Signor Lorenzo kratzte sich
den Bart und tippte etwas in seinen Computer. Er wirkte hoch konzentriert. »Willst du ein Bonbon?«, fragte er,
ohne vom Bildschirm aufzusehen.

Ich hätte gern ein Bonbon gegessen, wollte aber nicht
mit dem Feind fraternisieren. Stattdessen bat ich ihn um
etwas zu trinken. »Natürlich!«, sagte er, und nachdem er
noch ein letztes Wort getippt hatte, stand er auf. Wir gingen in die Küche der Sakristei, wo ich bereits mehrmals
gewesen war und wo Don Lino die Getränke für die Kir-
chenfeste sowie die Gummibärchen aufbewahrte, die er
sonntags verschenkte. Unter dem Fenster stapelten sich
die Kartons mit Messwein. Er fragte, ob ich ein Glas Fanta wolle. Um Zeit zu schinden sagte ich, Fanta schmecke
mir nicht, weil diese Limonade im Zweiten Weltkrieg von
den Nazis erfunden worden sei – das wusste ich von Marcello –, aber genau in diesem Moment rief Don Lino: »Lorenzo!« Der Kerl ging zur Tür. »Kannst du mal kurz kom-

men?«, bat Don Lino. Lorenzo ließ mich allein, und mein erster Gedanke war: Papa ist ein Genie!

Ich öffnete das Fenster und hob einen Karton mit Flaschen nach draußen, stellte ihn auf die Fensterbank zum Innenhof. Dann stieg ich auf einen Stuhl und kletterte auf die Fensterbank. Anschließend hob ich den Stuhl aus dem Fenster und stellte den Fuß darauf, nahm den Karton, ließ mich nach unten gleiten und plazierte ihn mit der Präzision eines Feuerwerkers auf dem Boden. Ich kletterte zurück auf die Fensterbank und holte gerade den Stuhl nach, als Don Linos Stimme im Flur widerhallte. Deshalb schloss ich hastig das Fenster, griff nach einem Glas und drehte den Wasserhahn auf. Genau in diesem Moment kam Lorenzo herein. Ich stürzte das Wasser hinunter, um zu verbergen, dass ich ganz außer Atem war. Papa und Don Lino tauchten auf. Don Lino strahlte. Papa machte einen reumütigen, gefügigen Eindruck.

»Dein Vater ist ein guter Mensch«, sagte Don Lino. »Halte zu ihm. Und gehorch ihm. Tu stets, worum er dich bittet.«

Nachdem wir die Pfarrei verlassen hatten, umrundeten wir sie, um durch eine Seitentür in den Innenhof zu gelangen und den Wein zu holen.

»Und?«, fragte ich, während wir hindurchschlüpften.

»Was?«

»Hast du gebeichtet?«

»Ja.«

»Was hast du ihm gesagt?«

»Was geht dich das an?«

…

…

»Aber hast du ihm gesagt, dass du auch noch einen zweiten Karton geklaut hast?«

»Natürlich. Bei der Beichte darf man schließlich nicht lügen.«

»Aber wenn …«

»Es ist gerade niemand da. Los, lauf!«

…

»Vergiss den Stuhl nicht.«

»Was machen wir jetzt damit?«

»Wir nehmen ihn mit nach Hause.«

»Den Stuhl?«

»Warte. Ich sehe Lorenzo am Fenster. Duck dich!«

…

…

…

»Jetzt, los, lauf, lauf, lauf!«

Luca meinte, mein Vater sei wirklich der größte Spaßvogel der Welt.

Die Tage vergingen wie im Flug. Mama arbeitete drei Vormittage und zwei Nachmittage die Woche bei der Hauptmannswitwe, und wenn sie bei der Arbeit war, gingen Luca und ich zum Baden zu den Gumpen. Wir bauten Unterstände aus Ästen und Schlamm und steckten uns gegenseitig Eidechsen in den Ausschnitt. Wenn Mama daheim war, versuchten wir etwas zu dritt zu unternehmen, aber sie hatte häufig Kopfweh, vor allem nach dem Mittagessen. Ein greller Schmerz, der sie ins Bett zwang: bei geschlossenen Rollläden und offenen Fenstern, um die Sonne draußen zu halten, aber eine frische Brise an die Füße zu lassen.

Wenn es kühler wurde, gingen wir zum Spielen raus. Ich setzte Luca den alten Footballhelm auf, den gelben mit der Nummer zehn, der am Mauervorsprung des Hauses baumelte, und wir spielten mit einem Kissen statt mit einem Ball. Wenn es heiß war, zeichneten wir. Aber dann musste ich an Viola denken, und wenn ich an Viola dachte, wurde ich traurig und zeichnete Gabelstapler. Als Luca wissen wollte, was ein Gabelstapler ist, konnte ich ihm das erklären. Aber als er wissen wollte, woher ich das wusste, hatte ich keine Lust, ihm das zu erklären. Denn meine Oma war auch seine Oma, und ich fand, er sei noch zu klein, um zu erfahren, dass ein Gabelstapler sie mitsamt Artischocken und Zwiebeln aus Tropea mehrere Meter weit mitgeschleift hatte.

Am Abend des 24. Juni, also am Abend meines Geburtstags, klingelte nach dem Essen das Telefon, das sonst nie klingelte. Mama ging dran. Sie lag mal wieder mit Kopfschmerzen im Bett, aber an diesem Nachmittag hatte sie eine Schokoladentorte gebacken, wir hatten »Zum Geburtstag viel Glück« gesungen, und ich hatte eine Kerze ausgeblasen. Luca und sie hatten mir eine Baseballkappe mit einem neonfarbenen Schild geschenkt. Ich sah gerade mit meinem Bruder fern und kritzelte Fratzen auf den Block einer Versicherungsgesellschaft. Ich reckte den Kopf und sah durch den Türspalt, wie sie aufstand und sich die Frisur richtete, als könnte sie derjenige am anderen Ende der Leitung sehen. Sie leckte sich über die Lippen, um nicht zu stottern. »Ich hätte dich fast nicht erkannt. Deine Stimme klingt so anders.«

…

»Nein, nein, du störst nicht. Soll das ein Witz sein?«

…

»Ich hol ihn dir gleich, aber … wie geht es dir?«

…

»Ja. Ich auch.«

…

»V-vielleicht können wir ja …«

…

»Ja.«

…

»Nein, so ist das nicht, ich …«

…

»Ja.«

…

Dann konzentrierte ich mich wieder auf den Fernseher und stellte ihn lauter. Nach einigen Minuten rief Mama nach mir. Als ich ihr Zimmer betrat, hielt sie die Hand vor die Sprechmuschel, und ihre Lippen formten das Wort Asia. Ich setzte mich auf die Bettkante. Sie legte sich wieder hin und wandte mir den Rücken zu.

»Hallo?«

»Hi«, sagte Asia. »Alles Gute zum Geburtstag.«

»Danke. Wie geht's?«

»Ganz gut. Und dir?«

»Alles okay.«

»Ich wollte dir nur sagen, dass Papa nichts mit dem Diebstahl in dieser Firma zu tun hat.«

»Gut.«

»Außerdem hat Viola vorbeigeschaut.«

»Viola?«

»Ja.«

»Wo denn?«

»In der Trattoria.«

»Und warum das?«

»Na, warum wohl, Ercole!«

»Wie hat sie die gefunden?«

»Du wirst es ihr gesagt haben. Hast du es ihr nicht gesagt?«

»Ich glaube, ich hab ihr mal erzählt, dass du in einer Trattoria arbeitest, aber nicht, in welcher.«

»Wie dem auch sei, sie war jedenfalls heute Morgen hier. Sie sucht dich.«

»Und …?«

»Sie wollte wissen, wo du abgeblieben bist, da du neben einigen wenigen unberührten Indianern der einzige Fünfzehnjährige auf diesem Planeten ohne Handy bist.«

»War sie sauer?«

»Ja, ich denke schon. Was hast du ihr getan?«

»Nichts. Außerdem geht dich das überhaupt nichts an.«

»Oh, *entschuldige bitte,* dass ich dich anrufe!«

»Was hast du ihr gesagt?«

»Dass du bei Verwandten bist.«

»Bei *Verwandten?*«

»Ich wusste ja nicht, was sie alles weiß. Was sollte ich ihr schon sagen? Dass du gerade eine Gebirgstour vom Apennin bis zu den Anden unternimmst? Du sollst sie anrufen.«

…

»Bist du noch dran?«

»Ja«, erwiderte ich. »Danke.« Ich schaute zum Fenster und sah, wie sich die Nacht an die Fensterläden drängte wie ein wildes Tier. »Und was hast du … ihm gesagt?« Mama bewegte sich im Bett, rieb ihre Beine aneinander. Ich schwieg so lange, bis Asia begriff, dass ich Papa meinte, es aber nicht laut sagen wollte.

»Die Wahrheit.«

»Die ganze Wahrheit?«

»Die ganze Wahrheit.«

»Auch das mit den Postkarten.«

»Ja.«

»Oh. Und er?«

»Er hat nur mit den Schultern gezuckt und gesagt, dass ihn das nicht interessiert. Dass sie getan hat, was sie für richtig hält, und dass jeder …«

»… tun und lassen kann, was er will.«

»Und dass er gewusst hat, dass wir früher oder später nach ihr suchen würden. Du zuerst. Was dich betrifft, kannst du so lange bei Mama bleiben, wie du willst.«

Der Wind ließ die Fensterläden klappern.

»Du weißt schon, dass er nicht nach dir suchen wird, oder?«

»Ja.«

Nach kurzem Schweigen sagte Asia: »Kannst du nicht reden?«

»Nein.«

»Ist sie da?«

»Ja.«

…

…

»Und sonst … Sonst alles gut?«

Ich gab ein zustimmendes Brummen von mir. Und das war nicht gelogen. Ich hatte mich wieder beruhigt. Viola fehlte mir. Manchmal fehlten mir auch Asia und Papa. Aber im Großen und Ganzen ging es mir gut, und ich wusste nicht, ob ich im September, wenn die Schule wieder anfing, nach Turin zurückkehren wollte. Doch das verriet ich Asia nicht. Ein Blitz drang durch die Ritzen der Fensterläden, darauf folgte sofort ein Donnerschlag, der sich anhörte wie ein berstender Baumstamm. »Ein Gewitter!«, rief Luca, und ich hörte, wie er barfuß zum Fenster rannte, in der Hoffnung mitzubekommen, wie ein Blitz in einen Baum einschlug – noch etwas, das keiner von uns beiden bisher je gesehen hatte.

Am nächsten Tag rief ich Viola an. Sie war wie immer mit Prinzessin Leia unterwegs. Die beiden befanden sich noch mit einer anderen Klassenkameradin gerade am Bahnhof. Sie wollten ans Meer, irgendwo nach Ligurien, wo Leias Oma eine Wohnung hatte. Wir redeten nicht lange. Ich habe noch nie verstanden, wie man sich am Telefon richtig unterhalten soll, wenn man nur Worte als Anhaltspunkt hat. Also ich weiß nicht, ich habe dann immer das Gefühl, etwas zu verpassen: dass da noch mehr ist, auf das ich hätte achten müssen. Aber wenn ich sie richtig verstand, hatte sie nach mir gesucht, um mir zu bestätigen, dass ich mich aufgeführt hatte wie ein Idiot, noch dazu wie ein gewalttätiger Idiot. Doch obwohl ich mich aufgeführt hatte wie ein (gewalttätiger) Idiot, wollte sie mich nicht mit meiner überstürzten Flucht von der Piazza in Erinnerung behalten. Auch wenn wir uns in Zukunft nicht mehr sehen sollten, wollte sie mir doch Gelegenheit geben, mein Verhalten zu erklären.

So verstand ich sie zumindest.

Daraufhin sagte ich ihr, dass ich ihr theoretisch jede Menge Gründe nennen könne, die mein Verhalten zwar nicht rechtfertigen würden, aber es zumindest …

»In den richtigen Kontext stellen können?«, fragte sie.

»Genau das«, antwortete ich, auch wenn ich nicht so genau wusste, was das bedeutete. Aber ich hatte keine Lust, ihr weder von der Verhaftung meines Vaters noch von den Postkarten zu erzählen, die meine Schwester vor mir versteckt hatte. Denn wenn ich das tat, würde sie Mitleid mit mir bekommen, sich ihre Wut in Mitgefühl verwandeln – das, was auch diese Gutmenschen empfinden, die einen nicht so mögen, wie man ist, sondern nur wegen des schlimmen Lebens, das man bisher gehabt hat. Deshalb sagte ich, wir sollten das lieber lassen, was sie jedoch völlig in den falschen Hals bekam, woraufhin sie meinte, ihr Zug fahre gerade ein und sie werde sowieso gleich auflegen. Wenn ich nicht das Bedürfnis hätte, ihr mein Verhalten zu erklären, könne ich ohnehin bleiben, wo der Pfeffer wächst. Ich machte den Mund auf, um es wiedergutzumachen, aber ich hatte einen solchen Kloß im Hals, dass ich einfach zu langsam war. Und da wir nur telefonierten, konnte sie nicht in meinem Gesicht lesen. Ich hörte, wie der Zug einfuhr, und anschließend gar nichts mehr.

Keine Ahnung, wie lange ich auf Mamas Bett sitzen blieb und ins Leere starrte. Vermutlich bis Luca ganz aufgeregt und schlammbespritzt ins Zimmer geschossen kam und mir erzählte, er habe eine Spinne gefunden. Wenn ich wolle, könnten wir sie anzünden.

»Warum hast du uns verlassen?«

Das fragte ich sie einfach so, während sie mit einem eingeseiften Schwamm einen Turnschuh abschrubbte, der einen Flecken abbekommen hatte – von einer Schmiere, mit der man Radnaben einfettet. Mama stand vor dem Waschbecken, und auf dem Herd kochte in einem Topf Wasser, dem eine Dampfwolke entwich. Die Gastherme im Haus funktionierte nicht richtig, und das Warmwasser kam eher lauwarm aus dem Hahn. Ich fragte das nicht etwa deshalb in diesem Moment, weil ich ihn für besonders gut geeignet hielt, sondern weil ein melancholisches Lächeln auf ihrem entspannten Gesicht lag, das ich so nicht an ihr kannte, und ich glaubte, sie sei in der richtigen Verfassung, um über die Vergangenheit zu sprechen.

Sie nahm sich tatsächlich Zeit, gedanklich wieder zurückzukehren, und wehrte meine Frage nicht etwa mit einem Scherz ab oder wechselte das Thema. Sie dachte darüber nach, während sie den Schuh bearbeitete, um ihn anschließend in der Spüle zu versenken. Sie holte tief Luft, als brauchte sie einen langen Atem, um mir zu erzählen, was sie dazu sagen wollte. »Es ist auf Omas Beerdigung passiert. Weißt du noch, dass kurz vorher Omas Beerdigung war?«

»Natürlich.«

»Meine Mutter, na ja, ist immer ein Vorbild für mich gewesen. Du kannst das nicht wissen, denn ich glaube nicht, dass dein Vater dir je davon erzählt hat, aber das Leben deiner Oma war *wirklich nicht einfach*.«

»Warum?«

»Weil sie die Jüngste von zehn Kindern war und ihre Eltern gestorben sind, als sie noch klein war. Danach haben sich ihre älteren Geschwister um sie gekümmert, die jedoch ganz andere Sorgen hatten. Auch deshalb hat sie früh geheiratet. Ihren ersten Mann.«

»Das heißt noch vor Opa?«

»Ja, einen, mit dem sie Schlimmes erlebt hat. Sie brachte die Kraft auf, ihn zu verlassen, um sich mit meinem Vater zusammenzutun, der auch kein Heiliger war. Doch der hat sie wenigstens nie geschlagen. Sie hatte ein schweres Leben, hat aber immer gearbeitet. Hart gearbeitet. Und sie hat sich um mich gekümmert, so gut sie konnte, dabei auch meinen Vater ersetzt, für den ich immer nur eine unausweichliche Folgeerscheinung gewesen bin.«

»Ich kann mich nicht sehr gut an Opa erinnern.«

»Das wundert mich kaum.«

»Ich weiß nur noch das mit den Hunden.«

»Das mit Tomba?«

»Ja, Tomba, der Rottweiler.«

»Ich glaube, er hat ihn mehr geliebt als uns alle. Ich glaube nicht, dass er je ein Wort mit dir gewechselt hat – außer um dir zu sagen, dass du ihn in Ruhe lassen sollst. Wenn jemand für euch da war, dann die Oma.«

»Die Oma hat mir das Zeichnen beigebracht.«

»Allerdings! Sie konnte fantastisch zeichnen. Wie dem auch sei … auf der Beerdigung ist es passiert. Als der Priester predigte, hab ich mich umgedreht und Asia und dich angeschaut. Ihr seid fast verschwunden in der Menge, habt verloren in einer Bank gesessen und darauf gewartet, dass man euch wieder abholt. Rechts von euch saß mein Vater. Und hat was in sein Wettbüchlein notiert.«

»Ergebnisse von Hundekämpfen?«

»Keine Ahnung, vermutlich ja. Und da …«, Mama kratzte sich mit der schaumbedeckten Hand an der Nase, »… da hab ich mir gedacht, dass ich eher nach meinem Vater komme statt nach meiner Mutter. Ich wollte das zwar nicht, aber es war so. Ich dachte, bisher hab ich als Mutter alles gegeben, was geht. Aber nur weil *sie,* meine Mutter, da war, und ich ihr beweisen wollte, dass ich meiner Aufgabe gerecht werde. Aber das tat ich nicht. Alle positiven Eigenschaften habe ich von ihr geerbt. Und alle negativen von meinem Vater. Ich wollte meine Schwächen nicht an euch weitergeben. Wenn ich schon keine gute Mutter sein kann, hab ich mir gedacht, sollte ich lieber verschwinden und eurem Vater die Verantwortung überlassen. Er war darin viel besser als ich. Er wirkt zwar oft *zerstreut,* das schon, aber … ich weiß nicht. Ich hab geglaubt, dass auch das bloß meine Schuld ist.«

In diesem Moment sah mich Mama verlegen schräg von der Seite an, als erwartete sie irgendeine Reaktion. Aber ich hatte nichts dazu zu sagen. Ganz einfach, weil ich nur Bahnhof verstand. Ich verstand die Sache mit den Schwächen nicht – von welchen Schwächen redete sie überhaupt? Ich verstand auch nicht, wie sie darauf kam, dass Papa besser war als sie. Damit keine Missverständnisse aufkommen: Wirklich, ich liebe meinen Vater, aber mein Vater ist nun mal so, wie er ist. Ich verstand das alles nicht und sagte ihr das auch. Denn das war einer von den Tagen, an denen man glaubt, alles sagen zu können, die Probleme nur benennen zu müssen, um sie zu lösen. Ich weiß, dass das nicht immer funktioniert – trotzdem.

»Wegen den Drogen?«, fragte ich.

Sie ließ die Hände in die Spüle sinken.

»Asia hat mir das mit meiner Geburt erzählt. Dass Papa nicht dabei war, weil er von der Polizei dabei erwischt wurde, wie er dir was zum Rauchen besorgt hat.«

Mama schluckte.

»Ist es deswegen?«

»Unter anderem.«

Ich suchte nach den richtigen Worten: »War das so ein großes Problem?«

Mama zauberte von irgendwoher ein Lächeln auf ihr Gesicht und ordnete ihre Frisur, wobei sie einen Schaumspritzer auf der Stirn zurückließ. Mit alberner Stimme sagte sie: »Findest du, ich bin ein großes Problem?«

»Von deinen Kopfschmerzen einmal abgesehen«, erwiderte ich, »machst du auf mich eigentlich einen guten Eindruck.«

»Stimmt«, sagte sie, und dann: »Aber es hätte eines werden können. Ein großes Problem, meine ich. Es gab Momente, in denen ich dachte, es könnte eines werden, in denen ich Angst hatte, euch da mit reinzuziehen. Euch wehzutun.«

»Du hast uns nie wehgetan.«

»Nein.«

»Denn das wüsste ich.«

»Ja.«

»Und Asia erst recht.«

»Ja, das stimmt.«

»Aber es ist nie was passiert.«

»Weil ich euch verlassen habe.«

»Und als dir klar wurde, dass du uns niemals wehtun wirst – wolltest du da nicht zu uns zurückkommen?«

»Unzählige Male.«

»Aber du hast es nie getan.«

»Ich hab's versucht.«

»Aber du hast es nicht geschafft.«

Mama sah aus dem Fenster. Die Sonne beschien die Baumwipfel vor dem Haus, und das schräg einfallende Nachmittagslicht warf filigrane, scharf gestochene Schatten von den Zweigen. »Nicht alles, was man versucht, schafft man auch«, sagte sie.

»Tu es oder tu es *nicht*«, sagte ich. »Es gibt kein Versuchen.«

...

»Das sagt Yoda zu Luke.«

Mama lächelte, es war ein butterweiches Lächeln.

»Du hättest uns nicht wehgetan.«

»Weißt du, dass du gleich nach der Geburt ein bisschen so ausgesehen hast wie Yoda?«

»Aber mit mehr Haaren!«

»Genau so. Nur mit mehr Haaren.«

Am nächsten Vormittag ging ich mit Luca ins Dorf zu einem Typen, den mir Mama empfohlen hatte. Obwohl er kein Fahrradmechaniker war, suchten ihn alle auf, um ihr Rad reparieren zu lassen. Meines war bis Mitte Juli vorm Bahnhof in Pinerolo angekettet gewesen, bis ich erfuhr, dass ich es zu bestimmten Zeiten mit in den Bus nehmen durfte. Also hatte ich es geholt. Luca wollte, dass ich es reparieren ließ. Er hatte ein Kinderfahrrad und meinte, wenn meines repariert sei, könnten wir Wettrennen veranstalten. Also schoben wir es zu dem Pseudofahrradmechaniker, der Giuseppe hieß, aber von allen bloß Ercole – ja genau! – genannt wurde, da er ein begeisterter Wildschweinjäger war und der ursprüngliche Ercole, sprich der altgriechische Herkules, anscheinend ein besonders wildes Exemplar getötet hatte – eines, das alle in Angst und Schrecken versetzte. Nur dass Ercole in Giuseppes Fall ein Spottname war: Im Kampf mit einem Wildschwein hatte er sich nämlich vor Schreck in den Fuß geschossen.

Wir fanden ihn im Innenhof, den Kopf über eine Motorradkette gebeugt. Er trug einen blauen Arbeitsoverall und ein Bandana um den Kopf. Als er uns kommen sah, sagte er: »Guten Tag, die Herren.«

Luca grinste wortlos. Ich begrüßte ihn mit Herr Giuseppe und sagte, Mama habe uns geraten, uns wegen des Plattens an ihn zu wenden.

»Ist bloß die Luft raus, oder hat der Reifen ein Loch?«

»Er hat ein Loch.«

Er richtete sich auf und wischte die Kettenschmiere an einem Lappen ab: »Her damit!«, sagte er. »Dann schauen wir uns die Sache mal an.« Er nahm das Rad, schraubte die Gummikappe ab, den Ventilring auf und zog ihn von der Felge. Er entfernte den Mantel, indem er darauf seitlich Druck ausübte. Dann zog er den Schlauch heraus und fand das Loch, indem er suchend mit dem Finger darüberfuhr. Seiner Einschätzung nach handelte es sich weniger um ein Loch als um eine riesige Grube. Er setzte sich an seine Werkbank aus über zwei Tischböcke gelegten Brettern, um die Schlauchoberfläche zu reinigen und den Bereich um das Loch aufzurauen, damit die Vulkanisierflüssigkeit besser hielt. Eine Weile arbeitete er schweigend vor sich hin. Ich sah ihm dabei zu, während Luca mit einer Katze spielte, indem er einen Faden vor ihrem Maul hin und her baumeln ließ. Die Hausfassade war von einer dicken Schicht Efeu bedeckt, der sichtlich unter der Sommerhitze zu leiden begann. Mir fiel auf, dass Giuseppe kleine Augen und neben dem linken Auge ein großes, erhabenes Muttermal hatte. Ohne aufzuschauen, sagte er: »Ich hab dich hier noch nie gesehen.«

»Ich bin erst seit Kurzem hier.«

»Ihn schon. Den Kleinen.«

»Ja.«

»Seid ihr miteinander verwandt?«

»Wir sind Brüder.«

»Oh! Wieso hab ich dich dann noch nie gesehen?«

»Weil ich in Turin wohne, in Turin gewohnt habe.«

Herr Giuseppe nickte, als hätte er verstanden, und stellte mir keine weiteren Fragen mehr. Er nahm den Flicken und entfernte die Schutzfolie. Dann legte er ihn auf das Loch und drückte ihn an. Jetzt müsse man ein paar Minuten warten, erklärte er und fragte, ob wir Durst hätten. Noch bevor ich antworten konnte, meinte Luca, er *sterbe* vor Durst – wenn er könnte, würde er sich in einen ganzen Pool Orangensaft stürzen. Daraufhin meinte Herr Giuseppe, die Botschaft sei angekommen, er müsse sich nur noch kurz gedulden. Er betrat das Haus und erschien kurz darauf am Fenster, um zu fragen, ob wir in den frisch gepressten Orangensaft auch noch etwas Zitrone haben wollten. Wir bejahten. Als er herauskam, hielt er in jeder Hand ein großes Glas, jeweils ein Bierglas mit Henkel, voll mit frisch gepresstem Saft. Während wir tranken, löste er die zweite Schutzfolie und bog den Schlauch so, dass der andere Flicken nicht abging. Zwei Minuten später war das Rad fertig.

»Danke«, sagte ich. »Was bekommen Sie dafür?«

»Sagen wir zwanzig: acht für den Flicken und zwölf für den Saft.«

Ich muss ein merkwürdiges Gesicht gemacht haben, da er sich lachend auf die Schenkel schlug und meinte, das sei natürlich nur ein Witz, acht seien genug.

»Wie heißt du?«, fragte er, als er mir zwei Euro Wechselgeld gab.

»Ercole.«

Seine kleinen Augen wurden groß wie Billardkugeln. »Willst du mich verarschen?«

»Nein.«

»Ja, weißt du denn nicht, dass mich hier alle Ercole nennen?«

»Nein.«

Er musterte mich misstrauisch. »Du verarschst mich doch.«

»Wie bereits gesagt, ich bin neu hier. Wieso werden Sie Ercole genannt?«

»Weil ich so stark bin wie er natürlich.« Er plusterte sich auf und spannte den Bizeps an. Luca tat es ihm nach. »Los, rührt euch! Verstanden?«

»Zu Befehl, Herr Hauptmann«, sagte ich und grüßte militärisch. Ich ließ Luca auf die Querstange klettern, dann fuhren wir davon.

»Wem gehört dieses Haus?«

Mama saß auf dem Sofa, die Beine unter sich gezogen. Sie las in einer uralten Frauenzeitschrift. Luca und ich zeichneten. Besser gesagt, ich zeichnete, während er mir sagte, was ich zeichnen sollte, und den Himmel sowie die Figuren ausmalte.

»Das Haus ist von Nicola. Es hat mal seinen Eltern gehört.«

Ich sah zu Luca hinüber, um zu gucken, ob er etwas dazu

sagen wollte, aber er konzentrierte sich ganz auf einen orangefarbenen Baum. »Und wenn er wiederkommt und es zurückwill?«, fragte ich.

»Sein Sohn lebt hier. Er würde seinem Sohn niemals das Haus wegnehmen.«

»Aber wo ist er?«

Da schaute Mama Luca an und bedeutete mir mit ihrem Blick, dass es in seiner Gegenwart besser sei, nicht darüber zu reden. Ich verstand, und sie betrachtete uns weiterhin, schien etwas Kostbares, Flüchtiges zu bewundern, das man sofort in Besitz nehmen musste, bevor es zu spät ist.

»Warum hast du dieses Bild von zu Hause mitgenommen, als du uns verlassen hast?«

Mama zog die Nase kraus, wie immer, wenn sie etwas nicht verstand.

»Das Bild bei dir im Zimmer. Das über eurem Bett hing.«

»Ach so, das! Das hat deine Oma gemalt.«

»Wirklich?«

»Ja.«

»Es ist sehr schön.«

»Sie konnte sehr gut malen.«

»Hat sie noch andere Bilder gemalt?«

»Nein.«

»Warum?«

»Keine Ahnung. Sie fand Hobbys albern, meinte, das sei nur was für Leute, die zu viel Zeit haben. Sie musste arbeiten, putzen, sich zunächst um mich, dann um meinen Vater und schließlich um euch kümmern. Nicht jeder kann es sich leisten, sein Talent auszuleben, so ist das nun mal.«

Ich habe bereits von der Zeit gesprochen, davon, wie seltsam sie ist. In gewisser Weise wie unser Geschmack. Sie ist etwas, das in uns steckt und bewirkt, dass einem der Sommer mit sechs endlos vorkommt, mit achtzehn schon deutlich kürzer, und wenn man erwachsen ist, zählt man die Monate wie als Kind die Tage. Entsprechend schnell vergingen auch dieser Juli und dieser August. Unglaublich: Die Zeit war wie eine Ziehharmonika, mit langen, unbewegten Tagen, an denen die Staubkörner in der Luft stehen zu bleiben schienen, aber auch mit rasend schnellen, die wie Hasen in ihren Bau fliehen, um sich nicht erwischen zu lassen.

Mehr als einmal habe ich versucht, wütend auf Mama zu sein. Ich fand das angemessen, so als wäre es meine Pflicht als Heranwachsender, ab und an eine Szene zu machen, Dampf abzulassen, ihr mit Vorwürfen zu kommen. Ich hätte sie zu gern angeschrien, Arschloch genannt, als unfähig bezeichnet oder als feige beschimpft. Ich hätte sie zu gern bestraft, mich umschmeicheln lassen. Doch es wollte mir einfach nicht gelingen. Von Anfang an empfand ich für sie nichts als Zärtlichkeit. Vielleicht weil ich gar nicht anders konnte. Und vielleicht weil alles genau so und nicht anders kommen musste.

6

I'm sorry mama, I never meant to hurt you,
I never meant to make you cry,
but tonight I'm cleanin' out my closet.

EMINEM

Im September ergab sich das Problem mit der Schule. Ich gelangte zu dem Schluss, dass es besser war, vernünftig zu bleiben. Dass ich die Schule abbrach, kam nicht infrage. Deshalb packte ich am Tag, bevor die Schule wieder losging, meine wenigen Habseligkeiten, ließ mich von Mama und Luca zum Bus begleiten und fuhr wieder zurück nach Turin. Das war das einzig Richtige. Der Sommer hatte mich mit einer reichen Ernte beschenkt, es brachte nichts, noch mehr aus der Vergangenheit herausholen zu wollen, denn zwischen ihr und der Zukunft lag schließlich die Gegenwart. Ich ließ mein Rad als Unterpfand in Erta. Luca hatte sich das gewünscht: »Das Rad lässt du hier, damit du gezwungen bist wiederzukommen.« Ich versprach ihm, ihn jedes Wochenende zu besuchen.

Papa empfing mich, als wäre ich höchstens eine halbe Stunde fort gewesen – so lang wie man braucht, um Brot und Milch zu kaufen. Er begrüßte mich und fragte, ob ich mitbekommen habe, was der FC Turin beim späten WM-Spiel gegen den SSC Neapel angestellt habe. Dann sagte er, er müsse gleich weg, aber Asia habe Nudelauflauf gebracht, der im Kühlschrank stehe, den müsse ich mir nur warm machen. Er fragte mich nichts zu Mama und wollte auch nicht wissen, was sonst noch in diesem Sommer passiert war. Doch im Gehen warf er mir einen irgendwie undefinierbaren Blick zu. Er sah mich *wirklich* an, so als nähme er mich richtig wahr. Mit allem Drum und Dran. Ich schaute genauso vielsagend zurück.

»Wir sehen uns dann heute Abend«, sagte er. Ich verspeiste den Nudelauflauf und verließ die Wohnung. Mein Kopf war so leicht und frisch, als hätte ich mir soeben die Haare gewaschen.

Ich ging zu Asia. Sie war in der Trattoria. Als ich eintraf, legte sie den Cutter weg, mit dem sie gerade eine Dose Kaffee öffnete, und kam mir gemessenen Schrittes entgegen. Aber man sah, dass sie sich beherrschen musste. Ein paar Sekunden blieben wir voreinander stehen, bis sie die noch bestehende Entfernung überwand, indem sie die Arme ausbreitete und mich hineinzog. Schließlich hatten wir uns seit dem Abend, an dem Papa sich mit der Polizei angelegt und sie mir die Postkarten gezeigt hatte, nicht mehr gesehen. Sie bot mir eine Cola an, und wir setzten uns an einen Tisch, um zu reden. Sie erzählte mir von ihrem Sommer – sie war mit Andrea eine Woche in den Dolomiten gewesen –, und ich berichtete ihr ein wenig von Erta, Mama und Luca, aber nur ein bisschen. Denn obwohl ich gute

Neuigkeiten hatte – oder vielleicht gerade deswegen –, begriff ich, dass sie eher mir zuliebe zuhörte und nicht, weil es sie wirklich interessierte. Deshalb wechselte ich irgendwann das Thema und erkundigte mich nach Viola, fragte, ob sie vielleicht noch mal vorbeigeschaut habe – und sei es nur aus Versehen.

»Nein, tut mir leid. Hast du sie angerufen?«

»Ja.«

»Und?«

»Ich hab Mist gebaut.«

»Das lässt sich alles wieder einrenken. Meistens zumindest. Ruf sie noch mal an. Besuch sie.«

Ich legte die Hände auf den Tisch und meine Stirn auf die Hände. »Ich schäme mich.«

»Du schämst dich?«

»Ja.«

»Spinnst du?«

»Ich hab gehofft, dass sie zu mir kommt.«

Asia stand auf und ging zu ihrer Tasche. »Die Hoffnung ist ein gutes Frühstück, aber ein schlechtes Abendessen – vergiss das nicht!« Sie holte ihren Geldbeutel heraus, dem sie zwei Fünfzigeuroscheine entnahm und mir überreichte.

»Was soll ich damit?«

»Ich nehme an, du bist pleite. Morgen fängt die Schule wieder an. Du wirst Bücher und Hefte brauchen. Aber sag Papa nicht, dass ich dir Geld gegeben habe. Bitte ihn um Geld für die Bücher. Und für die Monatsfahrkarte für den Bus.«

»Danke.«

In diesem Moment tauchten Gäste auf. Asia erhob sich, um sie zu begrüßen. Ich blieb sitzen und verfolgte, wie sie redete, sich bewegte, eine Reservierung entgegennahm. Sie hatte nach wie vor dieses starre Lächeln im Gesicht, war aber glücklich, das sah ich an ihrer gesamten Körperhaltung, an ihren Gesten. Bevor ich ging, sagte sie: »Du, wir könnten dann und wann eine Aushilfe brauchen. Was meinst du?«

»Bietest du mir einen Job an?«

»Schlecht bezahlte Schwarzarbeit.«

»Samstags muss ich nach Erta.«

»Unter der Woche geht auch.«

»Und wenn ich am nächsten Morgen müde bin?«

»Ich brauche dich bis um zehn, dann kannst du nach Hause gehen.«

»Ess ich dann hier?«

»Klar. Aber wer arbeitet, isst erst am Ende der Schicht.«

Ich legte einen Finger auf die Lippen und dachte über ihr Angebot nach. »Einverstanden.«

Es war Mittwoch, der zweite Mittwoch im September. Herbst und Spätsommer spielten Boccia um die Stadt, während sich die gelb gewordenen Blätter an die reglosen Zweige klammerten – wie immer in Turin, wo es nie Wind gab. Die Stadt kehrte gemächlich zur Normalität zurück, und es herrschte diese positive Energie, die vom Kauf von Schulkalendern und der Wiederaufnahme des Alltags herrührt. Die Frauen tranken mit ihren Freundinnen Kaffee.

Meine Mitschüler schrieben Hausaufgaben voneinander ab und trugen T-Shirts, die sie in Griechenland oder New York erstanden hatten. An ihren Ketten aus Kokosnussperlen klebte noch Sand. Die Luft war von guten Vorsätzen geschwängert, die mit jedem Neubeginn einhergehen.

Der Mittwoch war auch Violas Tag am Kiosk. Bevor ich den Bus nahm, schaute ich beim Barzagli vorbei, um Marcello zu begrüßen. Ich sah, dass das Café im August zugemacht hatte, und blieb wie erstarrt davor stehen. Auf dem Schild am Rollgitter stand: »Zu vermieten«. Ich war fassungslos. Das Barzagli gehörte zu meinem Leben dazu. Manche Läden dürfen nicht einfach so schließen, man sollte ein Volksbegehren anstrengen und die Leute entscheiden lassen. Sie gehören nämlich nicht demjenigen, der sie besitzt, sondern denjenigen, die hingehen. In Gedanken bei dem Café, bei Marcello und bei der Überlegung, wie schnell sich von einem Tag auf den anderen alles ändern kann, lief ich quer durch die Stadt nach Vanchiglietta und von dort zum Friedhof.

Dass Viola nicht da war, sah ich schon von der gegenüberliegenden Straßenseite aus, als ich an der Ampel wartete. Ein Mädchen mit Zylinder und Fliege begann vor den Autos zu jonglieren. Die Oma goss eine Pflanze. Sie trug einen himmelblauen Pulli und eine orangefarbene Schürze.

»Hallihallo!«, rief ich.

Sie musterte mich über ihre Brille hinweg, doch sobald sie mich erkannte, verschwand ihr extrem breites Lächeln. »Ercole.«

»Guten Tag.«

»Guten Tag. Wo bist du denn abgeblieben?«

»Ich bin gerade erst zurück.«

»Das sehe ich. Aus dem Urlaub?«

Ich gestikulierte vage. »Viola?«

»Die kommt heute nicht. Morgen fängt die Schule wieder an, und sie muss noch irgendwas erledigen. Was willst du von ihr?«

»Ich … na ja … ich will mich entschuldigen.«

»Dazu hast du auch allen Grund.«

Ich starrte auf meine Schuhe. »Tja.«

Die Oma schnitt einen kleinen Zweig ab.

»Wie geht es ihr?«

»Viola? Oh, der geht's gut. Der geht's eigentlich immer gut. Ehrlich gesagt warst du der Einzige in letzter Zeit, der ihr das Leben vergällt hat, und ich hoffe, das weißt du auch. Erst stößt du meinen Enkel zu Boden, und dann verschwindest du einfach. Ich weiß nicht, was ich davon halten soll.«

»Ich hab Mist gebaut.«

»Das kann man wohl sagen.«

»Aber ich kann … Ich glaube, ich kann das erklären, und wenn nicht …«

»Falls sie überhaupt Lust hat, dich anzuhören«, meinte die Oma und deutete mit der Schere auf mich.

»Ja.«

…

Ich hob den Kopf und blickte in ihre wässrig-strengen Augen. »Was soll ich jetzt machen?«

»Ich hab nicht die leiseste Idee.«

»Was würden Sie tun?«

»Ich bin nicht du.«

»Von mir mal ganz abgesehen: Was würden Sie tun?«

Die Oma ließ die Schere in die Schürzentasche gleiten und erklärte: »Ich würde versuchen zu begreifen, wie kostbar manche Menschen sind. Und gut darüber nachdenken, was ich mit meinem Verhalten anrichte.«

Ich traf Viola zu Hause an. Ich klingelte und bat sie runterzukommen. Sie schwieg eine gefühlte Ewigkeit, in der ich mir vorstellte, sie würde am Flurregal lehnen und sich auf die Unterlippe beißen. Dann sagte sie: »Ich hab keine Lust, dich zu sehen.«

»Ich muss dir was erklären.«

»Ich habe mir auch eine Erklärung gewünscht, Ercole. Aber das ist drei Monate her.«

»Es ist wahnsinnig viel passiert.«

»Das glaub ich dir gern. Bei mir auch.«

Ich fuhr über das Logo der Gegensprechanlage und sagte: »Aber nicht so wie bei mir.«

Ich hörte, wie sie schnaubte. »Aha ... fängst du jetzt an, ein Leben gegen das andere auszuspielen?«

»Darum geht es nicht. Sondern darum, dass ich unter anderem meine Mutter wiedergefunden habe. So was passiert wirklich nicht alle Tage.«

...

»Viola?«

»Ich freu mich für dich, dass du deine Mutter wiedergefunden hast, Ercole. Wirklich! Aber ich hab trotzdem keine Lust, dich zu sehen. Vielleicht doch, aber das wäre das reinste Chaos, und das möchte ich mir lieber ersparen. Dass dir Dinge passiert sind, wie deine Mutter wiederzufinden – etwas, das mir in diesem Sommer nicht widerfahren ist –, und dass du mich damit übertrumpfst, macht mich nur noch wütender. Und weißt du auch, warum? Weil du es nicht für nötig gehalten hast, mich einzuweihen. Wir leben im 21. Jahrhundert, Ercole, auch wenn du beschlossen hast, das zu ignorieren. Es gibt Telefone und SMS. Du hättest mich anrufen können. Wir hätten reden können. Ich hätte gern davon erfahren. Ich hätte dir irgendwie beistehen können. Ich hab die Nummer gespeichert, mit der du mich Ende Juni angerufen hast. Ich weiß nicht, wem sie gehört, ich weiß nicht, von wo aus du mich angerufen hast, aber ich habe sie unter deinem Namen gespeichert und das Foto hinzugefügt, das ich im Parco del Valentino von dir gemacht habe, das, auf dem du so idiotisch grinst. Den ganzen Sommer über habe ich bei jedem Handyklingeln gehofft, dein Idiotengesicht würde auf dem Display auftauchen. Und jetzt stehst du auf einmal vor meiner Tür und erwartest was? Dass ich mich mit deiner Zusammenfassung zufriedengebe? Leck mich, Ercole, ich bin nicht deine Wärmflasche mit zwei Ohren!«

Das Rauschen der Gegensprechanlage verstummte, und ich sagte: »Viola?« Aber es kam keine Antwort mehr. Ich klingelte erneut. Einmal. Zweimal. Wenn ich mich anstrengte, konnte ich hören, wie Klingellärm aus den Fenstern drang. Dann gab ich es auf und ging.

An diesem Mittwoch erlebte ich die schlimmste Nacht meines Lebens. Wäre ich nicht fünfzehn gewesen, hätte ich schwören können, dass sich sämtliche Monster des Universums in den Wänden versammelt hatten – vor lauter Wut, dass es keinen Riss mehr gab, durch den sie in die Wohnung kommen konnten. Aber vielleicht steckten sie gar nicht in den Wänden, die Monster. Viola hatte recht: Viel gab es nicht mehr zu sagen. Ich hatte mich aufgeführt wie ein Feigling, obwohl sie doch gemeint hatte, dass sie vor allem meinen Mut an mir schätzt. Im Grunde war nicht einmal die Suche nach meiner Mutter eine Heldentat gewesen, sondern eher reiner Instinkt. Wenn man die eigene Wohnung bei einem Bombardement verlässt, ist das lediglich Selbsterhalt. Etwas ganz anderes ist es dagegen, in die Trümmer und zwischen die noch nicht explodierten Sprengsätze zurückzukehren, um etwas Wichtiges zu retten. Und genau das hatte ich versäumt.

Kurz vor Sonnenaufgang hörte ich Papa in der Küche rumoren und stand auf. »Hallo!«, sagte ich und setzte mich an den Tisch.

»Hallo«, erwiderte er. »Kaffee?«

»Ja, danke.« Er war bereits angezogen. Ich fragte, ob er gerade aufbreche oder soeben nach Hause gekommen sei.

»Ich geh gleich«, erwiderte er. »Ich muss eine Lagerhalle in Racconigi entrümpeln.«

»Soll ich mitkommen?«

»Fängt heute die Schule nicht wieder an?«

»Seit wann weißt du so etwas?«

»Das kam in den Nachrichten.«

»Aha. Ja, heute fängt sie wieder an.«

»Dann geh zur Schule.«

Papa machte die Herdflamme unter der Espressokanne aus und gab den Kaffee in zwei Gläser. Eines davon schob er mir hin, während er an die Spüle gelehnt stehen blieb. Draußen war es noch dunkel, und durchs Fenster wehte kühle Luft herein, zusammen mit dem Schein der Laternen und Vogelgezwitscher. Wir schwiegen eine Weile vor uns hin und nippten an unserem Kaffee, während wir auf den Tisch starrten. Dann sagte ich: »Meinst du, du hättest mehr tun können?«

Papa schaute auf, weil er nicht verstand, wovon ich redete.

»Ich meine Mama. Meinst du, du hättest mehr tun können, damit sie uns nicht verlässt.«

»Du weißt, was ich davon halte.«

»Aber woher will man wissen, ob jemand wirklich tut, was er will? Vielleicht braucht er ja Unterstützung, um das tun zu können, was er will. Oder aber er hat sich getäuscht. Glaubst du nicht auch, dass wir manchmal gar nicht wissen, was das Beste für uns ist?«

»Doch«, sagte Papa. »Das kann schon sein.«

»Ja und?«

»Was, ja und? Auch du kannst unmöglich wissen, was für andere das Beste ist.«

»Aber so wird nie was draus.«

»So läuft das nun mal, Ercole. Da kann man nicht viel machen.«

Darüber dachte ich den Rest des Vormittags nach, als ich meine Mitschüler begrüßte und die ersten Schulstunden absolvierte. Auch in der Pause dachte ich darüber nach, als sich die anderen vom Meer und von den Bergen erzählten. Auf dem Heimweg dachte ich immer noch darüber nach. In meinem Kopf schien nur noch Platz dafür zu sein, und ich wurde ganz kurzatmig. Ich kochte mir Nudeln, hatte aber keinen Hunger und ließ sie auf dem Teller zusammenkleben. Dann schaltete ich den Fernseher ein, aber es kam nichts, was mich interessierte: Jedes Wort war völlig sinnentleert, jedes Bild wertlos. Ich dachte an Hans Schwarz und Konradin von Hohenfels – daran, dass Hans sein Leben lang geglaubt hatte, Konradin sei bis ans Ende seiner Tage Nazi gewesen. Hätte Hans den Mut gehabt, sich der Wahrheit zu stellen, nach ihr zu suchen, hätte er sich schon viel früher mit Konradin aussöhnen können. Auf einmal hörte ich Bremsen quietschen sowie Eisen, Blech und Glas klirren. Ich trat ans Fenster. Ein Panda war einem der rangierenden Marktlaster in die Seite gekracht. Der Lastwagenfahrer kletterte ohne einen einzigen Kratzer heraus und raufte sich die Haare, während dem Auto eine Frau entstieg, von der sogar ich aus der Ferne sah, dass sie an der Stirn blutete.

Keine Ahnung, was in mich fuhr: Ich wirbelte herum, griff nach den Schlüsseln und ging. Ich hätte sonst was darum gegeben, mein Fahrrad zu haben, das jedoch in Erta stand. Also rannte ich. Ich rannte, bis ich keine Luft mehr bekam, nahm sechs Stationen lang den Bus, stieg aus und rannte weiter bis zu Violas Haus. Ich klingelte. Ihre Mutter antwortete. Ich sagte nicht, wer ich war, sondern nur, dass ich ein Mitschüler sei. Sie erzählte mir, Viola sei bei ihrer Oma, ohne genauere Angaben zu machen, aber ich wusste ja, wo das war. Also rannte ich erneut los, den Fluss entlang und über die Brücke. Ich erwischte den Bus. Beim Kiosk stolperte ich beinahe über Vasen mit Gerbera. Ich war ganz blau im Gesicht und verschwitzt. Viola war nicht da. Die Oma schüttelte den Kopf und murmelte, letztlich ginge das ja nur uns etwas an, doch dann veränderte sich ihre Miene. Sie lächelte ihr breites Lächeln, und mit der Blumenschere, mit der sie eine Pflanze zurückschnitt, zeigte sie auf etwas hinter mir. »Da ist sie ja«, sagte sie.

Ich verstand nicht gleich, was sie mit »Da ist sie ja« meinte, so sehr schwirrte mir der Kopf. Dann drehte ich mich um, und Viola überquerte die Straße. Sie hörte Musik mit einem riesigen weißen Kopfhörer, der ihre roten Haare, die länger und zerzauster denn je waren, platt drückte. Sie hatte mich fast erreicht, als sie mich entdeckte. Sie blieb stehen, und ihr Blick veränderte sich. Von den Bergen kam ein seltsamer Windstoß. Er verwehte die Autoabgase, wirbelte Papierfetzen auf – Konfetti von einem Kindergeburtstag – und schüttelte die Bäume, sodass Trillionen von gelben Blättern um uns herum zu Boden fielen.

Auf dem Monumentale-Friedhof von Turin liegen Leute wie Silvio Pellico begraben, der eine Ewigkeit im Gefängnis saß; Galileo Ferraris, ein Wissenschaftler, nach dem ein Gymnasium benannt wurde; Ferrante Aporti, der sich mit Pädagogik beschäftigt hat, weshalb das Jugendgefängnis seinen Namen trägt; Primo Levi, von dem wir ein Buch in der Schule lesen mussten, das ich irgendwann noch mal lesen sollte, weil da aus meiner Sicht Wahnsinnssachen drinstanden, für die mein Kopf damals allerdings noch zu klein war; der Grande Torino, sprich die komplette Fußballmannschaft, die bei der Flugzeugtragödie von Superga ums Leben kam, sowie jede Menge andere berühmte Leute, die ich nicht kenne. Viola kennt sie zwar auch nicht alle, aber viele schon. Das fand ich an diesem Nachmittag heraus, als ich mit ihr zwischen den Gräbern herumspazierte.

Viola brauchte ein wenig, bis sie ihre Stimme wiederfand, aber an ihrem Blick sah ich, dass ihre einzige Frage an mich lautete: »Was fällt dir eigentlich ein?«

Ich entschuldigte mich bei ihr.

»Das allein reicht nicht. Du bist mir eine Erklärung schuldig.«

Und die gab ich ihr auch. Ich erklärte ihr alles, versuchte es zumindest. Ich ließ nichts weg. So hatte ich noch nie von mir erzählt, so bewusst. Es war, als würde ich ergründen, wo ich genau stehe. Als würde man auf den Umgebungsplan in der Metrostation schauen und den roten Punkt suchen, neben dem steht: »Sie befinden sich hier.« Viola stellte mir jede Menge Fragen, die sie mir vorher nicht gestellt hatte: weil sie sich nicht getraut oder weil ich ihr keine Gelegenheit dazu gegeben hatte. Keinerlei Vorwurf schwang in ihrer Stimme mit, nur der Wunsch, endlich zu verstehen. Ich erzählte ihr von diesem Sommer, von den Polizisten, von Mama und Luca. Davon, wie sich ein Netz immer enger um mich zusammengezogen hatte, Masche für

Masche. Sie hörte mir zu, ließ jedes Wort gründlich auf sich wirken.

»So, jetzt ist es heraus.«

»Du musst dich bei meinem Bruder entschuldigen.«

»Das werde ich.«

»Das musst du tun, da kommst du nicht drum rum.«

»Wie gesagt, das werde ich.«

Sie sah mich mit zusammengekniffenen Augen an und schüttelte den Kopf. »Keine Ahnung, warum ich so auf dich stehe. Bei dir hat man immer das Gefühl, auf einem dieser Bergpfade unterwegs zu sein, die bei Starkregen nachgeben und zu Tal rutschen. Aber selbst dann würdest du wahrscheinlich wie ein Akrobat durch den Schlamm flitzen.«

»Ich weiß nicht, ob ich das richtig verstanden habe, aber es hört sich gut an.«

»Ja.«

»Ich würde dich auf jeden Fall in Sicherheit bringen.«

»Ja, das wäre wirklich nett von dir.« Viola wickelte sich eine Haarsträhne um den Finger. Ich verspürte den unbezähmbaren Drang, sie zu küssen.

»Und das machst du nie wieder?«

»Auf deinen Bruder losgehen?«

»Das will ich doch hoffen … Ich meinte eigentlich, einfach so verschwinden.«

»Ich mach das nie wieder.«

»Versprochen?«

»Versprochen.«

Viola überlegte und sagte dann: »Okay …«

»Glaubst du mir?«

»Ja.«

Ich nahm ihre Hand und drückte sie.

»Wir sollten jetzt lieber zu meiner Oma zurückkehren.«

An diesem Wochenende nahm ich den ersten Samstagsbus. Alles war noch genau so, wie ich es zurückgelassen hatte, und das wunderte mich – so als könnte innerhalb von fünf Tagen sonst was passieren. Nicht zuletzt wegen der Vorfälle der letzten drei Monate war ich inzwischen auf alles gefasst: Wie bei einem Erdbeben staut sich immer mehr Energie an, bis es ganz plötzlich zum Weltuntergang kommt.

Am Wochenende drauf fuhr ich dagegen nicht hin, weil Viola mich gebeten hatte, sie zu einem Ruderwettkampf zu begleiten. Da ihr Bruder auch da sein würde, war das eine gute Gelegenheit, die Sache mit dem Fausthieb aus der Welt zu schaffen. An besagtem Freitag rief ich meine Mutter aus der Trattoria an, um ihr mitzuteilen, dass wir uns nicht sehen würden, erwischte sie jedoch bei einer ihrer Migränen. Sie murmelte, ich solle mir keine Sorgen machen. Ich erkundigte mich nach Luca und wollte ihn sprechen. Sie meinte, er sei nicht da. Ich wollte wissen, wo er war, woraufhin sie nur wiederholte, ich solle mir keine Sorgen machen – so als wären wir nicht längst einen großen Schritt weiter.

Am dritten Wochenende nach Schulbeginn nahm ich mir vor, schon am Freitagabend nach Erta aufzubrechen, um eine Nacht länger bleiben zu können. Ankündigen tat ich das nicht, denn es sollte eine Überraschung sein. Als ich aus dem Busfenster sah, merkte ich, wie sehr sich die Landschaft verändert hatte, seit ich hier mit dem Rad unterwegs gewesen war. Die kornbewachsenen Hänge, die mit der Sonne verschmolzen, waren verschwunden, genauso wie die Vögel. Die Sonne schien blass und schwach, und auf den vertrockneten senffarbenen Feldern ragten nur noch Stoppeln aus der Erde. Als ich in Erta ankam, herrschte bereits Dunkelheit. Die Nacht war über das Tal hereingebrochen, über die Häuser und Wälder, zusammen mit einem Nebel, der regelrecht an den Laternen und Zweigen zu kleben schien. Weit und breit war niemand zu sehen, und die allgemeine Straßenbeleuchtung endete kurz vor dem Friedhof. Doch an der Straße, die ab Ende des Feldwegs zum Haus meiner Mutter führte, kannte ich inzwischen jeden Baum und jeden Strauch. Ich brauchte kein Licht, tastete mich voran und genoss die kindliche Angst, die mir immer, wenn ich nachts im Freien unterwegs bin, um die Knöchel streicht: die Angst vor dem Übernatürlichen, vor dem, was in der Finsternis lauert. Neben dem Wind, der um die Bergflanke wehte, war in der Ferne der Wildbach zu hören.

Zwischen den Bäumen tauchte das erhellte Wohnzimmerfenster auf, das über der Kochnische. Und es war der Widerschein dieses Lichts, der mich im dunklen Hof die Umrisse eines Autos erkennen ließ, das ich noch nie zuvor gesehen hatte. Es war ein alter Lancia, der so dicht vor der Haustür parkte, als wollte er sie rammen.

Ich näherte mich dem Auto und versuchte, einen Blick hineinzuwerfen. Es war das erste Mal, dass ich eines vor dem Haus stehen sah. Den ganzen Sommer über hatte Mama nie Besuch gehabt. Niemand schien zu wissen, dass sie dort wohnte – oder aber niemand interessierte sich dafür. Die Autofenster wirkten staubbedeckt, und im Halbdunkel fielen mir auf dem Rücksitz leere, zerbeulte Bierdosen sowie zwei quadratische Kissen mit einem indischen Stoffbezug auf. Vom Rückspiegel baumelten Armbänder und Ketten aus Holzperlen, und auf dem Armaturenbrett klebte zwischen Zigarettenstummeln eine von diesen Puppen, die aufgrund der Autovibrationen mit den Hüften kreisen: ein Hawaiimädchen mit einer Blumenkette um den Hals. Ich näherte mich dem Wohnzimmerfenster, wobei ich außerhalb des vom Fensterrahmen auf den Boden geworfenen Lichtvierecks blieb, um beobachten zu können, ohne beobachtet zu werden. Luca lag ausgestreckt auf dem Sofa und schaute fern. Dabei lachte er über die Gags eines Zeichentrickfilms. Ein Topf stand auf dem Herd. Der Tisch war noch nicht gedeckt.

Ich schlich ums Haus. Lucas Zimmer – mein Zimmer – lag im Dunkeln. Ich malte mir das ungemachte Bett aus, den auf dem Boden liegenden Schlafsack und die zerlegte Autorennbahn vor dem Kleiderschrank. Ich umrundete den Heuschober. Das Milchglas des Badezimmers verströmte weiches Licht, und aus dem gekippten Fenster dampfte es: das Rauschen der Dusche. Niemand sprach. Ich schlich weiter. Die Fensterläden im Zimmer meiner Mutter waren geschlossen. Ich näherte mich und achtete darauf, keinerlei Geräusch zu machen. Mit einem Finger zog ich an einem der Fensterläden, wie es auch ein Windhauch hätte tun können. Ich wartete kurz, beugte mich dann vor und spähte hinein. Mama lag mit dem Rücken zu mir auf dem Bett, in *Migräne*-Haltung und zusammengerollt wie ein Embryo.

Etwas regte sich zu meiner Linken, und ich fuhr herum. Es war eine Katze. Sie kam näher und strich mir um die Beine, ließ sich am Kopf kraulen und schnurrte. In diesem Moment ging das Licht im Zimmer an, und eine Männerstimme schnarrte: »Scheiße, steh endlich auf. Es bringt nichts, liegen zu bleiben. Das Kopfweh spülst du mit einem Bier locker weg. Ist er immer noch nicht da?«

Ich versuchte, die Stimme zuzuordnen, war mir aber ziemlich sicher, sie noch nie zuvor gehört zu haben. Mama verneinte, nein, er sei noch nicht da. Ich sagte mir, dass ich unmöglich gemeint sein konnte, sie wussten schließlich nicht, dass ich schon heute kommen würde. Sie rechneten erst am nächsten Tag mit mir. Mein Herz geriet aus dem Takt, es schlug mir bis zum Hals wie ein betrunkener Schlagzeuger. Ich kauerte weiterhin unter dem Fenster und streichelte die Katze. Sobald ich den Finger ausstreckte, schnupperte sie daran und rieb ihr Köpfchen an ihm.

»Ich hab Hunger«, sagte der Mann.

Mama erwiderte nichts darauf, oder wenn, dann nur sehr leise. Geduckt eilte ich davon, kehrte zum Auto zurück, umrundete es ein letztes Mal und marschierte anschließend aufs Haus zu.

Beim Reinkommen rief ich »Hallihallo!«

Luca erhob sich vom Sofa und rannte auf mich zu, um mich zu umarmen: »Weißt du, was bei unserem Staudamm passiert ist?« Ganz so, als setzte er ein erst vor Kurzem unterbrochenes Gespräch fort.

»Nein, was denn?«

»Ich hab einen Fisch gefangen.«

»Einen Fisch? Was denn für einen Fisch?«

»Keine Ahnung. Er war so groß!«

Er deutete es mit den Händen an, und in diesem Moment tauchte Mama hinter ihm auf. Hinter ihr wiederum ein Mann. »Schätzchen, was machst du denn hier?«, fragte Mama. Sie winkelte die Hand an, als stünde ich auf einem Steg und sie auf einem ablegenden Schiff. Dann trommelte sie mit den Fingerspitzen gegen ihre rechte Schläfe. Sie hatte dunkle Schatten unter den Augen und eine Falte in der Wange, die ich noch nie an ihr gesehen hatte.

Der Mann rauchte eine Zigarette. Er war groß, hatte die gleichen hellen, schmalen Augen wie Luca und grau meliertes Haar, das einmal blond gewesen sein musste. Er war gebräunt, und seine Stirn wies Flecken von zu starker Sonneneinstrahlung auf. Er trug ein graues T-Shirt mit dem Union Jack drauf. Luca löste sich von mir, rannte auf ihn zu und sagte: »Das ist mein Papa.« Man sah, wie glücklich er war. Er schmiegte sich an seine Taille, steckte die Finger durch die Gürtelschlaufen seiner Jeans und presste ihm das Gesicht an die Hüfte. Der Mann stieß Rauch durch die Nase aus und musterte mich durch den Zigarettenqualm hindurch. Dann machte er drei Schritte auf mich zu, zog

Luca hinter sich her, gab mir die Hand und sagte: »Schön, dich kennenzulernen.«

Wortlos schlug ich ein.

In diesem Moment hörten wir, wie sich ein Auto näherte. Dann wurde im Hof der Motor abgestellt und eine Tür zugeknallt. Es klopfte, und ohne eine Reaktion abzuwarten, kam Giuseppe Ercole herein, der Typ, der mir das Fahrrad repariert hatte – im selben Overall und mit demselben roten Bandana um den Kopf.

Nicola war in Kalabrien gewesen, zumindest behauptete er das. Wenn ich das richtig verstand, hatten Mama und er irgendwann gestritten, sodass er das Bedürfnis gehabt hatte, unterwegs, *on the road,* zu sein – ein Ausdruck, der mich an den Grand Canyon und die endlosen Straßen quer durch Australien denken ließ, wo die Laster so viele Anhänger haben, dass sie wie Züge aussehen. Und an Patagonien – auch einer der Orte, von denen Marcello und ich, wenn ich im Barzagli vorbeischaute, regelmäßig geträumt hatten. Irgendwann, so versprach Nicola, würde er Luca nach Kalabrien mitnehmen. Er kannte Orte, die niemand aufsuchte, weil die Leute so dumm seien, sich zu ballen wie Müll auf der Müllhalde – so seine Worte, während er aß und weiterrauchte.

»Und, was sagst du dazu?«

Ich schaute von meinem Teller auf.

Nicola ertränkte einen Zigarettenstummel im Wasserglas. »Kommst du mit nach Kalabrien?«

»Ja.«

Nicola musterte mich. »Du redest nicht gerade viel.«

Giuseppe erzählte, wie Luca und ich bei ihm gewesen seien, um das Rad reparieren zu lassen – auch dass ich lange aus einer gewissen Entfernung zugeschaut habe, als wollte ich was lernen, ohne ihn zu stören, was er sehr lobenswert finde. Mama kicherte albern und meinte, so sei ich schon immer gewesen, von klein auf: einer, der beobachtet, und wenn er den Mund aufmacht, dann nur, wenn er was Sinnvolles zu sagen hat. Sie redete über mich, als wäre ich gar nicht da, und ich tat, als wenn nichts wäre, und aß das Fleisch auf meinem Teller. Nicola wartete darauf, dass ich mich am Gespräch beteiligte, aber ich hatte dem nichts hinzuzufügen. Da zuckte er nur mit den Schultern und zündete sich eine neue Zigarette an. Mama stand auf, um Eis aus dem Gefrierfach zu holen, und als sie an den Tisch zurückkehrte, um es in Gläser zu geben, packte er sie und zog sie an sich. Mama lachte und sagte: »Achtung, gleich kleckere ich mit dem Eis.« Er biss sie in die Schulter.

Nach dem Essen bot Giuseppe Nicola eine Zigarre an, und sie verschwanden gemeinsam im Wald, um zu rauchen.

In dieser Nacht wurde es sehr kalt. Im Sommer war es angenehm kühl im Haus, die drückende Hitze des Tals kam nicht herein. Aber im Herbst speicherte der Wald das Eis der Berge. Mama hätte gern die Heizung angemacht – um sie mal wieder auf Touren zu bringen, wie sie sagte –, aber Nicola war dagegen. Er meinte, man gewöhne sich an die

Kälte, Heizen sei teuer, und keiner von ihnen, weder er noch sie, hätten Geld zu verschenken. Wenn uns kalt sei, müssten wir eben eine Decke mehr nehmen. Luca und ich schliefen im selben Bett. Er schlüpfte in den Schlafsack und schmiegte sich an mich. Keiner von uns tat ein Auge zu. Ich dachte an Nicola, daran, dass es schön für Mama und Luca sein musste, ihn wieder um sich zu haben. Ich hätte mich für sie freuen müssen. Aber das tat ich nicht und hatte ein schlechtes Gewissen.

In der Zwischenzeit spielte Luca mit der Taschenlampe. Er tat so, als würde er das Morsealphabet beherrschen und damit Botschaften an die Decke schreiben. Als ich ihn fragte, ob er sich freue, dass sein Papa wieder da sei, knipste er die Taschenlampe an und wieder aus – eine lange Leuchtphase symbolisierte Striche, eine kurze Punkte.

»Heißt das *Ja?*«, fragte ich.

Er wiederholte die gleiche Sequenz.

»Und was heißt *Nein?*«

Er schaltete die Taschenlampe ein und leuchtete lange die Zimmerdecke an, dann machte er sie aus, an und wieder aus.

»Wiederhol das noch mal.«

Er wiederholte es.

»Strich und Punkt heißt also Nein, hab ich das richtig verstanden?«

Er versuchte, die erste Sequenz zu wiederholen, erinnerte sich aber nicht mehr daran. Aber ich verstand trotzdem, dass es Ja heißen sollte.

Wir spielten weiter: Er warf Licht an die Decke, und ich erriet, was es bedeutete. Bis ich irgendwann sagte: »Jetzt hab ich gar nichts verstanden.«

»Ich bin müde«, erwiderte er.

Ich sagte, auch ich werde langsam müde. Es musste ein Wahnsinnsmond am Himmel stehen, denn die Schatten der Zweige zeichneten Landkarten an die Zimmerwände. Luca ließ sich vom Schlafsack verschlucken und nahm die Taschenlampe mit. Ich spürte, wie sich seine Füße an meine Knöchel drängten. Eine Hand schob sich aus dem Reißverschluss und legte sich auf mein Handgelenk, um sich notfalls an mir festhalten zu können.

Am nächsten Morgen wachte ich als Erster auf. Ich musste dringend Pipi und stand auf, um ins Bad zu gehen. Als ich an Mamas Zimmer vorbeiging, hörte ich sie wimmern. Ich blieb stehen. Die Tür war zu. Sie wimmerte rhythmisch und ununterbrochen. Ich hörte die Decken rascheln sowie andere Geräusche, über deren Ursache ich mir keine Gedanken mehr machte, als ich begriff, dass es ihr nicht schlecht ging. Es war das erste Mal, dass ich mitbekam, wie jemand Sex hatte, *live,* meine ich natürlich. Ich verschwand im Bad und knallte die Tür lauter hinter mir zu, als notwendig gewesen wäre. Dann drehte ich den Wasserhahn auf, und nach dem Pinkeln zog ich dreimal ab. Draußen auf dem Sims ertönte ein Miauen. Ich öffnete das Fenster. Es war die Katze vom Vorabend. Sie ließ sich auf den Arm nehmen. Ich setzte mich auf den Rand des Bidets und spielte ein wenig mit ihr, während das Wasser ins Waschbecken rauschte. Bis es an der Tür klopfte und Nicola reinwollte.

Gegen Mittag begann es plötzlich zu regnen. Nicola zog seine Jacke an und meinte, er habe etwas zu erledigen. Luca fragte, ob er mitdürfe. Nicola nickte. Luca jubelte und sagte im selben Atemzug: »Ercole kommt auch mit, stimmt's, Ercole?«

Der Lancia roch nach Tabak und Vanille. Luca stieg vorne ein, obwohl er viel zu klein dafür war, während ich mich auf den Rücksitz zwängte, wo ein normalwüchsiger Mensch den Kopf einziehen musste. Nicola machte das Autoradio an und stellte einen Rockmusiksender ein. Er drückte aufs Gaspedal, wobei er auf der Bremse blieb; dann gab er sie frei, und wir fuhren mit quietschenden Reifen los, dass der Schlamm nur so aufspritzte. Wir schlitterten über den Feldweg, das Radio lief in voller Lautstärke, und Luca tat so, als würde er das Lied kennen, grölte lauthals mit und erfand neue Wörter. Wir erreichten die Landstraße und bogen in Richtung Val Pellice ab. Dünner Nebel lag über der Landschaft, und in vielen Häusern brannte Licht, obwohl es noch Tag war.

Nicola führte den Zigarettenanzünder an seinen Glimmstängel, bis dieser brannte. Er machte das Fenster einen Spaltbreit auf und fragte Luca: »Na, was meinst du, willst du mal fahren?«

Er hörte auf zu singen.

»Na, was ist?«

»Meinst du das ernst?«

Ohne langsamer zu werden, schnallte sich Nicola ab. »Los, komm her.«

»Wohin denn?«

»Auf meinen Schoß.«

Luca befreite sich von seinem Gurt, als müsste er aus einem brennenden Auto fliehen, und kletterte über die Gangschaltung hinweg, wobei er aufpasste, nicht hängen zu bleiben. Dann setzte er sich auf Nicolas Schoß. Hätte ich genug Platz gehabt, hätte ich mich instinktiv aufgerichtet, aber das ging leider nicht. Ich hätte gern was gesagt, wusste aber nicht, was. Die Straße sah nass aus. Luca kreischte vor Aufregung und hatte seine kleinen Hände aufs Lenkrad gelegt, die die seines Vaters berührten, und Nicola machte keinerlei Anstalten, die Fahrt zu verlangsamen. Sein Kinn ruhte auf dem Kopf seines Sohnes. Verzerrte Gitarrenklänge drangen aus dem Radio, die amerikanische Nationalhymne. Der DJ rief irgendwas, und ich verstand nur das Wort *Woodstock*. Wir überholten einen Lieferwagen mit Tiefkühlprodukten, einen Kombi und eine Vespa, auf der ein Typ im Regencape saß. Dann bogen wir auf einen Viadukt ein, und die Reifen verloren ihre Haftung. Ich klammerte mich an die Halteschlaufen und meinte, es sei vielleicht besser, etwas langsamer zu fahren – »Was meint ihr?« Dabei bemühte ich mich um den Tonfall eines Menschen, der sich selbstverständlich amüsiert. In diesem Moment tauchte wie eine Gespenstergaleere ein blauer Neonschriftzug mit den Worten »Baumaterial-Vertriebsgesellschaft« aus dem Nebel auf, und Nicola verkündete, wir seien da. Er wendete im Hof und parkte neben mehreren Paletten mit Fliesen, die in durchsichtige Folie gehüllt waren. Er ließ Luca aussteigen, dessen Beine zitterten, und befahl ihm zu warten.

Ich stieg ebenfalls aus und holte tief Luft. Luca jubelte vor Aufregung. »Hast du das gesehen?«, sagte er. »Hast du das gesehen?« Dann nahm er wieder auf dem Fahrersitz Platz und tat so, als würde er ein Rennen fahren, indem er Motorengeheul nachahmte. Ein Hund lag an der Kette. Er sah uns regungslos an. »Was arbeitet er denn?«, fragte ich Luca.

Er fuhr damit fort, Geheul auszustoßen und in andere Gänge zu schalten.

»Luca.«

Er schaute auf, ohne das Fahren einzustellen.

»Was macht dein Vater?«

»Verkaufen.«

»Was denn?«

Er zuckte mit den Schultern und konzentrierte sich auf die imaginäre Straße.

Wir warteten zehn Minuten. In der Zwischenzeit lichtete sich der Nebel, und ein blauer Streifen Himmel breitete sich über der »Baumaterial-Vertriebsgesellschaft« aus. Als Nicola aus der Schiebetür trat, verstaute er einen Umschlag in der Innentasche seiner Jacke, nahm die Zigarette, die er gerade zu Ende geraucht hatte, zwischen zwei Finger und warf sie nach dem Hund: »Auf geht's!«, sagte er. »Willst du jetzt fahren?«

»Ich?«

»Siehst du noch andere Leute hier?«

Sollte ich mich etwa auf seinen Schoß setzen? »Ich glaube, das wird eng.«

»Ach ja? Ich frage dich, ob du fahren willst. Bist du schon mal Auto gefahren?«

»Nein.«

»Wirklich nicht?«

Ich nickte.

»Scheiße, das ist ja unglaublich! In deinem Alter hätte ich locker einen Laster samt Anhänger aus Finnland überführen können, wenn man mich darum gebeten hätte. Los, steig ein. Luca, du setzt dich nach hinten.«

»Aber ...«

»Stell dich nicht so an. Wie alt bist du?«

»Fünfzehn.«

»Du kannst unmöglich fünfzehn sein und noch nicht fahren können.«

Wir stiegen ein. Ich auf der Fahrer-, er auf der Beifahrerseite.

»Mach den Motor an. Weißt du, wie das geht?«

»Ich muss mit dem Fuß auf die Kupplung treten.«

»Und dann?«

»Dann muss ich den Fuß von der Kupplung nehmen und Gas geben.«

»Und der Gang?«

»Erster Gang.«

»Erster Gang. Doch wann hast du in den ersten Gang geschaltet?«

»Während ich die Kupplung trete.«

»Und wenn wir losgefahren sind, was machst du dann?«

»Dann muss ich wieder die Kupplung treten und den zweiten Gang einlegen.«

»Richtig. Jetzt tritt mit dem linken Fuß auf die Kupplung und stell den rechten auf den Boden. Bist du so weit?«

»Ja.«

»Dreh den Zündschlüssel im Schloss. Leg den ersten Gang ein. Genau so, perfekt. Hörst du das? Hörst du, wie der Motor schnurrt?«

»Ja.«

»Jetzt nimm den linken Fuß von der Kupplung … Nein, nicht so … Langsam, bis das Pedal anfängt zu vibrieren. Spür sie mit dem Fuß, die Vibration, verstanden? So, hörst du das? Jetzt musst du von der Kupplung gehen. Das ist die Vibration des Autos, die zu dir spricht. Und was sagt es dir, das Auto?«

»Was denn?«

»Es sagt dir, dass es absäuft, wenn du noch ein bisschen mehr von der Kupplung gehst. Und du willst es doch nicht absaufen lassen. oder?«

»Nein.«

»Bravo! Wenn du es nicht absaufen lassen willst, musst du schon aufs Gas steigen, sobald du die Vibration spürst. Wenn du von der Kupplung gehst, trittst du aufs Gas, und dann wird das Auto anstatt abzusaufen bereitwillig was tun?«

»Losfahren?«

»Losfahren«, bestätigte er lachend, wobei er mich freundschaftlich anrempelte. »Logisch. Dann sieh mal zu, dass du uns heil nach Hause bringst.«

»Nach Hause?«

»Sollen wir etwa hier stehen bleiben?«

»Aber ich … Ich hab noch nie …«

»Du hast den Motor angelassen. Du hast den Fuß auf der Kupplung. Jetzt nimm den Fuß weg, wie ich es dir erklärt habe, spür die Vibrationen, steig aufs Gas, und los geht's!«

Ich umklammerte das Lenkrad und schluckte etwas in der Größe eines Wildschweins hinunter. Ich tat, was er sagte. Ich beging gerade eine Riesendummheit, das wusste ich genau, war aber zu aufgeregt, um darauf zu verzichten. Ich nahm den Fuß von der Kupplung und trat aufs Gas, nur leider zu rasch, sodass der Motor absoff. Nicola bedeutete mir, mit mehr Gefühl vorzugehen. Ich versuchte es erneut, aber diesmal war ich zu langsam, und als ich hörte, wie das Vibrieren in ein Röcheln überging, war es bereits zu spät. Der Wagen ruckte, machte einen Satz nach vorn, und der Motor erstarb. Nicola brach in Gelächter aus und suchte im Handschuhfach nach Zigaretten. Auch Luca lachte. Ich schaute auf. Im Rückspiegel trafen sich unsere Blicke, und er umklammerte mit beiden Händen meine Kopfstütze.

Nicola zündete sich eine Zigarette an. »Los, versuch's noch mal.«

Ich begann wieder von vorn: Kuppeln, Motor anlassen, Gang einlegen, die Vibration unter dem Fuß spüren und Gas geben. Der Wagen machte einen Satz nach vorn, doch diesmal ging der Motor nicht aus. Ich gab Gas. »Langsam, mein Freund«, sagte Nicola, »langsam, nicht so hektisch. Du musst den Wagen zähmen, ein Auto ist ein wildes Tier, ein Wildpferd, eine Frau. Spür hin, spür hin! Siehst du, so ist es gut – weiter so!« Während Nicola redete, fuhr ich über den Hof. »Und jetzt schalte einen Gang höher, leg den zweiten ein«, befahl er. Ich gehorchte. Ich schaltete in den zweiten Gang, und alles ging gut. »Fahr auf das Tor zu«, kommandierte Nicola. »Und jetzt brems … kuppeln, verdammt, kuppeln! So. Kommt jemand?«

»Wo?«

»Auf der Landstraße, wo sonst? In deinem Kopf vielleicht?« Er verpasste mir eine Kopfnuss. »Schau nach rechts und dann nach links. Kommt da jemand?«

»Nein.«

»Dann fahr.«

Ich musste mich an der Nase kratzen. Ich hatte zu viel Sauerstoff in der Lunge und stieß so viel davon aus, dass ich ein ganzes Schlauchboot damit hätte aufblasen können. Ich schlug das Lenkrad ein, nahm den Fuß von der Kupplung und gab Gas. Wir fuhren los. *Wir fuhren los!* Ich fuhr Auto. Ich konnte es kaum fassen. Nicola befahl mir, erst in den dritten und dann in den vierten Gang zu schalten. Luca klatschte. Ein Wagen klebte an unserer Stoßstange und blendete die Scheinwerfer auf, weil ich so langsam fuhr. Nicola drehte sich um, zeigte dem Fahrer den Mittelfinger und schickte ihn zur Hölle. »Überhol halt, du Depp!«, rief er. »Überhol doch!« Und als uns der Fahrer überholte und uns ansah – ein Mann in Hemd und Krawatte sowie mit Freisprechanlage –, zeigte ihm Nicola erneut den Mittelfinger und grinste.

Ich fuhr bis zu Mamas Haus. Dabei ging mir nur zweimal der Motor aus, wobei mir Nicola drohte, mich vollzukotzen. Luca lachte die ganze Zeit. Aber ich hatte es geschafft. Ich hatte das Gefühl, dass der Nebeldunst funkelte, ein stetiges Leuchten von sich gab, so auch die Bäume und Felsen. Als wir angekommen waren, tat Nicola so, als würde er im Hof ohnmächtig werden. Luca ließ sich auf ihn fallen, und Mama kam mit einer Pfanne und einem Spüllappen heraus, um zu fragen, was, zum Teufel, mit uns los sei. In diesem Moment wurde mir klar, dass es ein Davor und ein Danach gab. Also für mich, meine ich: ein Davor und ein Danach.

»Ich glaub es nicht!«, sagte Viola, zog einen Fuß auf die Bank und den Oberschenkel an ihren Körper. Wir waren auf der Piazza Vittorio. Der Hügel jenseits des Flusses zwinkerte uns zu und lud uns ein, in gelbe Laubhaufen zu springen, Kakis und Kastanien zu sammeln.

»Dann glaub es halt nicht«, erwiderte ich.

»Er hat dich zwanzig Minuten lang auf der Landstraße fahren lassen.«

»Es ist nichts passiert. Niemand ist gestorben.«

»Der spinnt doch!«

Ich nickte.

»Und deine Mutter?«

»Was soll mit ihr sein?«

»Hat die nichts dazu gesagt?«

Ich zuckte mit den Schultern. »Keine Ahnung.«

»Na ja, ich weiß nicht …«

»Was soll das heißen, *Ich weiß nicht?*«

»Das kommt mir ziemlich kindisch vor.«

»Und was ist daran so schlimm?«

»Nichts, wenn man ein *Kleinkind* ist …«

»Darf man als Erwachsener denn gar keinen Spaß mehr haben?«

»Das sag ich doch gar nicht! Es geht nicht darum, Spaß zu haben oder nicht, sondern um das Wie! Manche haben Spaß daran, Therapien für seltene Krankheiten zu entwickeln, andere, jemandes Mutter im Fußballstadion als Nutte zu beschimpfen.«

…

…

»Meinst du nicht auch, dass eine gewisse Unbeschwertheit manchmal guttut?«

»Ich weiß nicht, was so ein gefährlicher Unsinn mit Unbeschwertheit zu tun haben soll. Unbeschwertheit – das bedeutet, sich eine Jeans zu kaufen, die man nicht wirklich braucht. Sich am Brunnen mit Wasser zu bespritzen, auf dem Balkon ein Nickerchen zu machen, obwohl man eigentlich Geschichte lernen müsste. Das Leben ist voll von solchen Dingen, die … na ja, Glück bedeuten. Aber was ist so toll daran, für einen solchen Unsinn sein Leben zu riskieren? Schlimmstenfalls sogar noch das Leben anderer.«

Ich beugte mich vor und küsste sie auf den Mund.

»Und was sollte das?«, fragte sie.

»Auch das bedeutet Glück.«

Viola neigte den Kopf, ich sah, wie sich der Himmel in

ihren Augen spiegelte. »Ja, das kommt ihm schon ziemlich nahe.«

Ich fasste ihre Haare im Nacken zusammen und küsste sie erneut, bemühte mich, alle Zärtlichkeit dieser Welt in diese Geste zu legen. Meine Rechte liebkoste ihre Hüfte und blieb auf ihrem Oberschenkel liegen, während ihre Finger meine Rückenwirbel zählten. Die Welt um uns herum verschwand. Alles andere verlor an Bedeutung: Essen, Sauerstoff, Wasser, alles. Weil ich sie hatte. Als wir uns wieder voneinander lösten, nachdem wir uns genauestens betrachtet hatten – Haut, Nase, Wimpern –, mit dem tiefen Bedürfnis, uns wirklich zu erkennen, sagte ich: »Und das hier?«

Viola blies eine Wange auf: »Na ja, das hier war eine echte Meisterleistung.«

Am Samstag darauf hatte Luca Geburtstag. Er wurde sechs. Ich versuchte Asia mit aller Macht zu überreden, mich nach Erta zu begleiten. Ich wusste, dass es eine Wahnsinnsüberraschung für ihn gewesen wäre. Aber sie konnte beziehungsweise wollte nicht. Sie meinte, Andrea und sie würden an besagtem Samstag nach der Trattoria irgendwohin fahren, raus aus der Stadt, zu irgendwelchen Freunden. Das sei schon vor langer Zeit ausgemacht worden. Wenigstens schaffte ich es, sie dazu zu überreden, ein Geschenk mit mir zu kaufen: die *Star-Wars*-Trilogie auf DVD, das Original. Es wurde Zeit, dass auch er Die Macht kennenlernte.

Als wir das Geschäft verließen, lud mich Asia auf eine Minzmilch ein, in einer Bar, die den Minzsirup selbst herstellte. Als ich mich an eines der Tischchen setzte, schob sie mir ein orangefarbenes Paket hin. Ich berührte es nicht, sondern sah sie nur an. »Was ist das?«

»Mach's schon auf!«

»Ist das ein Geschenk?«

»Ja, ein Geschenk.«

Ich trank einen Schluck, ohne das Paket aus den Augen zu lassen, wischte mir mit dem Handrücken über den Mund und packte es aus. Darin befand sich ein Handy.

»Es ist nicht neu«, erklärte Asia, »aber es ist ordentlich repariert worden und funktioniert perfekt. Eine SIM-Karte ist auch schon drin. Ich hab sie dir aufgeladen, aber es sind nicht viele Gesprächsminuten drauf, telefonier also nur im Notfall damit. Dafür hast du ungefähr tausend SMS frei, außerdem kannst du WhatsApp benutzen, du schreibst also besser, verstanden?«

Ich stand auf, umrundete schweigend das Tischchen und umarmte sie.

»Meine Nummer und die von Andrea habe ich schon eingespeichert. Die von Andrea ist die von der Trattoria.«

»Danke«, sagte ich.

Ich trank meine Minzmilch aus und schickte Viola eine SMS. Erst dachte sie, ein Klassenkamerad oder eine Freundin erlaube sich einen Scherz mit ihr, sodass sie mich ins Kreuzverhör nahm. Erst danach glaubte sie es. Ehrlich gesagt glaubte sie es erst, nachdem sie mich angerufen hatte.

Zu Hause hatte Papa beschlossen, alle Wände rot anzustreichen. Beim Entrümpeln eines Speichers hatte er drei Dosen mit roter Farbe gefunden. Da war ihm eingefallen, dass er schon immer in einer roten Wohnung leben wollte. Es sah gar nicht mal so schlecht aus, machte einen lediglich ein bisschen unruhig. Außerdem hatte er sich von irgendwem einen Flyer drucken lassen, auf dem stand: »Pietro Santià entrümpelt Keller und Dachböden«, darunter die Telefonnummer der Weinhandlung gegenüber der Mittelschule – und das funktionierte: Er bekam mehrere Aufträge die Woche, und von dem Verdienst vom Entrümpeln und Weiterverkauf der zu entrümpelnden Dinge legte er sich sogar ein grünes Samtjackett zu.

Um pünktlich zu Lucas Geburtstagsparty einzutreffen, nahm ich den Bus um achtzehn Uhr. Ich hätte gern einen früher genommen, aber Viola war allein zu Hause – von daher … Um sechs saß ich jedenfalls in der letzten Reihe und hatte das Päckchen mit den drei *Star-Wars*-DVDs im Rucksack.

In Erta traf ich Giuseppe, der gerade ein – totes – Wildschwein von der Ladefläche zerrte. »Die Jagdsaison hat begonnen«, sagte er begeistert.

Das Wildschwein sah aus, als wäre es bloß in Ohnmacht gefallen.

»Wir sehen uns nachher.«

»Wo denn?«, fragte ich.

»Auf der Party.«

»Bist du auch eingeladen?«

»Ich hab Nicola versprochen vorbeizuschauen. Es kommen auch noch andere Freunde, Leute, die ich schon seit einer Ewigkeit nicht mehr gesehen habe.«

»Nicola und du – seit wann kennt ihr euch eigentlich?«

Giuseppe verdrehte die Augen, sodass man nur noch das Weiße sah, als hätte er einen epileptischen Anfall. »Seit wir so alt sind wie Luca jetzt. Vielleicht sogar noch länger.« Dann rief jemand aus dem Haus nach ihm, und er sagte: »Richte deiner Mutter aus, sie soll nicht mit dem Tortenlikör geizen.«

Luca spielte draußen im Hof mit Pfeilen. Damit versuchte er konzentrische Kreise auf einem Holzbrett zu treffen. Als er mich entdeckte, stürzte er sich auf mich, und ich hob ihn hoch, ließ ihn einmal über meinem Kopf kreisen und drehte ihn wie bei einem Wrestlingmanöver. Er wollte wissen, ob ich ein Geschenk für ihn dabeihabe, und ich sagte: »Welches Geschenk?« Aber er glaubte mir nicht und versuchte, meinen Rucksack zu klauen. »Ist Mama im Haus?«, fragte ich.

Und tatsächlich, sie stand auf einer Leiter und schmückte den Kronleuchter mit Luftschlangen. »Hilfst du mir?«

Ich legte den Rucksack aufs Sofa. »Was soll ich tun?«

»Reich mir das Geschenkband, das grüne.«

»Hier.«

»Und jetzt die Kugeln.«

»Aber das sind doch Weihnachtskugeln. Es ist noch nicht Weihnachten.«

»Ist doch egal, sie sehen festlich aus.«

»Giuseppe lässt dir ausrichten, dass du nicht mit dem Tortenlikör geizen sollst.«

Mama lachte und wischte sich über die Augenwinkel. Wenn sie lachte, sah sie zehn Jahre jünger aus. Ich erkundigte mich nach ihrer Woche, und sie sagte: »Alles bestens.« Dann erzählte sie mir die verrückten Sachen, die die Hauptmannswitwe gemacht hatte. »Ihr Alzheimer wird immer schlimmer«, meinte sie. Ich wartete darauf, dass sie sich nach meiner Woche erkundigte, aber sie konzentrierte sich auf das Band, das sich einfach nicht zusammenknoten ließ. Da schlug ich ihr vor, das lieber mich machen zu lassen. Ich stieg auf die Leiter und war bis zum Abendessen damit beschäftigt, Weihnachtskugeln aufzuhängen.

Ich war eigentlich davon ausgegangen, dass nur wir in der Familie feiern würden. Außerdem hatte ich bei Mama und Nicola nie Besuch gesehen, von Giuseppe einmal abgesehen. Doch an diesem Abend kamen drei Autos – das von Nicola, Giuseppes Transporter und ein weißer Punto. Sie parkten im Hof. Drei Frauen und sieben Männer strömten ins Haus und sangen: »Zum Geburtstag viel Glück, zum Geburtstag viel Glück, zum Geburtstag, lieber Luca, zum Geburtstag viel Glück.« Sie hatten schon was getrunken, und zwei von ihnen waren angeheitert. Ihre Augen wirkten genauso glasig wie die von Papa, wenn er sich in diesem Zustand befand. Sie nahmen das Wohnzimmer in Beschlag und begannen zu essen, ohne dass Mama das Startsignal gegeben hatte. Als sie etwas sagen wollte, zog Nicola sie an sich, küsste sie und meinte, sie solle sie gewähren lassen. Heute Abend werde gefeiert, und da gebe es keine Regeln.

Ich begriff nicht recht, woher sie sich kannten. Die drei Frauen sahen sich ähnlich. Sie hatten alle drei schwarze

Haare, zerrissene Jeans und viel zu elegante Schuhe. Die Männer ähnelten Typen von der Tankstelle, die einem den Pick-up volltanken, wenn man von einem Jagdausflug zurückkehrt. Sie waren alle in Nicolas und Giuseppes Alter, nur zwei nicht: ein älterer Mann mit weißem Haar und tiefen Stirnfalten, der so wirkte, als wäre er nicht ganz da, und ein jüngerer Blonder mit Brille. Manche hatten ein Geschenk für Luca dabei – Lego, ein ferngesteuertes Auto –, andere versprachen, es nachzureichen. Aber in Wahrheit schien niemand seinetwegen, zu seinem Geburtstag, gekommen zu sein. Sie tranken und tranken, drehten die Musik auf und begannen zu tanzen – vorausgesetzt, dass man dieses Rumgehüpfe und ruckartige Zucken als Tanzen bezeichnen konnte. Irgendwann, so als ließe es sich nun mal leider nicht vermeiden, zündeten wir die Kerzen auf Lucas Torte an, die dieser ausblies. Nachdem sie verteilt worden war – Giuseppe beschwerte sich über den wenigen Likör, woraufhin Mama meinte, es sei gar keiner drin, man feiere schließlich Kindergeburtstag –, nun, nachdem die Torte angeschnitten und verteilt worden war, sagte Mama, sie habe Kopfschmerzen. Sie entschuldigte sich und legte sich hin. Zu diesem Zeitpunkt musste Luca nur noch mein Geschenk auspacken. Ich gab es ihm, und wir setzten uns aufs Sofa.

»Das ist von Asia und mir«, sagte ich.

»Wirklich?«

»Ja.«

»Du hättest sie mitbringen können.«

»Ich weiß. Leider war sie schon verabredet. Ich soll dich von ihr grüßen.«

»Ich würde sie gerne kennenlernen.«

»Irgendwann wirst du das auch. Eines Tages nehme ich dich mit nach Turin.«

»Wirklich?«

»Dann essen wir was bei ihr in der Trattoria und gehen anschließend ins Ägyptische Museum, um die Mumien zu bewundern.«

Luca nickte und packte das Geschenk aus. Er sah es verständnislos an und meinte: »Danke, sind das Filme?« Da erklärte ich ihm, worum es sich handelte, die Geschichte sei der totale Wahnsinn! Außerdem erzählte ich ihm von Luke und Obi-Wan, von Darth Vader und Der Macht. Er wurde neugierig und wollte wissen, ob es Die Macht wirklich gibt. Ich bejahte, es sei aber noch zu früh, dass sie sich zeige.

»Wollen wir sie uns gleich anschauen?«

»Es ist zu hektisch. Lieber morgen.«

»Und dann gucken wir uns alle drei Filme hintereinander an?«

»Klar.«

Der Raum war rauchgeschwängert, und das süßliche Parfüm der Frauen vermischte sich mit dem Gestank nach Schweiß und Zigarren. »Ich geh ein wenig frische Luft schnappen«, sagte ich zu Luca. »Man kann bestimmt toll die Sterne sehen. Kommst du mit?«

Luca meinte, draußen sei es kalt, er wolle lieber eine Tiefgarage aus Lego bauen. Ich bat ihn schon mal anzufangen, nachher würde ich ihm dabei helfen. Ich schlüpfte zwischen Marika – eine von Nicolas Freundinnen mit strassbesetzter schwarzer Jacke und lila Lippenstift, die beim Tanzen die Arme in die Luft warf – und dem Weißhaarigen hindurch, der sich gar nicht von ihrem Anblick losreißen konnte. Neben der Haustür saß Giuseppe auf einem Stuhl. Eine andere Freundin hockte auf seinem Schoß, und er hielt sie fest, indem er die Daumen in ihre Gürtelschlaufen steckte, so als wollte er sie nie wieder freigeben. Ich nahm einen Schluck Orangenlimonade direkt aus der Flasche und ging hinaus.

Der Geruch nach Moos und feuchtem Laub verlieh meinen Gedanken eine ganz neue Klarheit. Etwas vibrierte in meiner hinteren Hosentasche. Das Handy. Ich hatte mich noch nicht daran gewöhnt, eines zu besitzen. Ich zog es heraus und stellte fest, dass ich drei Nachrichten hatte: eine von Asia, die schrieb, ich solle Luca alles Gute wünschen, und zwei von Viola, die sich nach dem Fest erkundigte und wissen wollte, ob wir die Torte mit Laserschwertern anschneiden würden. Ich beantwortete beide.

Die Tür wurde aufgerissen, Musik und Gelächter durchbrachen die Stille wie eine Schlammlawine. Der Blonde machte sie hinter sich zu und marschierte in meine Richtung. Er schien mich erst gar nicht bemerkt zu haben. Als wir nebeneinanderstanden, erkundigte er sich mit einer kurzen Kinnbewegung: »Und wie läuft's?«

»Und bei dir?«

»Alles okay.«

...

»Ein schöner Abend, was?«

236

»Ja.«

»Du kannst froh sein, hier zu wohnen«, sagte er.

»Ich wohne nicht hier, ich komm nur an den Wochenenden her.«

»Und wo wohnst du?«

»In Turin.«

»Stimmt. Denn du bist der Sohn von ...« Er schnippte mit den Fingern. »Wie heißt deine Mutter noch gleich?«

»Ja, ich bin ihr Sohn.«

»Aus erster Ehe. Nicola hat mir davon erzählt. Und du wohnst in Turin.«

»Genau.«

»Aber es ist schön hier. Du solltest hier rausziehen.«

Ich sah, wie sich etwas im Dunkeln bewegte, die Katze vermutlich. »Und du?«

Der Blonde wies mit beiden Daumen auf sich: »Ach nichts, ich arbeite mit Nicola zusammen.«

»Bist du in der Baubranche?«

»In der Baubranche? Nein, wieso?«

»Ist Nicola nicht in der Baubranche?«

»Nein. Wer hat dir denn das erzählt?«

»Was macht er dann?«

»Keine Ahnung, das solltest du ihn lieber selbst fragen. Hast du ihn nie danach gefragt?«

»Nein.«

»Dann frag ihn! Es ist nichts dabei, und wer weiß, vielleicht hat er ja auch mal Verwendung für dich?«

»Wenn nichts dabei ist, warum sagst du es mir dann nicht?«

»Weil ich Durst habe.«

…

»Hast du keinen Durst?«

»Nein.«

Der Blonde sah sich um. »Es ist schön hier. Du solltest hier rausziehen.«

Eine der Frauen öffnete ein Fenster und sagte etwas, machte vielleicht einen Witz darüber, dass wir zusammen allein draußen im Dunkeln standen, aber ich achtete nicht weiter darauf, weil in diesem Moment ein Schrei den Lärm zerriss, wie eine Haifischflosse das Meer teilt. Der Schrei kam von Luca. Es war ein richtiger Tobsuchtsanfall, obwohl er sonst nie Tobsuchtsanfälle hatte.

Der Weißhaarige hatte die Idee gehabt: Luca hatte seine Lego-Tiefgarage stehen lassen, um etwas zu trinken. Am Tisch vor dem Herd schenkte er sich ein Glas Orangenlimo ein. Marika näherte sich von hinten, gefolgt von dem Weißhaarigen, beugte sich vor und gab Luca einen Kuss auf die Wange, wobei sie ihn an sich drückte wie einen auf dem Jahrmarkt gewonnenen Teddy. Luca zuckte überrascht zusammen und stieß die Limo um. Daraufhin sagte Marika: »Oh, tut mir leid, du bekommst eine neue, okay? Er bekommt eine neue, okay?«, wiederholte sie, an den Weißhaarigen gewandt.

»Was?«, fragte der.

»Eine Orangenlimo. Der Kleine hat seine Limo umgestoßen.«

»Dann hätte er eben besser aufpassen müssen.«

»Aber es war meine Schuld.«

»Ja, wenn das so ist …«, sagte der Weißhaarige, packte Luca unter den Achseln und setzte ihn auf den Tisch, »… dann zeig ich dir jetzt einmal, wie man Orangenlimo trinkt. Damit du es deinen Freundinnen vormachen kannst.« Er nahm die Limo- und die Wodkaflasche – keine Ahnung, wer den vielen Alkohol mitgebracht hatte –, legte den Kopf in den Nacken und schüttete sich beides in den Hals. Er stieß eine Art Gurgeln aus, spuckte mit weit aufgerissenen Augen um sich und steckte Marika die Zunge in den Mund, nicht ohne sie aufzufordern, daran zu lutschen. Dann wandte er sich an Luca und sagte: »Und jetzt bist du dran.«

Luca riss den Mund auf. Der Mann nahm Limo und Wodka, hielt beides über seinen Kopf und begann es auszuschütten. Luca versuchte zu trinken. Die Limo durchnässte seinen Kapuzenpulli, und bevor ihm der Wodka in den Mund floss, lief er ihm in die Nase. Einige Tropfen landeten in seinen Augen und brannten. Marika und der Mann lachten: »Scheiße, du hast danebengeschnappt. Los, noch mal!«

Luca rieb sich die Augen und zwang sich, gute Miene zum bösen Spiel zu machen, lustig zu finden, was man da mit ihm angestellt hatte, wollte aber lieber zu seiner Tiefgarage zurückkehren. Danke, er habe keinen Durst mehr. Aber der Mann hielt ihn fest. »Du hast heute Geburtstag. Mit sechs sollte man gewisse Dinge einfach können.« Mit einer Hand packte er sein Kinn und zwang ihn, den Mund zu öffnen: »Beginnen wir damit.« Luca spuckte den Wodka aus, den ihm der Weißhaarige eintrichtern wollte. Er bekam es mit der Angst und schrie: »He, ich will das nicht, lass mich los!«

Wie der Blitz raste ich ins Haus: »Was macht ihr da?« Aus dem Radio plärrte Diskomusik, die die Teller auf der Spüle zum Klirren brachte und einem dermaßen gegen den Schädel hämmerte, dass sämtliche Gedanken zerstoben. Dann ging alles ganz schnell. Der Weißhaarige sagte vollkommen ernst, es sei nicht das Geringste passiert. Marika meinte, sie würden sich bloß amüsieren und Luca hochleben lassen. »Er hat heute Geburtstag«, erklärte sie und versuchte, mir über die Wange zu streichen. Ich schlug ihre Hand weg und sagte, sie solle sich verpissen, so feiere man keinen Kindergeburtstag. Der Mann meinte drohend, ich solle mich abregen. Ich rief nach Nicola. Der Mann packte mich am Handgelenk und fragte: »Was soll der Scheiß, warum rufst du nach Nicola?« Ich versetzte ihm einen Stoß, sodass er gegen Marika taumelte. Er revanchierte sich mit einem Kopfstoß. Wir taumelten beide rückwärts. Ich fiel auf den Tisch voller Gläser, schnitt mich allerdings nicht in die Hände, weil ich mich rechtzeitig mit den Ellbogen abfangen konnte. Aber der Schmerz in den Ellbogen war heftig. Die Gläser zerbrachen oder rollten durch die Gegend. Ich spürte, wie Blut aus meiner Nase rann und auf meine Lippen tropfte. Musik. Stimmen. Alle redeten wild durcheinander. Luca rannte auf mich zu und umarmte mich. Er zitterte. Da kam auch Nicola, keine Ahnung, wo er gesteckt hatte – im Bad vielleicht, oder aber er hatte nach meiner Mutter geschaut. »Was ist denn hier los?«, wollte er wissen.

Ich wischte mir das Blut aus dem Gesicht: »Wo, zum Teufel, warst du?«

»He, wie redest du denn mit mir? Wo ist das Problem?«

»Sie haben Luca Wodka eingeflößt.«

»Aber auch Limo«, sagte Marika entschuldigend.

»Sie haben ihm wehgetan.«

»Das stimmt nicht.«

»Ihr habt ihm Angst gemacht«, schrie ich.

»Angst, ach was!«, schimpfte der Mann. »Der Junge ist völlig ausgeflippt und auf Marika losgegangen.«

»Ich bin überhaupt nicht auf sie losgegangen.«

»Ach, Quatsch, er ist nicht auf mich losgegangen«, bestätigte Marika.

»Schätzchen«, seufzte der Mann.

Da schien Marika zu begreifen, denn sie fügte hinzu: »Er hat mich bloß ein bisschen an der Hand verletzt.«

Ich zeigte Nicola Lucas Kapuzenpulli: »Fühl doch mal, er ist ganz nass.«

Nicola warf seinen Freunden einen genervten Blick zu. »Meine Güte, findet ihr das passend?« Dann wandte er sich an mich: »Zeig mal.« Er untersuchte meine Nase. »Du brauchst Eis.« Er machte das Gefrierfach auf und zog eine Tiefkühlpackung Erbsen heraus: »Da, halt die da drauf. Und wasch dir das Gesicht.«

Ich ging ins Bad und nahm Luca mit. Als ich an Mamas Zimmer vorbeikam, zog ich die Tür einen Spalt auf: Sie war nur noch eine winzige Erhebung im Dunkeln, die kaum wahrnehmbar unter der Decke atmete. Sie schlief. Vielleicht träumte sie.

Das kalte Wasser spülte das Blut aus den Nasenlöchern und von den Lippen. Luca, der kleinste Details in seiner Umgebung fixierte, als wäre er auf einmal kurzsichtig, zog seinen Kapuzenpulli aus, warf ihn in die schmutzige Wäsche und nahm sich einen trockenen grün-blauen vom Stapel über der Waschmaschine. Ich stand lange über das Waschbecken gebeugt und verfolgte, wie rostrote Tropfen aus meiner Nase kamen, auf der weißen Sanitärkeramik zerplatzten und in den Ausguss rannen. Ein kaltes Prickeln in den Fingern ließ mich diese so stark krümmen, als wollte ich das Waschbecken aus der Wand reißen. Ich war verdattert, stand völlig neben mir. Irgendwas hier lief gründlich schief. *Nein, nein, nein, so geht das nicht,* dachte ich. *So geht das einfach nicht. So geht das ganz und gar nicht.* Auf diese Weise setzte ich Prioritäten wie die, dass ich am nächsten Tag unmöglich wieder nach Hause fahren und Luca hier zurücklassen konnte. Was, wenn Nicolas Freunde, falls sie überhaupt seine Freunde waren, wiederkamen? Was, wenn er Lust hatte, sie unter der Woche zu sehen, und ein weiteres Treffen während meiner Abwesenheit organisierte? Was, wenn ich heute Abend nicht da gewesen wäre – jetzt, wo Mama mit Kopfweh im Bett lag und so? Wäre es Mama gut gegangen, wäre sie bei uns gewesen und mit Sicherheit eingeschritten. Nie hätte sie das zugelassen. Aber sie war leider nicht da. Und bei ihr wusste man nie, wann man auf sie zählen konnte und wann nicht.

»Tut's noch weh?« Luca saß auf dem Bidet.

»Nein, es geht schon. Bei dir alles okay?«

»Ja.«

»Bist du sicher?«

»Wann gehen die wieder?«

»Keine Ahnung.«

»Darf ich mich schlafen legen?«

»Willst du denn schlafen?«

Er nickte.

Ich betrachtete mich im Spiegel. Ein blauer Fleck breitete sich unter einem Auge aus. Meine Nase wirkte geschwollen und wies eine andere Farbe auf als mein übriges Gesicht. Ich war fest davon ausgegangen, dass Nicola uns ins Bad folgen oder nach uns schauen würde. Am liebsten wäre ich auf ihn losgegangen. Aber Nicola hielt sich drüben im Wohnzimmer auf und erzählte seinen Freunden gerade sonst was. Sie lachten. Daher setzte ich mich auf den Boden und lehnte mich an die Waschmaschine. Etwas drückte in der hinteren Hosentasche. Das Handy. Ich zog es hervor. Das Display wies ein Spinnennetz auf. Es war bei meinem Sturz gebrochen.

Luca kam näher und sagte: »Mist …«

»Tja.«

»Seit wann hast du das?«

»Seit drei Tagen.«

»Mist!«, wiederholte er.

»Tja.«

»Und jetzt geht es überhaupt nicht mehr?«

Ich schaltete es ein, und es begann zu leuchten, aber

durch das Spinnennetz waren die Icons unmöglich zu erkennen. »Ich fürchte, ich muss das Display austauschen.« Ich steckte das Handy zurück in die Hosentasche. Luca setzte sich zwischen meine Beine und griff nach einem alten Micky-Maus-Heft, das zwischen Wand und Wäschekorb gerutscht war. Er pustete den Staub weg. Dann gab er es mir, und ich begann ihm eine Geschichte vorzulesen: Minnie ging mit Klarabella einkaufen, dann aßen sie Torte in einem Café und unterhielten sich über eine Wohltätigkeitsauktion. Mack und Muck kamen herein, um sie etwas zu fragen, und was dann passierte, weiß ich nicht mehr. Ich weiß nur noch, dass nach ungefähr zwanzig Minuten die Frau auftauchte, die auf Giuseppes Schoß gesessen hatte, und sagte, sie müsse mal aufs Klo. Als ich aufstehen wollte, merkte ich, dass Luca eingeschlafen war.

Ich trug ihn in sein Zimmer. Die Tür zum Flur umrahmte den auf dem Sofa liegenden Weißhaarigen. Marika lag auf ihm. Ich betrat Lucas Zimmer, mit dem Ellbogen machte ich das Licht an. Auf dem Bett türmten sich Jacken. Sie mussten sie hierhergebracht haben, um das Sofa frei zu räumen. Ich fegte sie mit einer Hand zu Boden, während ich mit der anderen Luca festhielt. Aus einer der Jacken fiel etwas heraus, das klirrend auf dem Boden landete. Ein Schlüsselbund. Autoschlüssel. Ich legte Luca aufs Bett. Er rollte Richtung Wand und umarmte ein Kissen. Ich griff nach den Schlüsseln. Der Anhänger war ein Volkswagensymbol. Ich hob den Kopf und blickte eine Weile nach draußen in die Dunkelheit. Betrachtete den Mond, der einen Teil des Waldes erhellte. Die Stämme und Zweige, die der Wind zum Ächzen brachte. Auf der Scheibe befand sich ein Punkt, ein weißer Farbfleck. Ich kratzte mit dem Fingernagel daran, dann öffnete ich das Fenster. Ich sah mir dabei zu, als stünde ich neben mir, und fragte mich, was nun passieren würde. Ein kalter Luftzug ließ mein Auge tränen, und ein drängender Entschluss kribbelte in meinem Hals wie eine Ameise. Ich umklammerte die Autoschlüssel.

Jetzt wusste ich, was zu tun war. Ich musste nur noch den Mut dazu aufbringen.

7

It snowed last year, too. I made a snowman
and my brother knocked it down and I knocked
my brother down and then we had tea.

DYLAN THOMAS

Irgendjemand hat einmal gesagt, das Schicksal sei nicht mehr als das Dichte der Kindheit. Keine Ahnung, aber meiner Meinung nach ist das Schicksal noch viel mehr als das. Vieles hängt davon ab, wie man sich entscheidet. Davon, wen man trifft. Asia zum Beispiel hatte Andrea getroffen. Das Leben ist eine Billardkugel, jedes Zusammentreffen lässt sie die Richtung wechseln. Ist man willensstark und ausreichend vom Glück begünstigt, kommt man überallhin. Deshalb weckte ich Luca, bat ihn, seine Jacke anzuziehen, steckte ihm vorsichtshalber seine Wollmütze in die Tasche, um dann mit ihm unter Zuhilfenahme der Kommode aus dem Fenster zu klettern: Es wurde höchste Zeit, dass wir unsere Billardkugeln in die richtige Richtung lenkten.

Wir verschwanden zwischen den Bäumen und umrundeten das Haus. Ich spähte hinter einem Baumstamm hervor, um zu sehen, ob gerade niemand draußen rauchte, und tatsächlich stand der Blonde vor der Tür. Wir warteten, bis er wieder reinging. Luca machte sich neben mir ganz klein, die nächtliche Kälte begann ihn zu wecken, aber seine Augen glänzten nach wie vor verschlafen. Ich hielt seine Hand. In der anderen hatte ich den Schlüsselbund, mit dem ich nervös spielte. Der einzige VW stand direkt vor uns: Es war Giuseppes Lieferwagen. Nicolas Auto war ein Lancia, das andere ein Punto. Ich hatte noch nie einen Lieferwagen gefahren – genauer gesagt hatte ich vor Nicolas Lancia *überhaupt noch nie* ein Auto gefahren. Aber ich ging davon aus, dass es nicht viel anders war, auch da würde es Kupplung, Gänge und Gas geben. Während wir darauf warteten, dass der Blonde ins Haus zurückkehrte, ging ich in Gedanken noch mal alles durch, was Nicola mir beigebracht hatte, das mit der Vibration unter dem Fuß und so.

»Jetzt!«, zischte Luca. »Jetzt geht er rein.«

Kaum hatte der Blonde die Haustür hinter sich zugezogen, rannten wir los. Der Mond war Zeuge, wie wir geduckt über den Hof liefen. Ich sah die Katze unter den Punto flüchten. Als ich versuchte, die Tür des Lieferwagens zu öffnen, und zwar die Beifahrertür, merkte ich, dass mir die Hände zitterten. Ich atmete bewusst durch die Nase, um mich wieder zu beruhigen. Die Tür ging auf, und ich stieg zuerst ein, gefolgt von Luca. Als ich den Schlüssel ins Zündschloss steckte, bat ich ihn, sich anzuschnallen. Luca drehte sich um, um nach dem Gurt zu greifen, aber er klemmte. Also beugte ich mich über ihn, um ihm zu helfen. Und in diesem Moment sah ich ihn zum ersten Mal richtig, also Luca, meine ich. Ich sah ihn an, schüttelte den Kopf und sagte: »So geht das nicht.«

»Was?«

»Warte!« Ich öffnete die Tür und stieg aus.

»Wohin gehst du?«

Ich legte einen Finger auf die Lippen. »Ich bin gleich wieder da.«

»Ercole …«

Geduckt wie ein Krieger schlich ich über den Hof, spürte den bohrenden Blick meines Bruders im Rücken. Ich erreichte den Mauervorsprung, an dem der alte Footballhelm baumelte, der gelbe mit der Nummer zehn. Ich nahm ihn und presste ihn an meine Brust. Von meiner Warte aus konnte ich durchs Fenster spähen und sehen, was im Haus vor sich ging. Die Musik dröhnte nach wie vor unglaublich laut. Nicola erzählte irgendwas und gestikulierte, ein Likörglas zwischen zwei Fingern. Eine der Freundinnen nahm dem Blonden die Brille ab, der sich über die Lider fuhr, als wäre er nackt. Dann leckte sie ihm über die Schläfe. Ich wandte mich ab und machte kehrt.

»Hier, setz das auf!«

Luca machte große Augen. »Ich soll den Helm aufsetzen?«

»Ja.«

»Warum?«

»Das ist einfach besser so.«

Er setzte ihn auf, schloss den Kinnriemen und schaute mich durch die Helmöffnung an. »Ich wär so weit.«

Ich hob den Daumen, und er tat es mir nach. Dann trat ich auf die Kupplung, drehte den Schlüssel im Zündschloss und legte den Rückwärtsgang ein. Der Motor

sprang an. Ich hatte Angst, die Scheinwerfer könnten auf-
leuchten, aber das taten sie nicht. Ich ließ sie ausgeschaltet. Jetzt musste ich den Fuß von der Kupplung nehmen
und gleichzeitig Gas geben, ein paar Meter rückwärts bis
zu einer kleinen Lichtung fahren. Dort, wo der Waldbe-
sitzer normalerweise Baumstämme und Laub sammelte,
konnte ich wenden. Ich war noch nie rückwärts gefahren.
Ich dachte an Papas Haltung dabei und setzte mich genauso hin, den rechten Arm um Lucas Kopfstütze gelegt.
Nur dass das ein Lieferwagen war und ich hinten kaum
etwas erkennen konnte. Deshalb drehte ich mich wieder
um, beide Hände fest am Steuer, und verließ mich auf die
Spiegel. Langsam nahm ich den Fuß von der Kupplung
und trat aufs Gas. Die laute Musik im Haus übertönte
das Motorengeräusch, aber ließe ich den Wagen aufheu-
len, würde man das hören. Ich musste gefühlvoll vorge-
hen, ruhig und gelassen. Ich nahm den Fuß von der Kupplung und versuchte die Vibrationen zu spüren. *Da!* Wir
fuhren los. Die Reifen knirschten. Geschaff... Der Motor
ging aus. Mit einem Röcheln war er einfach erstorben. Zu
wenig Gas, zu wenig Gas. Ich machte ihn wieder an, hörte,
wie die Reifen sich in die Erde gruben. *Vorwärts, los.* Noch
einmal von vorn. Diesmal trat ich stärker aufs Gas. Ich
warf abwechselnd einen Blick in den Spiegel und auf die
Haustür. Stand das Lenkrad gerade? Fuhren wir geradeaus? Wir beschrieben eine gerade Linie, fast wäre der Motor erneut ausgegangen, aber nur fast. Ich erreichte die
Lichtung und schlug das Lenkrad so weit ein, um schon
beim ersten Manöver auf den Weg einbiegen zu können.

Luca starrte vor sich hin wie ein Quarterback, den Blick ins Unendliche gerichtet.

Wir fuhren los.

Ich hätte die Straße blind zurücklegen können, so gut kannte ich sie, aber nach drei-, vierhundert Metern schaltete ich die Scheinwerfer ein. Daraufhin leuchteten das Unterholz, die Baumwurzeln und der untere, knorrige Teil der Stämme in der Dunkelheit wie Außerirdische. Gleichzeitig fuhren wir. Ich konnte es kaum fassen. Ständig schaute ich in den Rückspiegel, ob man uns folgte. Doch dem war nicht so. Es gab nichts als den von uns aufgewirbelten Staub, der im Schein der Rücklichter wieder langsam zu Boden sank. Wir verließen den Feldweg und nahmen die Landstraße. Beim Kreisverkehr bog ich in die zweite Ausfahrt und folgte der Beschilderung nach Turin.

»Du fährst super«, sagte Luca.

Ich beobachtete ihn aus den Augenwinkeln. Er hatte sich entspannt und den Kopf an die Scheibe gelehnt. Die Augen hinter der Helmöffnung huschten hin und her, während sie sich auf die Lichter der Wohnungen und Fabrikhöfe richteten. »Hast du etwa was anderes erwartet?«, fragte ich.

»Ja.«

»Wie, *Ja?*« Ich spielte den Beleidigten.

Er lachte, und ich lachte auch. Am liebsten hätte ich mich auf ihn gestürzt und so getan, als wollte ich mich mit ihm prügeln, aber dann wären wir gestorben, also ließ ich es bleiben. Ich machte das Radio an, und es lief »Cleanin'

Out My Closet« von Eminem. Er sang von seiner Mutter, Schuldgefühlen und Leichen im Keller. Es herrschte nicht viel Verkehr, ich fuhr langsam und hielt mich rechts, sodass man uns problemlos überholen konnte, die Hände auf zehn nach zehn, so wie ich es von Nicola gelernt hatte. Ich erinnere mich noch an die sich auf dem Asphalt spiegelnden Neonlichter, an das brennende Ölfass, an dem sich eine Prostituierte die Hände wärmte, sowie an die funkelnden Lichter Turins in der Ferne: der absurdeste Abend meines Lebens.

»Fahren wir zu Asia?«

»Ja.«

»Wie wohnt sie so?«

»Sie hat nicht viel Platz. Die Wohnung ist kleiner als eure. Aber sie wird dir gefallen. Man fühlt sich dort auf Anhieb wohl.«

»Und deine?«

»Meine ist etwas größer als Asias. Aber nicht so schön.«

»Warum gehen wir nicht zu dir?«

»Willst du denn Asia nicht kennenlernen?«

»Doch.«

»Dann gehen wir zu ihr.«

»Und dein Papa?«

»Wie?«

»Ist er bei dir?«

»Ich denke schon.«

»Ich will auch deine Wohnung sehen.«

»Wir werden auch zu mir gehen.«

»Und zu den Mumien.« Dann sagte er: »Schau nur!«, und zeigte auf den Mond, der über den Hügeln schwebte.

Hätte ich noch ein Handy gehabt, hätte ich Viola um Rat gefragt. Bei Asia war es besser, sie direkt daheim zu überfallen. Sobald sie Luca erblicken würde, würde sie weich werden. Ich tat das Richtige. Es brachte nichts, ihn zu Papa zu bringen, zumindest nicht gleich. Und dann? Was würde ich dann tun? Luca konnte unmöglich bei diesen Leuten bleiben. Vielleicht konnte ich Mama überreden, Nicola zu verlassen und wieder zu uns zu ziehen. Ja, genau! Erst würde ich Asia bitten, uns aufzunehmen, und dann versuchen, Mama und Papa zur Vernunft zu bringen, indem ich ihnen erklärte, dass Lucas' Wohlbefinden auf dem Spiel stand. Papa war Papa – aber in Situationen wie auf diesem Fest hatte er uns nie gebracht. Er hatte uns noch nie in Gefahr gebracht. Aber Nicola hatte weder Luca noch mich verteidigt, uns nicht beschützt. Ich wusste nicht, was ich tun würde, aber eines wusste ich genau: Wenn die Erwachsenen nicht in der Lage waren, Luca zu beschützen, würde ich das eben übernehmen. Dann würde er halt bei mir bleiben, bis ich einen sicheren Ort gefunden hätte. Für ihn. Für uns alle.

In der Stadt war es schwieriger, Auto zu fahren, wegen der ganzen Ampeln, Vorfahrtsregeln und dem ewigen Anhalten und wieder Anfahren. Aber der Lieferwagen soff mir nur einmal ab. Die Kurven nahm ich ruckartig. In Mirafiori verfranste ich mich, fand jedoch irgendwann den Weg, und eine Viertelstunde später fuhren wir auf der Suche nach einem Parkplatz bei Asia vorbei. Ich fand einen, in den ich leicht geradeaus reinfahren konnte, und als ich endlich den Schlüssel im Zündschloss drehte und der Motor ausging, hatte ich das Gefühl, in Sicherheit zu sein. Ich war völlig erschöpft. Schweigend starrte ich auf das Werbeplakat für ein Unkrautvernichtungsmittel.

Da fragte Luca: »Darf ich den Helm jetzt abnehmen?«

»Ja«, antwortete ich, das Unkrautvernichtungsmittel im Blick. »Du kannst ihn jetzt abnehmen.«

Ich klingelte bei Andrea und Asia – sie hatten ein neues Klingelschild, auf dem beide Nachnamen standen. Währenddessen ging ich im Stillen noch mal durch, was passiert war, um mich rechtfertigen zu können, auch wenn meine geschwollene Nase eigentlich für sich sprechen müsste. Mit meinem guten Auge zwinkerte ich Luca aufmunternd zu. Ich klingelte noch einmal, aber niemand machte auf. Wir warteten. Ich klingelte erneut. Es klingelte ins Leere. Nichts. Ich wusste nicht, wie spät es war – vielleicht Mitternacht oder kurz danach. Da fiel mir wieder ein, dass Andrea und Asia an diesem Abend Freunde außerhalb von Turin besuchten. Vielleicht war es noch zu früh. Ich sagte zu Luca, wir müssten noch warten, und fragte ihn, ob er sich wieder in den Lieferwagen setzen wolle. Aber er meinte, er setze sich gern neben mich auf die Stufe, so kalt sei es auch wieder nicht. Zumindest nicht so kalt wie in Erta.

Aber nach zwanzig Minuten in der Kälte bekamen wir sie doch zu spüren. Ich überlegte, ob ich sie falsch verstanden hatte: Vielleicht waren Asia und Andrea bei den Freunden nicht nur zum Abendessen eingeladen, sondern übernachteten auch dort. Als ich das Gefühl hatte, dass mir die Füße abfroren, sagte ich: »Gehen wir zu mir.« Luca nickte und stand auf. Er steckte die Hand in meine Tasche, und ich umschloss sie mit der meinen.

»Gehen wir zu Fuß?«

»Ja«, erwiderte ich. »In zehn Minuten sind wir da.«

Die Straßen lagen verlassen da, und der Mond blitzte zwischen den Häusern hervor, um gleich darauf wieder dahinter zu verschwinden. In wenigen Stunden würde der Markt aufgebaut. Vielleicht war Papa schon unterwegs, vielleicht würde er mithelfen, die Stände aufzubauen, auch wenn er in letzter Zeit wegen seiner Keller- und Speicherentrümpelungen nur noch selten auf dem Markt arbeitete. Eigentlich nur, wenn ihn ein Freund darum bat oder wenn ihm die Keller und Speicher ausgingen. Wir waren noch einen Häuserblock von zu Hause entfernt, als ein Lancia zwischen zwei Häuserblocks angeschossen kam. Ich schob Luca hinter eine Mülltonne und befahl ihm, dort zu warten. Ich spähte um die Ecke, als Mama, Nicola und Giuseppe den Lancia gerade schief im Hof einparkten. Mama war gefahren, so viel stand fest. Ich machte kehrt und nahm Luca bei der Hand: »Wir müssen hier weg.«

»Wohin?«

»Ich denk mir was aus.«

»Was ist denn los?«

Ich beugte mich vor, legte die Hände auf Lucas Schultern und sah ihm in die Augen. »Vertraust du mir?«

Er nickte.

»Denn eines hab ich in all den Jahren gelernt ...«

Luca musterte mich aufmerksam und wartete darauf, dass ich meinen Satz beendete. Seine Augen waren ganz klein und verschlafen. »Was denn?«

»Nämlich dass die Erwachsenen manchmal verwirrt sind. Wir bilden uns ein, dass sie immer wissen, was das Beste ist, aber das stimmt nicht. Manchmal muss man ihnen einen gehörigen Stoß versetzen, so wie Mamas Waschmaschine in Erta. Wenn man der einen Stoß gibt, läuft sie weiter, verstanden?«

»Ja.«

»Du musst mir jetzt vertrauen. Lass uns unseren Erwachsenen einen gehörigen Stoß versetzen, denn dann sind wir in Sicherheit.«

»Okay.«

»Einverstanden?«

»Ja.«

»Vertraust du mir?«

»Ja.«

»Also los!« Ich nahm seine Hand, und wir kehrten zum Lieferwagen zurück.

»Ich bin müde.«

»Ich weiß. Jetzt setzt du dir den Helm auf und gehst zum Schlafen auf die Rückbank.«

»Müssen wir weiterfahren?«

»Wir sollten den Lieferwagen lieber umparken.«

»Warum?«

»Weil sie uns suchen, hier nach uns suchen werden. Weißt du, was wir jetzt machen?«

»Was denn?«

»Wir fahren auf den Kapuzinerberg. Dort oben ist es schön. Von da aus können wir zusehen, wie die Stadt erwacht. Und morgen müssen wir wirklich zugucken, wie die Stadt erwacht, daran führt kein Weg vorbei. Und weißt du auch, warum?«

»Nein.«

»Hast du noch nie gesehen, wie die Sonne über der Stadt aufgeht?«

»Nein.«

»Morgen wird es einen ganz besonderen Sonnenaufgang geben. Den müssen wir sehen!«

Mal ganz abgesehen davon, dass der Kapuzinerberg nicht weit von Violas Wohnung entfernt war, und sonntags verließen ihre Eltern immer früh das Haus, um joggen zu gehen. Ich nahm mir vor zu warten, bis sie weg waren, um dann bei ihr zu klingeln und sie um ein ausgiebiges Frühstück und ihren Rat zu bitten. Denn in solchen Dingen sah sie stets klarer als ich. Ich ließ Luca auf der Rückbank Platz nehmen, damit er sich dort ausstrecken konnte. In diesem Moment sagte er: »Da liegt was.«

»Wirf es auf den Boden.«

»Es sind Gewehre.«

Ich fuhr herum. Es stimmte. Auf der Rückbank, inmitten von Decken, einer Jacke und einer Reisetasche, die sie vermutlich hätte enthalten sollen, lagen zwei Jagdgewehre. Diejenigen, die Giuseppe für die Wildschweinjagd benutzte. »Halt still«, befahl ich. »Bloß nichts anfassen!«

»Ich hab nichts angefasst.«

»Komm her.«

Luca blies die Backen auf und kam wieder nach vorn, wobei er sich zwischen den Vordersitzen hindurchquetschte. »Hier kann ich mich aber nicht ausstrecken.«

Ich machte mich am Griff des Beifahrersitzes zu schaffen und stellte seine Lehne so weit wie möglich zurück. »So, und jetzt setz den Helm auf.«

»Mit dem Helm kann ich nicht schlafen. Wenn du keinen Unfall baust, brauch ich ihn nicht.«

»Okay«, sagte ich. »Alles klar. Dann bau ich eben keinen Unfall.«

Statt des Helms zog Luca die Wollmütze an, die ich ihm in die Tasche gesteckt hatte, und legte sich hin, wobei er sich in die Jacke kuschelte. Ich schnallte ihn an. Kaum hatte ich den Rückwärtsgang eingelegt, war er auch schon eingeschlafen.

Nachts durch die Stadt zu fahren, ist nicht weiter schwer. Aber es ist schwer, unbemerkt zu bleiben, wenn man einen Lieferwagen fährt und jemand die Polizei über Automarke, Autofarbe und Kennzeichen verständigt und behauptet hat, ein Halbwüchsiger habe in offensichtlich geistiger Verwirrung seinen sechsjährigen Bruder entführt. Dann wird es deutlich komplizierter. Ich hatte nicht damit gerechnet, dass sie die Polizei verständigen würden. Es handelte sich schließlich um eine Familienangelegenheit. Um einen an meine Eltern und Lucas Vater gerichteten Hilfeschrei und nicht um eine Frage der öffentlichen Sicherheit. Fest stand, dass ich an einer Ampel wartete und wie aus dem Nichts Blaulicht im Rückspiegel sah. Mir verschlug es den Atem. Die Polizisten machten ihre Sirenen an. Ein deutliches Warnsignal, so als wollten sie sagen: »Wir wissen, dass du uns bemerkt hast, aber falls du uns nicht bemerkt haben solltest, sagen wir dir hiermit, dass wir da sind und dass du lieber anhalten solltest.« Die Tür des Streifenwagens ging auf, und der Polizist stellte einen Stiefel auf den Boden. Er war dabei auszusteigen. Ich glaubte, gegen eine Verkehrsregel verstoßen zu haben. An Nicola dachte ich überhaupt nicht. Vielleicht war ich, ohne zu blinken, abgebogen oder hatte unwissentlich irgendeine andere Regel missachtet. *Idiot, Idiot, Idiot.* Aber wie dem auch sei – wenn man mich am Steuer erwischte, war alles vorbei. Meine jahrelangen Bemühungen, nicht im Heim zu landen und die Probleme meines Vaters zu vertuschen – alles umsonst, nur wegen so einer Kleinigkeit. Und Luca? Würde man mir glauben, wenn ich erklärte, was vorgefallen war? Dass ich es nur seinetwegen getan hatte? Würde man mir glauben oder eher den Erwachsenen? Würde der blaue Fleck unter dem Auge genügen? Und wenn man mir glaubte – wo würde Luca dann hinkommen? Wem würde man ihn anvertrauen? Nein, ich durfte meinen Bruder auf keinen Fall in fremde Hände geben.

Ich hörte, wie mir Obi-Wans Stimme leise zuraunte: *Nutze die Macht, Luke. Nutze deinen Instinkt.*

Ich hörte, wie die Mauerrisse aufbrachen, wie die Monster aus den Wänden krochen.

Ich legte den ersten Gang ein. Gab Vollgas. Und trat die Flucht an.

Ich überquerte die Brücke und bog rechts ab. In der ersten Kurve prallte Luca gegen das Armaturenbrett, und ich schrie: »Der Helm, Luca, Scheiße, setz sofort den Helm auf!« Er bekam ihn nur mühsam zu fassen, weil das Ding im Fußraum wiederholt gegen den Sitz schlug. Doch dann gelang es ihm, er setzte ihn auf und hielt ihn fest, während ich bereits eine Allee entlangraste, die Polizei im Schlepptau. Ich überholte ein Moped und ein Auto. Das Auto hupte wütend, während der Mopedfahrer vor lauter Schreck ins Schleudern geriet. Die Polizei musste eine Vollbremsung hinlegen, um ihn nicht zu überfahren. Aber letztlich stürzte er doch, er stürzte tatsächlich, und ich konnte im Rückspiegel beobachten, wie das Moped über den Asphalt schlitterte und der Fahrer über die Straße rollte. Da raste ich los, überfuhr eine Ampel, eine rote Ampel, aber egal, bog rechts ab, links und dann wieder rechts – wusste irgendwann nicht mehr, wo ich überhaupt hinfuhr. Das Blaulicht verschwand aus meinem Rückspiegel, und ich machte die Scheinwerfer aus, als zwischen zwei Häusern der Eingang zu einem Innenhof auftauchte. Mehr oder weniger ohne abzubremsen, fuhr ich mit quietschenden Reifen hinein. Ich streifte die Mauer – Bäume, Räder, parkende Autos – und sah plötzlich einen Wohnwagen vor mir. In diesem Moment legte ich eine Vollbremsung hin, und Luca und ich wurden nach vorn geschleudert. Eine gefühlte Ewigkeit hielt uns der Gurt, bohrte sich in unsere Jacken und drückte unsere Lunge zusammen. Wir fielen zurück in die Sitze. Gleichzeitig. Der Lieferwagen bockte. Der Motor ging aus. Und wir blieben wie erstarrt sitzen.

Keine Ahnung, wie viel Zeit verging, bis es einer von uns schaffte, den Mund aufzumachen. Das Neonlicht in einer Ecke des Hofs surrte.

»Alles gut?«, fragte ich.

»J-ja«, stotterte Luca. Dann drehte er sich zu mir um und lächelte mich an, die Augen weit geöffnet, um noch das kleinste bisschen Licht einzufangen: »Das war ... du warst ...«

»Ja«, sagte ich und versuchte, nicht ohnmächtig zu werden, »das finde ich auch.

»... einfach der Wahnsinn«, sagte er.

Ich schluckte. Um uns herum herrschte nichts als Stille. Im Haus gegenüber ging hinter einem Fenster im vierten Stock das Licht an. Ich hörte, wie eine Sirene die Luft zerriss, und wartete darauf, dass Blaulicht den Innenhof einfärbte. Ich war mir sicher, dass die Polizei jeden Moment auftauchen würde, und dann hätte ich nicht die Kraft besessen, mich zu bewegen. Aber es geschah gar nichts. Ich konnte weiteratmen, bekam langsam wieder Luft. Ich war nass geschwitzt – und meine Hände fühlten sich eiskalt an. Luca hatte wahrscheinlich nicht gesehen, wie der Mopedfahrer gestürzt war, denn sonst hätte er mir Fragen gestellt. Was hatte ich nur getan? Ich hielt mir die Augen zu und hoffte, dass dem Fahrer nichts passiert war. Was, wenn ihm doch was passiert war?

»Und jetzt?«, fragte Luca.

Ich senkte den Kopf und sagte: »Jetzt bleiben wir in Ruhe hier sitzen, was meinst du?«

Er nickte mit dem Helm.

»Wir schlafen ein paar Stunden und fahren dann weiter.«

»Wohin denn?«

»Keine Ahnung. Vielleicht … vielleicht sollten wir die Stadt lieber verlassen und zwischen Fabriken und Feldern herumfahren. Wir müssen Asia anrufen. Das ist das Erste, was wir tun müssen, sobald wir eine Möglichkeit zum Telefonieren gefunden haben.«

»Ja.«

Ich dachte nach: Genau, Asia würde zu uns stoßen, und der Anwalt-Freund von Andrea, der das Problem mit Papa gelöst hatte, würde sich auch um uns kümmern. Wir würden erfahren, dass dem Mopedfahrer nichts geschehen war, und Asia würde die Pflegschaft für Luca übernehmen – alles würde gut werden.

»Ich muss mal Pipi.«

»Geh hinter den Wohnwagen.«

»Und wenn jemand drin ist?«

»Das glaub ich kaum.«

Luca öffnete die Tür und stieg aus. Er taumelte erst ein wenig, weil seine Knie so weich waren, ging dann am Wohnwagen vorbei, und von meiner Warte aus konnte man nur noch den Helm sehen.

Er stieg wieder in den Lieferwagen, drehte sich auf die Seite und schloss die Augen. Er bat nicht einmal darum, den Helm abnehmen zu dürfen. Und das fand ich gut so.

Ich musste eingedöst sein. Bestimmt hatte ich geträumt. Was, weiß ich nicht mehr. Als ich die Augen wieder aufschlug, war die Welt noch genauso dunkel, wie ich sie zurückgelassen hatte. Ich gähnte. Die Nase tat mir weh. Luca schnarchte leise. Ich sah mich um und hielt es für besser weiterzufahren. Denn obwohl Sonntag war, würde bei Tagesanbruch bestimmt jemand in den Hof kommen, um sein Auto oder sein Rad zu holen. Ein unbekannter Lieferwagen, der die Ausfahrt versperrte, mit einem schlafenden Kind und einem Fünfzehnjährigen, dessen Nase geschwollen war und der ein blaues Auge hatte, konnte da nur Verdacht erregen. Aus demselben Grund galt: Je weniger Autos wir auf unserer Fahrt begegneten, desto besser. Deshalb reckte ich mich, ließ die Wirbelsäule knacken, machte den Motor an, der mich begrüßte wie einen alten Freund, und verließ den Innenhof.

Ich kam auf einem Platz heraus, ganz vorsichtig – so wie damals, als ich noch klein war und mich beim Versteckspiel hinter einer Mauer hervorwagte. Ein paar Autos fuhren vorbei. Ein Mann führte seinen Hund Gassi. Obwohl ich Herzklopfen hatte und überall Polizei vermutete, nahm ich eine Abzweigung, um aus der Stadt hinauszufahren. Kurz darauf wurden die Häuser weniger, die Gewerbegebiete mehr und die Abstände zwischen den Gebäuden größer. Ich fuhr ziellos weiter, bis ich von der Landstraße aus eines dieser Werbe-Ballonmännchen sah, die mit fuchtelnden Armen zu tanzen scheinen. Und dahinter, inmitten mehrerer Gebäude, einen Mann, der das Rollgitter einer Bar hochließ. Ich hielt an und stieg aus. Ein Schild verwies auf das zehn Minuten entfernte Einkaufszentrum *Le Ancore,* wo ich einmal vor Jahren mit Asia und einer ihrer Klassenkameradinnen gewesen war.

Der Barbesitzer – weißes zerzaustes Haar und eine Zigarette im Mundwinkel – erschien, um eine Tafel rauszustellen, auf der stand: »Cappuccino und vegane Croissants.«

»Entschuldigen Sie bitte.«

Er fuhr abrupt herum, und ich merkte, wie sein Blick an meinem blauen Fleck hängen blieb.

»Darf ich Sie um einen Gefallen bitten?«

Der Mann schaute sich um, als wollte ich ihn ablenken. Ich blieb, wo ich war, die Hände in den Hosentaschen, damit er begriff, dass ich keine bösen Absichten hegte.

»Und der wäre?«, fragte er.

»Ich müsste mal telefonieren.«

»Was ist dir denn passiert?«

»Ich bin beklaut worden. Gestern Abend. Von jungen Männern nach einer Party.« Ich wackelte mit den Schultern, um Musik anzudeuten, doch er sah mich weiterhin ernst an. »Wie dem auch sei«, sagte ich, »ich war auf einer Party, und dann, na ja … Darf ich meine Schwester anrufen, damit sie mich abholt? Schauen Sie« – ich holte mein Handy heraus –, »sehen Sie das? Das haben sie mir kaputt gemacht, als sie mich verprügelt haben, diese Idioten! Genauso gut hätten sie es mir klauen können.«

»Wie alt bist du denn?«

»Siebzehn.«

»Quatsch!«

»Sechzehn.«

Er brummelte irgendwas.

»Fünfzehn.«

Er dachte nach. »Ja«, sagte er, »das schon eher.«

»Und? Darf ich telefonieren?«

»Zu meiner Zeit hat man sich nicht mit fünfzehn die Nacht um die Ohren geschlagen, um sich verprügeln zu lassen.«

»Das dürfte auch heutzutage eher ungewöhnlich sein.«

Er nickte. »Komm rein.«

Ich hatte selten so eine traurige Bar gesehen. Die Wände zierte eine Marmortapete, überall Poster von exotischen Stränden und Bands aus den Achtzigern, dazu fliegende Fische aus Buntpapier. Eine lange Schnur, von der Perlmuttketten baumelten, verlief quer durch den Raum. Der Mann holte ein schnurloses Telefon hinter der Kasse hervor und wollte es mir gerade geben, als er es sich anders überlegte: »Warte, ich mach das.« Ich diktierte ihm Asias Nummer, die neben Violas die einzige war, die ich auswendig kannte. Er wählte sie und reichte mir das Telefon. Die Uhr in Form des Empire State Building zeigte fünf vor sieben.

»Hallo?«

»Ich bin's.«

»Wo. Steckst. Du. Verdammt noch mal?«

»Hör zu, jetzt reg dich bitte nicht auf, aber da sind ein paar Dinge passiert …«

»Papa hat mich angerufen. Heute Nacht. Und meinte, du hast ein Riesenchaos angerichtet. Du sollst ein Auto geklaut haben und …«

»Hör mal … ich hab eine Erklärung dafür. Hör mir jetzt bitte mal zu. Kannst du dich noch an *Le Ancore* erinnern?«

»Du meinst das Einkaufszentrum?«

»Treffen wir uns dort auf dem Parkplatz.«

…

…

»Ist Luca bei dir?«

»Natürlich.«

»Geht es euch gut?«

»Ja. Mehr oder weniger, aber das erzähl ich dir gleich.«

»Ercole …«

»Ich warte auf dich, beeil dich.«

»Ercole…«

Ich legte auf und gab das schnurlose Telefon dem Barbesitzer zurück. Der fragte: »Aber wie willst du zu *Le Ancore* kommen?«

»Draußen steht mein Lieferwagen.«

»Ein Lieferwagen?«

»Der, mit dem ich gekommen bin. Haben Sie mich nicht
gesehen?«

»Ich hab nicht drauf geachtet.«

»Ein Freund von mir fährt«, erklärte ich. »Einer mit Führerschein, natürlich. Der fährt mich zu *Le Ancore*.«

»Und dein Freund wurde auch ausgeraubt?«

»Warum?«

»Hat er nicht zufällig ein Handy, mit dem er dich telefonieren lassen kann?«

»Doch, aber der Akku ist leer. Es ist ausgegangen. Er ist
weder verprügelt noch bestohlen worden. Deshalb möchte ich ihn auch nicht zu sehr in die Sache mit reinziehen,
wenn Sie verstehen, was ich meine. Ich lass mich lieber von

meiner Schwester abholen und kläre das mit ihr. Die Anzeige bei der Polizei und so.«

»Deine Eltern werden stinksauer sein.«

»Allerdings, Sie ahnen nicht, wie sehr!«

…

»Na gut, ich geh dann mal. Danke, wirklich vielen Dank.« Ich hob die Hand, ging rückwärts zur Tür. Aus den Augenwinkeln beobachtete ich, dass der Barbesitzer mir folgte und mich vom Fenster aus im Blick behielt. Ich stieg auf Lucas Seite in den Lieferwagen. Der schlief, und als ich über ihn hinwegstieg, fragte er: »Was ist los?«

»Nichts, alles in Ordnung, schlaf weiter.«

Ich konnte nur hoffen, dass die schmutzigen Fenster den Mann daran hinderten zu sehen, dass es keinerlei Freund mit Führerschein gab. Ich ließ den Motor an und fuhr los. Im Wegfahren sah ich ihn im Rückspiegel in der Tür stehen, halb versteckt von dem riesigen roten, tanzenden Männchen, das damit fortfuhr, sich zu blähen und wieder in sich zusammenzufallen – wild fuchtelnd, als würde es die vorbeikommenden Flugzeuge anflehen, ihm zu Hilfe zu eilen.

Der Parkplatz des Einkaufszentrums lag verlassen da. Zwischen den Stoppelfeldern auf der anderen Straßenseite verfolgten sich zwei Raben. Hinter mehreren verlassenen Fabrikhallen lag ein Wald, über dem die Sonne wegen des Dunstes aufging wie ein blauer Fleck. Der stille Sonnenaufgang weckte in mir den Wunsch, einen Hund zu haben, den ich auf die Raben hetzen konnte. Ich merkte, dass ich Durst hatte, und suchte im Lieferwagen nach etwas zu trinken, fand aber keine einzige Flasche, nicht einmal eine uralte unter dem Sitz. Vielleicht gab es ja irgendwo an der Mauer des Einkaufszentrums einen Trinkbrunnen oder einen Wasserhahn zum Rasensprengen oder Putzen. Ich überlegte, ob es heute wohl öffnen würde, auch wenn Sonntag war. Viele Einkaufszentren haben sonntags geöffnet. Vielleicht würde schon bald jemand kommen. Ich verließ den Lieferwagen, um mir die Beine zu vertreten, und ging ein Stück weiter weg, um zu pinkeln und nach dem berühmten Wasserhahn zu suchen. Das Einkaufszentrum erinnerte an ein verlassenes Schloss. Ich schritt eine ganze Seite ab, bis ich einen Parkplatz erreichte, der genauso aussah wie unserer, sowie eine weitere Auffahrt auf die Landstraße mit einem Verkehrskreisel in der Mitte. Dort stand ein bestimmt zehn Meter hoher Anker, an dem ein dickes Seil baumelte.

Und von genau dort kamen sie auf einmal angeschossen, hinter einer Baumreihe hervor. Von einer der Straßen, die auf den Verkehrskreisel zuführten. Ohne Blaulicht. Stumm. So als würden sie den Asphalt kaum berühren. Zwei Streifenwagen.

Die Raben stoben auf und überflogen ein Silo. Ich begann zu rennen. Inmitten des riesigen leeren Parkplatzes wirkte der Lieferwagen wie ein Spielzeugauto. Ich riss die Beifahrertür auf und rief: »Wach auf, steh auf, wir müssen uns verstecken.« Aus den Augenwinkeln sah ich die auf der Rückbank vergessenen Gewehre. Ich nahm mir eines und half Luca beim Aussteigen. »Ich bin müde«, sagte er. Dabei schob er die Hand unter den Footballhelm und kratzte sich an der Wange. Er klang kein bisschen weinerlich – so als wäre es eine bloße Feststellung. Kurz überlegte ich, ihm auch ein Gewehr zu geben, aber dann dachte ich, lieber nicht.

»Komm mit!«

Luca gehorchte.

Die Streifenwagen erreichten unseren Teil des Parkplatzes, entdeckten uns und schalteten die Sirenen ein. Wir rannten zu einer der Lagerhallen. Es gab eine Außentreppe. Ich nahm Lucas Hand, damit er nicht ausrutschte, doch mit der anderen musste ich Geländer und Gewehr festhalten. Ich hörte, wie sie vor dem Tor eine Vollbremsung hinlegten, aber nicht, wie die Polizisten ausstiegen, den Lieferwagen durchsuchten und die Lautsprecher des Streifenwagens einschalteten – das nicht. Aber ich hörte, wie mein Name gerufen wurde.

»Ercole«, sagten sie. »Ercole, komm da raus und mach keinen Unsinn.« Dem Polizisten war anzuhören, dass er lieber gesagt hätte: »Ercole, Ercole, komm da raus und mach keinen Scheiß«, aber das durfte oder konnte er nicht. Deshalb wiederholte er: »Mensch, Ercole, wir wissen, dass du da drin bist. Leg das Gewehr weg und komm raus.«

Luca und ich hatten uns inzwischen hinter einem Lüftungsrohr versteckt. Es stank nach Rost und Teer.

»Werden sie auf uns schießen?«, fragte Luca.

»Ich glaube nicht.«

»Wirst du auf sie schießen?«

Ich warf einen Blick auf das Gewehr. Ich würde nie den Mut haben, auf jemanden zu schießen, aber das wussten sie nicht. Damit wollte ich sie nur zwingen, auf Asias Ankunft zu warten.

»Ercole«, brüllte der Polizist, »verdammt noch mal, hast du mich verstanden, du kleiner Scheißer?«

»Nein, ich habe Sie gehört.«

»Gut. Jetzt wirst du und ... Luca, ihr beide werdet jetzt die Waffe weglegen und von da runterkommen, damit wir die Angelegenheit klären können, einverstanden?«

»Klären? Wie denn?«

»Auf die bestmögliche Art.«

»Und die wäre?«

Der Polizist antwortete nicht gleich, vermutlich beriet er sich noch mit jemandem: »Eure Eltern werden gleich da sein, Ercole, in Kürze sind sie hier.«

»Welche?«

Wieder entstand eine Beratungspause. »Alle auf einmal.«

Alle auf einmal?, dachte ich

»Dein Vater ... Pietro Santià und deine Mutter ... Nein, *eure* Mutter – Giulia, stimmt's? Giulia Desio. Und dann ... Nicola« – ich stellte mir vor, wie er das alles von einem Zettel oder aus einem Notizbuch ablas –, »ja, Nicola Voiello, Lucas Vater. Sie kommen gleich. Sie werden alle zusammen in Kürze hier eintreffen. Deshalb könntet ihr doch ...«

»Asia kommt ebenfalls!«, rief ich. »Wir warten auf sie. Wir wollen mit ihr reden.«

Luca beugte sich vor, aber von unserer Warte aus konnte man die Wagen nicht sehen. Unter dem Helm bohrte er sich in der Nase. Ein Rabe setzte sich auf einen Gebäudevorsprung und starrte uns an, als fragte er sich, was wir, zum Teufel, da oben machten, wo er noch nie jemanden gesehen hatte. Ein paar Minuten vergingen. Ich hatte Angst, sie könnten etwas aushecken, eine Falle oder so. Angst, sie könnten die Lagerhalle erstürmen. Vielleicht wollten sie gar nicht mit uns reden und die Angelegenheit bestmöglich klären. Vielleicht war der Mopedfahrer gestorben, und ich würde den Rest meines Lebens im Gefängnis verbringen. Dann ertönte erneut die vom Lautsprecher verstärkte, metallische Stimme des Polizisten, der sagte: »Du hast recht, deine Schwester kommt auch gleich.«

Luca suchte nach meiner Hand und verschränkte seine Finger mit meinen. »Ich hab Durst«, sagte er. »Und Hunger.«

»Spielen wir *Tic Tac Toe*?«

»Wo?«

»Hier im Staub.«

»Du fängst an!«

Ich malte mit dem Zeigefinger ein Raster und in dessen Mitte ein Kreuz. Luca machte einen Kreis. Ich ein Kreuz. Er einen Kreis. Ich ein Kreuz. Er einen Kreis. Wir hörten auf, weil von nun an keiner mehr gewinnen konnte. Wir machten noch zwei Spiele, und es ging unentschieden aus.

»Wann kommt Asia?«

»So bald wie möglich«, sagte ich.

»Und danach fahren wir wohin?«

»Keine Ahnung. Zu ihr nach Hause.«

»Und dann?«

»Dann fällt uns schon was ein.«

»Was denn?«

»Etwas, das dafür sorgt, dass es uns gut geht.«

»Mir geht es gut«, meinte Luca.

»Wirklich?«

»Ja.«

»Die Party gestern war gar nicht schön.«

Luca zuckte nur mit den Schultern.

»Geburtstagspartys müssen schön sein«, sagte ich. »Sonst kann man sie gleich bleiben lassen.«

Luca sah zu mir auf, als wollte er etwas sagen, und als er innehielt, dachte ich, es läge daran, dass es mit sechs nicht so leicht ist, sich auszudrücken – geschweige denn zu verstehen, was um einen herum vorgeht, und Gefahren zu erkennen, weshalb es ja Erwachsene gibt –, aber ich täuschte mich: Er hatte innegehalten, weil er einen Heißluftballon gesehen hatte. Er war rot-gelb und stieg von einem nahe gelegenen Feld auf. Die Sonne schien kurz darauf, dann verschwand sie wieder im Dunst.

Motorenlärm, eine Vollbremsung, Wagentüren. Mamas Stimme, die sagt: »Wo sind sie?«

Asia traf kurz darauf ein. Da standen bereits alle unten. Luca und ich krochen bis an den Rand des Gebäudevorsprungs, um sie zu beobachten. Als ich Mama, Papa und Asia zum letzten Mal zusammen gesehen hatte, war ich jünger als Luca gewesen. Nicola stand neben Mama, aber nicht so nah wie Asia: Hätte sie die Hand ausgestreckt, hätte sie ihre Jeans berührt. Knapp dahinter erkannte ich Giuseppe und einen bärtigen Polizisten – vermutlich derjenige, der bisher mit uns gesprochen hatte. Zwei weitere

Beamte, ein Mann und eine Frau, lehnten am Kofferraum eines Streifenwagens.

Papa dagegen stand neben Asia. Ich hätte erwartet, dass ihm eine Zigarette im Mundwinkel hing und er die Hände in den Hosentaschen hatte. Dass er ein Stück weit von den anderen entfernt sein würde, gerade noch nah genug, um behaupten zu können, auch da gewesen zu sein, aber nicht wirklich dazugehörig. Doch er stand am weitesten vorn, die Arme seitlich herabhängend und leicht geöffnet, als bereitete er sich auf etwas vor, von dem er weder wusste, wann noch wo es passieren würde. Mama bat uns herunterzukommen, Nicola, *sofort* herunterzukommen, und Giuseppe, ihm das Gewehr zurückzugeben, das ohnehin nicht geladen sei. Luca behielt mich von unter seinem Helm aus im Auge. Ich schaute auf das Gewehr, drehte es zwischen den Händen. Am liebsten hätte ich das überprüft, wusste aber nicht, wie.

»Ich glaub nicht, dass es ungeladen ist!«, rief ich.

»Ich werd wohl kaum so blöd sein, ein geladenes Gewehr auf der Rückbank meines Lieferwagens liegen zu lassen, oder?«

»Man lässt auch keine ungeladenen Gewehre in einem Lieferwagen liegen. Der Typ ist so oder so ein Idiot!«, schimpfte Papa.

»He«, meinte Giuseppe, »wagen Sie es ja nicht …«

»Ach, und was dann?«

Giuseppe machte Anstalten, auf Papa loszugehen, aber der bärtige Polizist ging dazwischen und trennte sie. Eine Art Handgemenge entstand, bei dem Nicola Giuseppe festhielt und Mama versuchte, die beiden zur Vernunft zu bringen. Inmitten des ganzen Tumults ließ Asia den Streit hinter sich und marschierte geradewegs auf die Lagerhalle zu. Einer der Polizisten rief: »Signorina, *he,* Signorina …« Aber der andere bedeutete ihm, sie gewähren zu lassen. Asia erreichte die Treppe, die wir genommen hatten, zog sich hoch und gelangte mit schmutzigen Knien aufs Dach. Ihr Blick suchte und fand uns in einer Ecke, hinter dem Lüftungsrohr, und zwar im Schneidersitz. Sie hob kurz die Hand, um uns zu begrüßen. Ich tat das Gleiche. Luca dagegen nahm den Helm ab – es wäre doch zu seltsam gewesen, die eigene Schwester mit einem gelben Footballhelm auf dem Kopf kennenzulernen! Deshalb nahm er ihn ab und fuhr sich durchs Haar, um es zu glätten.

Asia kam auf uns zu, ging in die Hocke und sagte: »Hallihallo.«

»Hallo«, sagte Luca.

»Du musst Luca sein.«

»Und du Asia.«

»Freut mich, dich kennenzulernen.«

»Danke.«

Dann sagte sie, an mich gewandt: »Wie geht's?«

»Na ja …«

»Was ist mit deinem Auge passiert?«

»Ein Kopfstoß.«

»Von wem?«

»Auf Lucas Party gestern.«

»Und deshalb seid ihr abgehauen?«

»Nein. Besser gesagt, ja, *unter anderem* … aber sie haben sich ihm gegenüber nicht richtig verhalten.«

»Stimmt das?«, fragte Asia.

Luca nickte.

»Hat dir jemand wehgetan?«

»Ercole hat mich in Schutz genommen«, sagte er.

Asia lächelte. »Deshalb heißt er ja auch Ercole, weißt du.«

…

»Nimm du ihn«, sagte ich.

»Wen?«

»Luca. Du musst ihn zu dir nehmen, er kann unmöglich in diesem Haus bleiben.«

»Ich soll ihn zu mir nehmen? Ercole, wie kommst du bloß auf so eine Idee?«

»Doch, das ist die einzige Lösung. Du nimmst ihn zu dir, und wenn du keinen Platz hast, kann er auch bei Papa und mir wohnen.«

»Ercole, das geht nicht. Er hat eine Mutter. *Unsere* Mutter. *Seine* Mutter.«

»Mama geht es nicht gut. Sie ist nicht in der Lage, sich um ihn zu kümmern.«

»Sie hat es sechs Jahre lang getan.«

»Aber jetzt ist Nicola wieder da und …« Ich drehte mich zu Luca um und sagte: »Los, sag es ihr. Dein Papa ist kein böser Mensch. Eltern sind nicht böse, das wissen wir selbst am allerbesten. Es ist nur so, dass sie es manchmal, na ja, es einfach nicht hinkriegen. Und wenn es die Eltern nicht hinkriegen, müssen die Geschwister einspringen.

Wir können das. Wir können das doch hinkriegen, oder etwa nicht, Asia?«

»So einfach ist das nicht …«

»Aber man muss es wenigstens versuchen. Das ist die einzige Hoffnung, die uns noch bleibt.«

»Ercole, hör auf damit!« Asia wurde laut. »Was wird Mama dazu sagen? ›Mir war das nicht klar, aber Luca kann nicht bei mir wohnen, ich schaff das nicht, nehmt ihr ihn?‹ Meinst du, sie wird so was sagen? Und an den Vater, hast du an den gedacht? Was willst du tun? Sie anzeigen wegen dem, was gestern passiert ist? Erst warst du ganz begeistert von deinem Leben in Erta, und jetzt ist es auf einmal die Hölle?«

»Erst war es anders«, entgegnete ich.

Luca malte ein Raster in den Staub, um *Tic Tac Toe* zu spielen.

»Außerdem möchte ich all das nicht vor Luca besprechen«, erklärte Asia.

»Klar!«, regte ich mich auf. »Lüg ihn ruhig an. Lüg ihn an, so wie du mich belogen hast.«

»Ich habe dich *nie* belogen.«

»Du hast einiges vor mir verborgen.«

»Dinge, mit denen du noch nicht umgehen konntest.«

»Aber es war die Wahrheit.«

»Die Wahrheit ist die, dass wir uns damals Hilfe hätten holen sollen.«

…

Asia hob ein Stück Draht auf und benutzte sein Ende, um ein Kreuz in Lucas Raster zu malen. »Die Wahrheit,

Ercole«, fuhr sie fort, »ist die, dass wir das Glück hatten, uns umeinander kümmern zu können. Was wir allerdings besser nicht getan hätten; es wäre sinnvoller gewesen, Hilfe zu holen. Wir haben es hingekriegt. Irgendwie haben wir es geschafft. Aber Luca? Luca braucht Menschen, die sich um ihn kümmern, so wie es sich gehört. Und das können weder du noch ich.«

Der Rabe von vorhin flog vorbei, besser gesagt, er *segelte* vorbei, um dann auf dem Lüftungsrohr zu landen. Ich legte mit dem Gewehr an und zielte, als wollte ich ihn treffen. Irgendwo zwischen Magen und Lunge begann ein Zittern in mir aufzusteigen. »Es ist alles so mühsam«, sagte ich. Ich stützte das Gewehr in meinen Schoß auf und sah Asia an. »Wird es immer so mühsam sein?«

»Vermutlich ja.«

»Tja.«

»Aber wir werden immer stärker. Sind immer besser in der Lage, die richtige Entscheidung zu treffen.«

Luca malte einen Kreis in das Raster und sagte: »Du bist dran.« Asia machte ein Kreuz, Luca einen Kreis. Asia ein Kreuz, Luca einen Kreis. Asia ein letztes Kreuz, aber im falschen Kästchen, sodass Luca seine Reihe um den dritten Kreis ergänzte. »Gewonnen!«, jubelte er.

Asia zwinkerte ihm zu. »Ja, du hast gewonnen.«

»Ich hab Durst«, sagte Luca. »Gehen wir was trinken?«

»Wir haben uns ein anständiges Frühstück verdient«, meinte Asia.

Luca lächelte und sagte: »Ja, wir haben uns wirklich ein anständiges Frühstück verdient.«

»Weißt du, ob der Mopedfahrer verletzt ist?«, fragte ich.

Asia fragte, wovon ich redete.

»Gestern Abend. Ich hab einen Mopedfahrer überholt, und der ist gestürzt.«

»Davon weiß ich nichts.«

»Muss ich ins Gefängnis? Ich meine … falls er sich was getan hat. Außerdem hab ich den Lieferwagen geklaut und …«

»Wir werden sehen. Egal, was passiert, wir kriegen das schon hin.« Dann wandte sie sich an Luca: »Frühstück?«

Wir standen auf. Der Rabe flog vom Lüftungsrohr auf und landete genau auf der Dachmitte, wobei er nach etwas pickte, das der Wind dort hinaufgeweht hatte. Mit dem Gewehr auf Hüfthöhe, so wie ich es in Western gesehen hatte, zielte ich auf den Raben und betätigte den Abzug. Ich wollte gerade laut *Bumm!* sagen, als das Ding tatsächlich losging. Ein Schuss knallte. Völlig unerwartet und extrem laut. Der Rabe flog davon. Der Schuss hallte über die Landschaft, vervielfältigte sich, um dann zu verebben. Wegen des Rückstoßes traf mich das Gewehr schmerzhaft am Arm. Ich ließ es zu Boden fallen, als hätte ich mir die Finger verbrannt. Asia schrie. Luca schrie. Auch auf dem Parkplatz wurde geschrien, alle begannen zu rennen. Vielleicht um uns zu retten. Vielleicht auch, um sich in Sicherheit zu bringen – keine Ahnung.

8

Ich bitte Sie, dass Sie meine Seele
mit Aufmerksamkeit behandeln.
HUGO VON HOFMANNSTHAL

Es war also doch noch ein Schuss im Gewehrlauf gewesen. Ich glaube, Giuseppe hat eine Anzeige deswegen bekommen, und man hat ihm den Jagdschein weggenommen. Vielleicht auch nur für einen gewissen Zeitraum. Ich hab da nicht weiter nachgehakt, schließlich ist niemandem etwas passiert, und das ist das Wichtigste. Nicht einmal der Mopedfahrer hat sich wehgetan, zumindest nicht sehr. Ein paar blaue Flecken, Lackschäden an der Verkleidung, kaputte Scheinwerfer und Spiegel – nichts, was sich nicht reparieren ließe. Man steckte mich nicht ins Gefängnis, ich bekam aber Stress und musste ihm natürlich alles erstatten. Ich wurde zu einer Tagesbetreuung geschickt, bei der ich mich drei Jahre lang jeden Nachmittag einfand, und das ohne Ausnahme. Dort halfen mir Erzieher beim Lernen, und einmal im Monat wurde ich auf Herz und Nieren geprüft, um sicherzustellen, dass alles gut ging.

Ich weiß noch, dass Asia beim Termin mit dem Richter darauf bestand, dass ich alles sage, ohne jeden Vorbehalt – und das tat ich auch. Ich habe Stunden geredet, so lange wie nie zuvor. Und habe alles erzählt: von mir, von Asia, von Papa, von Mama, von der Witwe, von den Großeltern, von Erwachsenen im Allgemeinen, von den Monstern in den Wänden und von Gutmenschen. Der Richter ließ mich ausreden und unterbrach mich kein einziges Mal.

Nachdem ich erklärt hatte, wie ich mir die geschwollene Nase und das blaue Auge geholt hatte, überprüften Polizei und Jugendamt Mama und Nicola; dabei kam jedoch nicht viel heraus. Zwanzig Tage später ist Nicola abgehauen. Er hat Mama vorgeworfen, dass ihre Familie völlig gestört sei, und sie in Erta sogar rausgeworfen, mit dem Argument, er wolle das Haus zum Verkauf anbieten. Er hat es tatsächlich getan. Letzten Monat war ich seit Langem wieder da. Das Haus steht zum Verkauf. Aber das Verkaufsschild ist so verwittert, als hätte es schon immer dagestanden; die Scheune ist teilweise eingestürzt, und überall liegen Blätter, Zweige und Bierdosen von Jugendlichen herum, die dort zum Feiern hingehen. Ich glaube nicht, dass es je verkauft wird. Aber wer weiß – vielleicht werde ich es eines Tages erwerben.

Als sie von Nicola rausgeworfen wurden, wussten Mama und Luca nicht, wohin, sodass ich Papa überredet habe, sie aufzunehmen. Nach all den Jahren war es seltsam, wieder mit beiden Eltern in einer Wohnung zu leben – wirklich sehr seltsam. Es dauerte allerdings nicht lange. Vermutlich war inzwischen einfach zu viel Zeit vergangen, so als ob man sich ein Bein bricht, es falsch behandelt wird und dann verkehrt wieder zusammenwächst. Doch mit Violas Hilfe habe ich ein kleines Apartment für sie gefunden, in

Barriera di Milano, in einem Block, der hauptsächlich von Peruanern bewohnt wird. Mit ihnen hat sich Mama angefreundet, sodass sie auf Luca aufpassen, wenn es sein muss.

Viola und ich sind nach wie vor ein Paar. Wir haben uns mit fünfzehn kennengelernt, und jetzt, mit neunzehn, fahren wir noch immer mit dem Rad, kochen heiße Schokolade und nehmen den Bus, um zu gucken, wo er uns hinbringt. Viola hat sich nach dem Abitur fürs Medizinstudium eingeschrieben, während ich zuerst nicht wusste, was ich machen soll, und mir noch etwas Bedenkzeit gegönnt habe. Deshalb hab ich die Blumenhändleroma gefragt, ob sie so lange jemanden brauchen kann, und da sie das eine oder andere Wehwehchen hat und ohnehin überlegt, ob sie den Laden behalten oder abgeben soll, war sie einverstanden. Heute arbeite ich vier Tage die Woche in dem Kiosk, den ich vier Jahre zuvor vom Bus aus entdeckt habe, während Stoßverkehr herrschte und an einer roten Ampel ein schwarz gekleideter Junge mit Fackeln jonglierte und Feuer spuckte.

Viola hat mich sogar überredet zu rudern. Sie hatte recht, als sie sagte, dass man mitten auf dem Po, inmitten von Turin, seinen Hügeln und Häusern wie vom Planeten gewiegt wird. Das ändert allerdings nichts daran, dass Rudern tierisch anstrengend ist. Es ist jedenfalls mühsam, aber es macht mir Spaß.

Gestern sind wir beispielsweise gleich morgens früh zusammen rausgefahren. Dünner Nebel lag über dem Fluss, der aussah, als könnte man ihn schlucken. Der Kapuzinerberg war so gut wie unsichtbar, und die gelben Straßenlaternen auf dem großen Platz brannten noch. Wir ruderten schweigend. Viola redet nicht gern, wenn sie rudert, und ich wäre ohnehin viel zu sehr außer Atem gewesen. Wir waren in Richtung Moncalieri unterwegs, mit Blick auf das sich langsam entfernende Turin, und während wir gegen die Strömung fuhren, tauchten wir mit jedem Ruderschlag tiefer in den Nebel ein. Ich wusste Viola hinter mir, spürte ihren Atem und sah, wie die Ruder Wasser spritzten, wusste also, dass ich mich nicht umdrehen musste, um mich ihrer zu versichern. In stillschweigendem Einvernehmen folgten wir demselben Rhythmus: zwei Seelenverwandte, die auf der Suche nach dem Ursprung voller Zuversicht flussaufwärts rudern.

Anmerkungen des Autors

Das Zitat von David Foster Wallace stammt aus der Erzählung »Für immer ganz oben« in: *Kurze Interviews mit fiesen Männern,* übersetzt von Marcus Ingendaay, Kiepenheuer & Witsch, Köln 2002; das von Neil Gaiman aus *The Wolves in the Walls,* Harper Collins, New York 2003; das von Obi-Wan Kenobi aus Episode IV von *Krieg der Sterne;* das von Tobias Wolff aus der Erzählung »Bullet in the Brain« in: *The Night in Question,* Alfred A. Knopf, New York 1996; das von Eminem aus dem Song »Cleanin' out my Closet«; das von Dylan Thomas aus *A Child's Christmas in Wales,* Orion's Children's Books, London 1993; das von Hugo von Hofmannsthal aus dem Roman *Andreas oder die Vereinigten.*

Das Zitat von Fred Uhlman stammt aus *Der wiedergefundene Freund,* übersetzt von Felix Berner, Diogenes, Zürich 1998.

»Immer wenn wir etwas mit Sorgfalt tun, besiegen wir das Böse in uns« ist kein Originalzitat des Polsterers, sondern wird Simone Weil zugeschrieben.

»Glaubt nicht, Schicksal sei mehr als das Dichte der Kindheit« ist ein Vers von Rainer Maria Rilke aus den *Duineser Elegien.*

Die ersten Zeilen von Mike Brodies Autobiografie zu Anfang seines Fotobands *A Period of Juvenile Prosperity,* in denen es heißt »*My mom said I looked like Charlie Brown. I never saw the Grand Canyon or the Petrified Forest. My grandma was a truck driver and my grandpa liked race cars; his favorite driver was Richard Petty. My grandma died of cancer; she let me pull some of her hair out. My grandpa touched my penis; I never saw him again*« – nun, diese Zeilen haben vor einigen Jahren den Samen zu dieser Geschichte gelegt beziehungsweise zu deren Melodie in meinem Kopf. Sie finden ihren Widerhall zu Beginn des zweiten Kapitels, als Ercole sich den Lesern vorstellt. Brodie erzählt noch etwas aus seiner Kindheit, nämlich dass sein Vater ihm ein geklautes Fahrrad zum Geburtstag geschenkt hat. Alle anderen in diesem Buch geschilderten Handlungen und Personen sind frei erfunden. Ähnlichkeiten mit lebenden oder verstorbenen Personen wären rein zufällig und nicht beabsichtigt.

Der Verlag dankt verschiedenen Rechteinhabern für die Abdruckgenehmigung. Trotz sorgfältiger Recherchen konnten leider nicht alle Rechteinhaber ermittelt werden. Bitte wenden Sie sich bei begründeten Ansprüchen an den Verlag.